JN031972

ファーストラブにつづく道

ローリー・フォスター
岡本 香 訳

ALL FIRED UP
by Lori Foster
Translation by Kaori Okamoto

mira

ALL FIRED UP

by Lori Foster

Published by K.K. HarperCollins Japan, 2023

ローウェル・バウワーへ

刑務所についておもしろい話を聞かせてくださったこと、
たくさんの質問に答えてくださったことに感謝します。
とても助かりました。

本書のなかに現実に即さない記述があったなら、
それは著者であるわたしの責任です。

ファーストラブにつづく道

おもな登場人物

シャーロット・パリッシュ――〈マスタング・トランスポート〉のアシスタント
ブローディー――〈マスタング・トランスポート〉の共同経営者
マリー――ブローディーの妻
ジャック――〈マスタング・トランスポート〉の共同経営者
ロニー――ジャックの妻
ロザリン――ブローディーとジャックの母親
エリオット――ブローディーとジャックの父親
ミッチ――謎めいた男性
ヴェルマ――ミッチの母親
ニューマン――ヴェルマの恋人
グラント――警察官

1

じめじめした夜の大気が体にまとわりつく。胸や背中にシャツがはりつき、首のうしろを汗が伝った。エアコンの効いたバー〈フレディーズ〉の店内とは大ちがいだ。

しかしミッチは、このむっとする外気がいやではなかった。呼吸するたびに自由を噛《か》みしめずにはいられない。

濃紺の空に月がのぼっている。どのくらいの時間が経《た》ったのだろう。その女性を目にした瞬間から、ミッチは時計を見るのを忘れていた。

通りを走る車のヘッドライトも、建物の陰までは届かない。ミッチは暗がりに立って、ひとりの女性に見とれていた。

あの唇ときたら！

ミッチの脳裏をさまざまな妄想がめぐる。そのほとんどは彼女の唇に関係していた。先ほどから女性は考えごとをするように唇をすぼめたり、不満そうに口角をさげたりしている。ため息をつくしぐさも男心をくすぐった。顔立ちもプロポーションもミッチの好みだ。

女性はほっそりした体つきをしていた。暗がりのなか、彼女の周囲だけ明るく光っているように見える。派手に着飾っているわけでもないのに自然と目が吸い寄せられるのだ。どうしても視線をそらすことができない。

女性が携帯電話に向かって何か言ったあと、ふっくらした下唇を噛んで途方に暮れた表情を浮かべた。

さっきから何度も電話をかけているところを見ると、何か問題が起きたらしい。車のまわりをうろうろして、ときどきにらむように目を細めている。車のことで困っているのはまちがいない。あの表情からすると、電話の相手は助けに来られないようだ。

出所して一年、ミッチは複数の女性と情事を楽しんだ。新鮮な空気と自由とステーキの次に楽しむべきはセックスだ。生身の女にふれ、心行くまで欲望を満たした。もちろん相手を悦《よろこ》ばせることも忘れなかった。

セックスはお互いに楽しみながら原始的な衝動を満たすことができるすばらしい行為だ。快感にむせぶ女性を眺めるのは、自分の欲望を解放するのと同じくらい気持ちがよかった。

そうやって久しぶりの娯楽を味わいつつ、これからどう生きるべきかを考えた。正しい方向へ舵《かじ》を切るために。もっと実のある人生にするために。

考え抜いた末にやってきたのが、この町、レッドオークだ。そして彼女に出会った。

彼女のことがどうしてこんなに気になるのだろう？　たしかに美人だが、まだ彼女のことなど何も知らない。それでも姿を見ているだけで、体の芯が熱くなる。

ほかのことを考えようとしても、すぐ彼女に意識が戻ってしまう。

まったく、おれはどうかしている。

今までなくても平気だったものが、存在を知ったとたん、ずっとそれを求めていたのだと思い知らされたような、そんな感じだ。

女性はTシャツにジーンズ姿で足もとはサンダルというカジュアルな装いをしていた。それでも自分と住む世界がちがうのは一目瞭然だ。表情や態度に育ちのよさがにじんでいる。ムショあがりの男が近づいていい相手ではない。

ミッチは両手を握りこぶしにした。そうでもしておかないと彼女にふれたい気持ちを抑えられなくなりそうだった。

せめて、遠くから眺めることを自分に許す。

そのまま暗がりから様子をうかがっていると、彼女がまた別の番号に電話をかけた。携帯電話を耳にあてて車の前を行ったり来たりする。頭上の防犯ライトが、控えめな曲線に陰影をつける。

高い頬骨とすっと通った鼻筋が美しい。白い手が、カールした髪を耳のうしろにかけた。丸みを帯びた愛らしい顎をしているが、表情から自分の意見をはっきり持った女性のように見えた。

ミッチの視線が彼女の唇に戻る。魅惑的な唇が自分のそれと合わさるところを、さらに自分の胸をはうところを想像して、ミッチはぎゅっと目を閉じた。奥歯が痛くなるほど強く歯を食いしばる。

何もかも忘れて、彼女に声をかけたくなった。ふたりの可能性を試してみたい。障害があるのはわかっていても。

ミッチは新しい人生を始めるためにこの町へ来た。手はじめにブローディーとジャック・クルーズについて情報を集める。それが目下の優先事項だ。過去を断ち切って前に進むためにはブローディーとジャックが必要だった。第二の人生の出発点はクルーズ兄弟でなければならない。だから地元のバーへ出かけてきた。ふたりの噂《うわさ》を求めて。

だがその前に少しくらい寄り道をしてもいいのではないだろうか。カールした髪を背中に垂らした美しい女性と一夜を楽しんだところで、構わないのではないだろうか?

下半身は問題ないと言っている。さっきからミッチをけしかけている。

だがミッチの理性は……。

ええい、少しくらい遅れても大丈夫だ。大勢に影響はない。

クルーズ兄弟が町の人たちから好かれていることは、すでにわかっていた。兄弟はどちらも既婚者で、〈マスタング・トランスポート〉という興味深い会社を共同経営している。

地元の人たちの話では、日用品から犯罪にかかわる品まで、なんでも請け負う運び屋らしい。まあ、どこまで本当かはわからない。

ふたりの母親の話も聞いた。実際、その人のことは物心ついたころから話に聞いていた。だから兄のブローディーと弟のジャックと同じくらい、母親のロザリンにも興味があった。自分とはなんのつながりもない女性だが……。

今のミッチにとって、ブローディーとジャックに会う以上に大事なことはない。どうしてそう考えるようになったのかは自分でもよくわからない。これまで自分以外の誰かを必要としたことなどなかったし、手に入らないものをうらやましく思うこともなかった。

ところが刑務所に入って考え方が変わった。自分のルーツを確かめたくなった。望みがかなうかどうかは、ブローディーとジャックにかかっている。

もちろん簡単に会えるとは思っていない。兄弟とコンタクトをとる前に、別のことをして逸《はや》る心をなだめるのも悪くない。通りの向こうにいる女性の時間を少し分けてもらえるなら……。

ミッチは電話をする女性の動きに目を凝らした。なんと言っているかまではわからないが、切れ切れに聞こえたところでは、留守番電話にメッセージを吹きこんでいるようだ。

彼女が急に携帯を耳から離した。眉をひそめて不満そうに電話を見おろす。

「もう！　こんなことってある？」

今度ははっきりと聞こえた。

彼女がジーンズのうしろポケットに携帯を押しこむ。丸みを帯びたヒップのラインが際立って、ミッチはどきりとした。女性がうなだれ、目を閉じる。唇をぎゅっと結んでいる。湿気を帯びた夜気のせいで、明るい茶色の髪が洗いたてのようにカールしていた。

あの髪に指を絡めてみたい、とミッチは思った。

彼女の発するエネルギーに呼応するように、カールが風になびいた。

ミッチは人を見る目に自信があった。そのおかげで今日まで生きのびてこられたのだ。ミッチの見立てでは、女性はじっとしているのが苦手なタイプだ。立っているだけでもエネルギーを発している。

彼女のことをもっと知りたいという気持ちが性的欲求と混ざり合う。

夜のデートをすっぽかされたのだろうか？　誰かと待ち合わせていたのか？

そう思ったとき、彼女がうめいた。

「こんなときに充電が切れるなんて最悪！」外灯のポール部分を平手でたたく。「ひとりでどうしろっていうの？」

なるほど、そういうことかとミッチは思った。

女性が白い歯で下唇を噛む。彼女はバーをちらりと見てから、首をふり、ふたたび車の周囲を行ったり来たりした。

雲が月をおおい、あたりがいっそう暗くなった。若い女性がひとりで暗がりにいるのは危険だ。

だからといって、彼女が男の庇護《ひご》を求めていることにはならないけれど。

女性はバーで一夜かぎりの相手をさがすタイプには見えなかった。日曜市でお手製のブラウニーを売っているほうがしっくりくる。

そもそも夜遅くに騒々しいバーの外にいるからといって、バーの客とは決めつけられない。

で、どうする、ミッチ？

他人の心配をしている余裕はない。だが、彼女は現に困っている。声をかけるかどうか悩んでいるうち、がなり声とともにバーからふたりの男が出てきた。

酔っ払いどもめ！

女性が視線をあげ、うんざりしたように目玉をまわした。

男たちが女性の存在に気づく。

「驚いたな、シャーロットじゃないか！　どうかしたのか？」モップみたいな頭をした、目つきのいやらしい男が声をあげた。「ひょっとしておれを待っていたのか、シュガー？」

傍らの無精ひげの男があきれたように笑った。

「そんなわけないでしょ！」シャーロットと呼ばれた女性がきっぱりと否定した。

ミッチは彼女の口調が気に入った。若い女性にありがちな甘ったるい声ではなく、よく通る、凛《りん》とした声だった。

気に入らないのはバーから出てきたふたり組の目つきだ。拒絶されたにもかかわらず、その場を立ち去る様子はない。

「まあ、つれないことを言うなよ」モップ頭が言った。

もうひとりがげらげらと笑い、よろめきながら冷やかしの声をあげる。

シャーロットがスリムな腰に手をあてて警告した。「バーニー、後悔する前にさっさと行って」

「そもそもどうしてひとりでこんなところにいる?」バーニーと呼ばれた男は軽い調子で言ったが、下心は見え見えだった。「なんでおれを呼ばなかった?」

「どうせいつもどおりのんだくれていたんでしょう」シャーロットがいらだって肩をいからせる。「あなたたちには関係ないことだけど、配達を終わらせて家に帰る途中、車が故障したの」シャーロットはそう言ったあとでつけくわえた。「今、助けを呼んだところ」

「じゃあ、助けが来るまで一緒にいてやるよ」

「けっこうよ」

「どっちにしたって暇なんだ」バーニーがシャーロットとの距離を詰める。

シャーロットは怯《おび》えているというよりもうんざりしているようだった。ミッチはそれ以上考えるのをやめて物陰から出た。

シャーロットがはっとしたようにこちらを見る。

淡いブルーの瞳は、唇と甲乙がつけがたいほど魅力的だ。

シャーロットがいぶかしむように眉間にしわを寄せた。唇をうっすらと開いて、二度、瞬《まばた》きをする。

賽《さい》は投げられた。

ミッチは浮きたつような気持ちを覚えながら、敵意がないことを示すように口角をあげた。

シャーロットがミッチの後方をさぐるように見てから、ミッチ自身に視線を戻す。「あなた、どこから現れたの？」

ミッチはシャーロットを見つめ、危害を加えるつもりはないというように両手をあげた。「何か困っているようだったから」

アルコールが入って気が大きくなったバーニーたちが声を荒らげる。「うせろ！　おまえなんてお呼びじゃねえ！」

バーニーの下品な叫びを無視して、シャーロットが尋ねた。「この辺の人じゃないわね」

ミッチはシャーロットをまじまじと見た。レッドオークの住人はみんな知り合いなのか？　仮にそうだとしても不思議はない。メインストリートの端から端までジョギングしても汗すらかかない距離だ。「数日前に来たばかりだ」

どのくらい滞在するかはミッチ自身にもまだわかっていない。

バーニーが浅はかにもミッチの真ん前に立った。「てめえ、耳が聞こえねえのか？　お呼びじゃねえって――」

ミッチはバーニーに向かって不敵な笑みを浮かべた。「おまえの話など聞くつもりはない」吐き捨てるように言ってシャーロットに視線を戻す。「おれは彼女と話しているんだ」

体格だけを見てもミッチが有利なのは目に見えていた。それでもバーニーは引かなかった。「おまえは馬鹿か？」

ミッチが反応する前に、シャーロットがさっきよりもきつい声で言った。「馬鹿はあなたでしょう。その人は親切に警告してくれたのよ、バーニー。今すぐ消えないと後悔することになるわ」

それでもバーニーはあきらめなかった。「おい、耳の穴かっぽじってよく聞け！」くさい息を吐きながら、しわがれた声で言う。「今すぐ消えろ！」節ばった拳がミッチの顔めがけてふりおろされる。

ミッチは弱々しいパンチを楽々とかわし、間髪入れず、右の拳をバーニーの顎めがけてつきあげた。

ミッチのジャブがバーニーの顎を正確にとらえる。

バーニーが白目をむいてバランスを崩した。

シャーロットの前で暴力をふるった自分に腹を立てながら、ミッチはバーニーがひっくり返る前にシャツの胸もとをつかんだ。

「おまえこそよく聞け」食いしばった歯のあいだから言葉を発する。「相手の力量も読めないくせにけんかなんかするな」声に憤りがにじむ。

次の瞬間、小さくてひんやりした手が腕にあてがわれた。

ミッチはとっさに、白くて細い指とよく手入れされた爪に視線を落とした。浅黒くてごつごつした自分の手とは対照的だ。いかにも女性的でありながら、強固な意志も感じさせる。ミッチにはシャーロットの手が、たまらなく尊いものに思えた。

ミッチの視線が、繊細な顔の輪郭やなめらかな肌……そして唇から瞳へ移動する。

波打つ髪のなんと美しいことか。

「たぶん――」シャーロットが小さな笑みを浮かべた。「その手を離してやれば、バーニーはすぐに退散すると思うわ」バーニーをちらりと見て、皮肉っぽくつけくわえる。「本物の馬鹿じゃなければね」

彼女が少しも怯えていないことに感心して、ミッチはバーニーに対する怒りを忘れた。

シャーロットのすべてが魅力的に思える。

シャーロットはミッチのすぐ横に立っているので、髪や肌の香りが――ベビーパウダーと花がまざったような甘い香りが、鼻先をくすぐった。

ミッチは深く息を吸い、シャーロットの香りで肺を満たした。このまま彼女の香りにおぼれたい。

ミッチはバーニーの胸ぐらをつかんでいる手の力をゆっくりとゆるめた。

バーニーがよろけたところで、連れの男が背中を支える。

シャーロットはミッチの腕をなでたあと、そんなことをした自分に驚いたように手を引っこめた。

興味深い反応だ、とミッチは思った。頬がほんのりピンクに染まっている理由が知りたい。

シャーロットが顔をあげて弱々しく笑い、ささやくように言った。「どうもありがとう」

「バーニーを殴ったことに対して？」

シャーロットが首をふると、カールした髪が揺れた。「バーニーを見逃してくれたことよ」そう言って渋い顔をしてミッチをふり返る。「その気になったらぼこぼこにできたでしょう？」

ミッチは驚いた。暴力をふるって非難されるのは慣れっこだが、感謝されることはめったにない。

どぎまぎしながらも感謝をそのまま受け入れる。「まあそうだけど――」

「おいシャーロット、むかしのほうが素直でかわいかったぜ！」バーニーが焦点の定まらない目で、吐き捨てるように言った。

その言葉にミッチの怒りが再燃した。バーニーのほうへ足を踏みだす。「さっさとうせたほうが身のためだぞ」

アルコールのせいで自分の置かれた状況がよくわかっていないバーニーは、変わらずシャーロットをにらんでいた。

シャーロットがさっきの会話を思い出させるようにミッチの腕にふれる。

目が合うと、シャーロットはほほえんだ。

降参だ。いくら相手が浅はかで愚かだろうと、拳で問題が解決するわけではない。ミッチはシャーロットを見て目を細めた。

「大丈夫？」シャーロットの瞳に気遣うような色が浮かぶ。

ミッチは胸を締めつけられた。そんな表情をしないでくれ。

ミッチが短くうなずくと、シャーロットが笑顔に戻った。

「よかった」そう言ってミッチの腕をぽんぽんとたたく。

それだけのことでミッチの体は火照った。

刑務所で染みついた癖がなかなか消えない。考えるよりもまず行動するという癖だ。刑務所のなかではそのほうが安全だった。

だが、ここは刑務所じゃない。

ミッチは自分に言い聞かせた。この町に来たのは新たな人生を始めるためだ。

バーニーの連れが、肩を貸しながら負け惜しみを言う。「こんなやつらは放っておけ。ほら、行くぞ」

「そうよ、行って」シャーロットはそう言ったあと、追いはらうように手をふった。

肝の据わった女性だ。

とにかくバーニーたちがいなくなるならミッチに文句はなかった。

通りに残ったのはシャーロットとミッチだけだ。

ミッチは二度ほど深呼吸をした。客観的に見ればシャーロットは危険を脱していないのかもしれない。

こちらの素性を知っていたら、接近して立つこともなかっただろう。

本来、見ず知らずの男を信頼するべきではないのだ。それなのにシャーロットはバーニーより自分を選んだ。

度胸はあるが、愚かでもある。

そんなふうに分析しつつも、ミッチは彼女の度胸に感心していた。

シャーロットがミッチから離れる。こちらを見あげる大きな瞳に好奇心が宿っていた。

ミッチは彼女の存在を全身で意識した。ふれられた腕が焦げつきそうに熱い。

しっかりしろ！

自分を立て直すために、遠ざかるふたり組を目で追う。

ほとぼりが冷めたらまた戻ってくるかもしれない。

いや、大丈夫だろう。そこまで根性があるようにも見えない。

「ごめんなさいね」シャーロットがミッチの反応をさぐるように言った。「バーニーはのむといつもああなるの」

しらふのときはもう少し分別があるとでもいうのだろうか？

「べつに。おれは何もしてない。きみが追いはらったんだ」ミッチは場の空気を和ませようとしてほほえんだ。正直なところ、リラックスしなければいけないのは自分だけらしい。

シャーロットの笑い声は、話し声と同じくらい耳に心地がよかった。

「いやね、殴ったのはあなたよ」

そう言われて不安になる。

「おれは――」

「あなたを責めてるわけじゃないわ。だいたい、一発で我慢するなんてすごいと思う。誰でもできるってものじゃないわ」

返事に困って、ミッチは自分の耳たぶをひっぱった。その気になればバーニーをたたきのめすなどわけもないことだ。それを一発で我慢したのだから、たしかによく自制したといっていいのかもしれない。

「でも、バーニーが本当に恐れていたのは別の人かもしれないわね」シャーロットがからかうようにほほえんだ。「わたしが誰かさんに言いつけるんじゃないかと思ったのかも」

シャーロットの唇に見とれながら、ミッチは尋ねた。「言いつけるって誰に？」

「その人に知られたら、殴られるだけじゃすまないの」

つまり彼女には守ってくれる男がいるということだ。おれの出る幕はない。がっかりしなかったといえば嘘になるが、そうそううまくいくはずもないのだ。落胆を声に出さないようにして、ミッチは言った。「ああ、きみの旦那が黙ってないってことか」

「ちがうわ。雇い主よ」シャーロットは髪を背中に払い、バッグのストラップを肩にかけ直して、両手の指を絡めた。ミッチを見つめてつけくわえる。「わたし、独身だもの」

ほっとして肩の力が抜けた。そういうことならなんとしても彼女を口説かなければ。ミッチは気をとり直して一歩前に出た。「それはよかった」

シャーロットが眉をあげる。「あなたは？」

「自由の身さ」あらゆる意味で。

ミッチは息を吸いこんだ。シャーロットのほうからただよってくる甘い香りに、体の芯が反応する。

こちらの下心を察したのか、シャーロットが喉もとに手をやって、困ったような顔つきをした。そのあとに浮かんだ笑みは、まんざらでもないということだろうか。

「きみのことを知りたいな」ミッチとしては今すぐでも構わなかった。「時間はある？」

シャーロットが目をぱちくりさせて、恥ずかしそうな表情をした。

男に言い寄られるのに慣れていないのだろうか？　こんなに美人なのに？　ほっそりしていても健康的な色気があるし、性格もよさそうだ。

バーニーに対する態度を見るかぎり、気は強そうだが。

「うれしいけど、でも……」シャーロットはうつむいた。「いつもならとっくに家に帰っている時間だから」

「故障か？」彼女を怯えさせないように、ミッチはすぐに話題を変えた。青いフォード・フォーカスを顎で示す。最新モデルではないが、よく手入れされているようだ。

シャーロットが眉間にしわを寄せた。「そうなの。もう何度目かしら」

「何度も故障しているのか？」

話題が車に移ってほっとしたのか、シャーロットが肩の力を抜いた。「雇い主にもね、しばらく前から車を買い替えろってうるさく言われてたんだけど」肩をすくめて続ける。

「わたしはこの車が気に入ってるの。なんていうか……しっくりくるのよ」

青い瞳に青い車。たしかにしっくりくる。

シャーロットが形のよい唇をとがらせ、顔にかかったカールをふっと吹いた。「手を貸してくれそうな人たちに電話をしたのだけれど、みんな留守電だったうえに携帯の充電が切れちゃって……。伝言を聞いたら来てくれるとは思うけど、どのくらいかかるかわからないの。〈フレディーズ〉で待つ気にはなれないし、かといってほかに開いている店もないし……」

ミッチはバーをちらりと見て眉をあげた。さっきの酔っ払いどものような連中がいるところより路上のほうがまだ安全に思える。「こんな時間にひとりで外にいるのは危険だ」

シャーロットが小さく首をかしげた。「ひとりじゃないわ。あなたがいるもの」

おれと一緒に待つくらいなら、ひとりのほうがましかもしれない。

そう口に出すわけにもいかず、ミッチはシャーロットの車に目をやった。「ちょっと見てやろうか?」

脱線するなら大胆に、だ。

シャーロットが顔をあげた。ふたりの距離が近いので、目を見て話そうとすると自然とそうなる。

大きな瞳で見あげられて、ミッチの頭は真っ白になった。シャーロットの唇が薄く開く。キスしてほしがっているかのように。

一瞬あと、シャーロットはわれに返ったように瞬きをして、震える息を吐いた。カールした毛先を指先でもてあそぶ。「詳しいの?　車に?」

彼女の唇から視線を引きはがすのは、ミッチにとって並大抵のことではなかった。「まあ、それなりに」

本当は整備士並みの知識がある。だが、ここでそれを言うつもりはなかった。この町で、このタイミングで、個人的なことを話すのは危険だ。

シャーロットの舌先が唇を湿らせる。

反射的にミッチの鼻腔《びこう》はふくらんだ。

レッドオークに来る前に性的欲求は充分に満たした。五年間の禁欲生活を補うことができたと思っていた。

だが、シャーロットはそこらの女とはちがう。きれいなだけでなく、頭の回転もいいし度胸もある。どういう育ち方をしたのかわからないが、それなりに苦労した人間だけが身につけた芯の強さも感じた。生きていれば誰でも傷のひとつやふたつはできる。なかにはふつう以上にきつい子ども時代を送る者もいる。

おれ自身がそうだ。おかげで強くなった。

ミッチがそんなことを考えているとも知らず、シャーロットは軽い口調で続けた。「故障といってもタイヤがパンクしただけ。砂利道を走らせたわたしが悪いのよ。釘《くぎ》か何かを踏んだみたい。タイヤ交換のやり方を習っておくべきだったんだけど……」

シャーロットのような女性――白魚のような指と、男を骨抜きにする笑顔の持ち主が、タイヤ交換なんてするべきじゃない。

「スペアタイヤは？」ミッチはそう言いながら車のまわりを歩いた。彼女の言うとおり、助手席側の後輪がパンクしていた。

シャーロットが適当な距離を置いてついてくる。「トランクに入っているわ」

「じゃあトランクを開けて」

「さっき開けたから、ロックはかかってない」シャーロットがトランクを手で示した。

「最初は自分で交換するつもりだったの。でもどこから手をつければいいかさえわからなかった。二度とこんなことにならないように、ちゃんと覚えておかなくちゃ」

ミッチは肩をすくめた。お望みならここでレクチャーしてもいい。しかし教えたいのはタイヤ交換だけではなかった。もちろんシャーロットはこちらが前科者だということを知らないし、事実がわかったらこんなふうに気安く接してくれないだろう。

気持ちを切り替えて、ミッチはトランクからジャッキとスペアタイヤをとりだした。外灯の光に照らされたシャーロットの表情を見れば、警戒心と好奇心がせめぎ合いをしているのがわかった。妙な真似《まね》をされたら、すぐさまバーに逃げこめばいいと思っているのだろう。賢い女性だ。

もちろんおれはタイヤを交換するだけだ。困っている女性を助けるのは当然のことで、これまでも自然にやってきたことだった。女性は敬われるべきだと信じている。

世間は、前科者がシャーロットのような女性に話しかけるのをよしとしないだろうが。

ミッチは息を吐いた。自分が前科者だという事実が、今日はいつも以上につらかった。

「ところで、わたしはシャーロット、シャーロット・パリッシュよ」

「ミッチだ」

姓は伏せておく。今はまだ、明かすべきではない。

シャーロットは気にする様子もなく、差しさわりのない質問をしてきた。

ホテルに泊まっているの？

――いいや。

この町は気に入った？

――ああ。

何日くらい滞在するの？

――まだ決めてないんだ。

それを決めるのはミッチではない。

最後のナットを締めおえたところで、シャーロットがまた尋ねた。

「どうしてレッドオークへ？」

適当な理由をでっちあげようとしたとき、車がとまってドアが開閉する音がした。バーの客だろうとあたりをつけたミッチの耳に、深みのある声が響く。「シャーロット？」

声に続いて足音が近づいてきた。「さっき留守電に気づいて急いで来たんだ。電話をしたけど出ないから」

一緒に働いている男だろうか？

シャーロットとふたりきりの時間を終わらせたくなくて、ミッチは顔もあげずに作業を続けた。

足音がとまる。男がすぐ近くに立ったのがわかった。

「いったいどうしたんだ？」

シャーロットがうめいた。「心配かけてごめんなさい、ブローディー。連絡している途中で携帯の充電が切れちゃったの。でも、もう大丈夫よ」

衝撃がミッチの体を貫いた。
ブ、ブ、ブローディーだって？
あまりの偶然に、こめかみがずきずきと痛む。ミッチは両目を閉じて小さくうなった。

「くそっ」

思わず声がもれる。幸い、その声は誰にも届かなかった。

こんな小さな町でブローディーなんていうめずらしい名前の男がふたりいるとは思えない。

まだ心の準備ができていないというのに。そう思う一方で、心の準備などいつまで待ってもできるはずがないという気もした。

事前に情報を集めて、ふたりの人柄をよく知ってから会おうと思っていたが、もはやその余裕はないようだ。

「どういうことだ?」ブローディーが言う。

「ミッチが助けてくれたの」

観念したミッチは立ちあがった。緊張しつつも、ブローディー・クルーズのほうを向く。

本人を目の当たりにして、ミッチは驚きのあまり口笛を吹きそうになった。

これほどの大男とは思ってもみなかった。

百九十センチのミッチは人から見あげられることが多いのだが、ブローディーはふつうにしていてもミッチと目線が同じだった。肩や胸の筋肉の盛りあがりもいい勝負だ。

体つきだけでなく、鼻の形や顎、額も、頬骨の形も、まるで鏡に映る自分を見ているようだ。

ミッチが凝視していると、ブローディーが両眉をあげて腕を組んだ。「おれの顔に何かついているか?」

ミッチはどきりとした。耳たぶが熱くなるのを感じながら、眉間にしわを寄せて首をふる。「べつにおれは――」

「しゃべる前にそのレンチを置いてくれ」ブローディーはそう言いながら、シャーロットを自分のうしろへ軽く押した。「レンチをそんなに握りしめて、どうするつもりだ?」

ミッチはどきりとしてレンチを見おろした。ブローディーの言うとおり、関節が白くなるほど強くレンチを握っていたことに気づく。

自分が間抜けに思えて、小さく笑いがもれた。首をふりながらレンチを車に戻し、ジャッキに手をのばす。

沈黙が耳に痛い。

「……あんたがシャーロットの上司か?」こういうのを間が悪いというのだろう。

「どっちかというと、おれのほうがこき使われてるけどな」ブローディーが近づいてきて、パンクしたタイヤを持ちあげる。「たまたま通りかかって助けてくれたのか?」

まあ、そんなところだ。

「ああ」ミッチはバーを顎で示した。「この町のナイトライフをのぞきに来たら、彼女が立ち往生していた」

ブローディーが鼻を鳴らす。「この町にナイトライフといえるほどのものなんてないけどな。本当に偶然か?」

背後で大きく息を吸う音がした。

「ブローディーったら、よくもそんな失礼なことを!」

ふり返ると、細い腰に両手をあてて、シャーロットがブローディーをにらんでいた。

「わたしを助けてくれたのよ。まずはお礼を言うべきでしょう？」

ブローディーが肩をすくめた。「どうも」ミッチに向かって、皮肉っぽく言う。

ミッチが口を開く前に、別の声が割りこんできた。

「どうしたんだい？」

声の正体は確かめるまでもなかった。足早に近づいてくる男は、これまた長身で、鼻や顎の形に見覚えがある。体つきはブローディーよりも細い。

ジャック・クルーズにちがいない。

「ブローディーが失礼な態度をとったのよ」シャーロットが訴えた。

「いつものことじゃないか」冗談を言いながらも、こちらを見るジャックの瞳には、兄と同じ警戒の色が浮かんでいた。

なじみのない感情が込みあげて、ミッチは息苦しくなった。こんな気持ちになるなんて思ってもみなかった。ふたりに会ったらどうするか、なんと言うか、さんざん考えたというのに、どんな感情が湧くかまでは想像していなかった。

自分の置かれた状況が滑稽に思えてくる。

兄弟がミッチを挟むように立った。

ミッチは肌がむずむずした。背後に立たれるのは気持ちのよいものではない。しかもブローディーに、このタイミングで背後をとられるのはいやだった。

シャーロットに出会って動揺していたうえに、クルーズ兄弟の前でどうふるまえばいいのか見当もつかない。

ミッチは深呼吸した。

ええい、なるようになれ！

車から離れてクルーズ兄弟と向き合う。ふたりが目を細めた。ミッチが信頼できる相手かどうかを見極めようとしているのだ。

シャーロットの視線もミッチに注がれている。混乱しつつも好奇心に満ちたまなざしが、ミッチの全身をなぞる。

「おまえのところにも電話が来たのか？」ブローディーがジャックに尋ねる。

ジャックがうなずいた。「仕事から戻って、ちょうど電波の悪いところを走っていたときにシャーロットから電話があったんだ」

ブローディーはうなずいた。「タイヤがパンクしたんだと。この人が居合わせて交換してくれたらしい」

「そのあと電話に出なかったのはどうしてだい？」

「携帯の充電が切れたそうだ」ブローディーが言う。

ジャックがシャーロットの横に立った。「つまり、ここに来なかったら、シャーロットが彼に出会ったことはわからなかったかもしれない」

「そういうことだな」

「もうやめて」シャーロットがブローディーのみぞおちに肘鉄をくらわせた。ブローディーが大げさなうめき声をあげる。

ジャックが一歩横に移動した。

「ミッチは助けてくれたんだから。パンクしたタイヤを交換してもらったから——」

「この町は初めてかい？」ジャックがシャーロットを遮った。

シャーロットがあきれたように両手をあげる。「あなたまで尋問を始めないで！」

ふたりがシャーロットを守ろうとしているのはわかったので——当人が本気でいやがっていることも——ミッチは肩をすくめた。「数日前に来た」

ジャックが目を細めて顎をつきだす。「なんの用で？」

ブローディーもミッチを値踏みしながら答えを待っている。

ミッチは観念した。嘘をつきたくないなら、ここで話すしかないようだ。

シャーロットの前で。

気は進まなかったが仕方がない。

湿った夜気が両肩にのしかかる。頬の筋肉がぴくぴくと痙攣《けいれん》した。居心地が悪いと自然にそうなるのだ。

刑務所では、いつも居心地が悪かった。

もう出所したのに、何も悪いことをしていないのに、どうしておれは奥歯を食いしばっているのだろう？

ブローディーがジャックの隣に立つ。いかにも兄と弟といった雰囲気だ。

自分が部外者だということを思い知らされた。ブローディーたちはミッチを敵視してはいないが、歓迎もしていない。

そもそも歓迎するはずがない。妹のように思っている女性が夜中に見知らぬ男と話しているのだから。

事情を知ったら即、追いはらわれるだろう。

だが、ミッチも簡単に立ち去るつもりはなかった。ようやくここまで来たのだ。悩んだ末の行動だった。

「ちょっと、ふたりともなんなの？」シャーロットが絶望したように言う。「どうしてそんな態度をとるの？」

「どこの馬の骨ともしれない男なんだから、警戒して当然だ」ミッチは言った。嫌われるのは構わない。だが馬鹿にされるつもりはない。「ふたりは直感に従っているだけだ」

ブローディーが背筋をのばし、顎に力を入れる。

ジャックも両肩をいからせた。

そんなふたりの様子を、ミッチは心の隅で誇らしく思った。本物の男だ。

「ミッチ？」シャーロットが整った顔を曇らせる。

「すまない」ミッチは体の緊張を解いて口を開いた。「実は――」

「ブローディー、ジャック！　行儀の悪いことをしていないでしょうね？」

新たな声が響いた。人に指図することに慣れた、堂々とした声だった。

女性の声だ。

ブローディーがうんざりしたように目玉をまわす。「母だ。言っておくけど、おれたちよりも手強《てごわ》いぜ」

ブローディーたちの母親。

つまりロザリン・クルーズか。

どきりとしたミッチは、息を詰めたままふり返った。ここでロザリン・クルーズとも対面することになろうとは！

ミッチとロザリンの視線がぶつかった。

2

クルーズ家の中心にして絶対的存在――ロザリンの噂《うわさ》は聞いていたが、顔を合わせることになるとは思ってもみなかった。しかもこんな夜遅くに、バーの前で。おまけにブローディーとジャックだけでなく、シャーロットもいる。

ミッチを見たロザリンが動きをとめる。強い光を宿した美しい瞳は長いまつげにおおわれていた。

息子たち――ブローディーやジャックと同じ瞳だ。

おれとは少しも似ていない。

濃い茶色の瞳で見つめられたミッチは、首から肩にかけての筋肉がこわばるのを感じた。誰かを見て逃げだしたくなるのは初めてだ。この女性の前でどうふるまえばいいのか、まるでわからない。

ミッチは膝に力を入れて両足を踏んばり、呼吸に意識を集中させた。

「どうかしたの？」ジャックが心配そうな顔で母親に近づく。

ミッチはロザリンから目を離せなかった。ミッチにとってロザリンは、もはや物語の登場人物のような存在になっていた。思いやりがあって、誠実で、愛情深くて——現実にそんな人がいるとは思えなかった。

母親が息子に与えるべきすべてを備えた女性。子どもに対する愛情などかけらもなかったミッチの母親とは対照的だ。

「どうしたの、ロザリン？」シャーロットがそう言いながら、ミッチに向かって安心させるように笑いかけた。

つかの間の笑顔がミッチの心を揺さぶる。ミッチは歯を食いしばった。両手を握りこぶしにして、あとずさりしそうになるのをこらえる。

おれは臆病者じゃない。

これまでロザリンのことを女神か何かのように思っていた。現実の彼女が女神のように美しいのは否定しないが、同時にやさしくて親しみやすい雰囲気もある。強い母性も感じた。あたたかな血肉の下で心臓が確かな鼓動を打っているのがわかる。

ロザリンは何かにとりつかれたような表情でミッチを見つめていた。

「ロザリン、大丈夫？」シャーロットが心配そうに尋ねる。

ロザリンは素早くシャーロットに目をやってうなずき、ミッチに向かって遠慮がちにほほえんだ。ふっくらした頬にえくぼが浮かぶ。彼女はおずおずとミッチに接近した。

ミッチは踵《きびす》を返して逃げだしたい気持ちと必死で闘った。

ジャックとブローディーが母親のうしろにつく。母親を守ろうとしているのだ。クルーズ兄弟は、自分より小さい者、弱い者、助けを必要としている者を守らずにいられない性分だという。それが自分の愛する家族ならなおさらだろう。

ふたりは母親を愛している。

ロザリンが目を見開き、口もとに手をやった。しげしげとミッチの顔を眺めて小さく笑う。「ああ、じろじろ見るなんて無作法よね」

ミッチはロザリンと視線を合わせたまま首をふった。ロザリンの気持ちがわかるからだ。たとえほかの三人にはわからなかったとしても。

「あなたが……知っている人にそっくりだから見てしまうの。その人があなたくらいの年のころに生き写しなのよ」

ミッチは音をたてて息を吸った。

「わかってます」ロザリンが誰のことを言っているかは尋ねるまでもない。

ブローディーが意外そうに口を挟む。「誰のことだ?」

「ぼくには心当たりがある」ジャックがミッチの顔を観察しながら言った。

ミッチの首筋に汗が噴きだす。

張りつめた空気に耐えられなくなって、ミッチは自分から答えを明かした。「エリオット・クルーズに似ているんですよね」

　さっきよりも緊迫した沈黙が落ちた。それでもミッチは少しだけ気が楽になった。いちばんの難所は越えたのだ。ただし、これで後戻りはできなくなった。

　こうなったら前進あるのみだ。

　ミッチは大きく息を吸ってロザリンたちの反応をうかがった。

　四人とも、口をうっすらと開けてミッチを見つめている。

　シャーロットが目を瞬《しばたた》く。

　こんなふうに打ち明けたくはなかったが、ほかに方法がなかった。四人から非難されるのを覚悟する。

　四人のなかで、シャーロットの視線がいちばん熱っぽかった。ミッチのことを、さっきとはちがう目で見ている。

　いったいどう思われているのだろう？　シャーロットの視線は好意的に見えるが……あまり期待しないほうがいい。

　シャーロットに向かって、ミッチは自嘲気味にほほえんだ。まだ前科のことは打ち明けていない。

　シャーロットは好奇心でいっぱいの表情を浮かべていた。

　ミッチは意思の力をふりしぼって視線をそらした。それでも全身がシャーロットを意識している。

ブローディーたちの顔に嫌悪が浮かぶのを見たくなくて、ミッチはロザリンに視線を固定した。ここまで来て引きさがるわけにはいかない。

「気持ちはわかります」沈黙を破って言う。「ショックですよね」

ロザリンが目を潤ませて息を吸った。

泣かせるつもりなどこれっぽっちもなかったのに。

ジャックが口を引き結ぶ。

「……おやじに似てるだって?」ブローディーがつぶやいた。

ミッチは素早くうなずいた。「そうだ、おれの父親でもある」


シャーロットは衝撃のあまり息を吸うのも忘れていた。自分ですらそうなのだから、ブローディーたちにとってはどれほどの驚きだろう。

思わずロザリンの背中に手をまわして、ブローディーとジャックを見る。三人とも茫然《ぼうぜん》としていた。

ミッチも、相当の覚悟をしてこの町に来たにちがいない。

シャーロットにはそれがわかった。ブローディーたちがそんなミッチの気持ちを汲《く》んでくれるといいのだが……。

ミッチは弱さを見せまいとしている。マッチョな男ほど同情を嫌うものだ。だがシャーロットはごまかされなかった。

先にミッチのやさしさを知ったせいかもしれない。出会って間もないというのに、以前から彼のことを知っているような気がした。

この町に来た理由がわかった今、いっそうミッチの味方をしたくなった。

ミッチはブローディーたちと同じように背が高く、たくましい。広い胸板に男のプライドを秘めている。そんな男が今、見知らぬ町でたったひとり、運命の審判を待っているのだ。

シャーロットの胸に熱いものが込みあげた。

改めてよく見ると、どうしてすぐに気づかなかったのだろうと思うほどミッチとブローディーたちには共通点があった。とはいえ髪の色はミッチのほうが明るく、ダークブロンドと言ってもいい色合いだ。瞳の色もちがう。ブローディーとジャックはロザリンの黒っぽい瞳を受け継いでいるからだ。しかしそれ以外は――顔立ちや体つき、背の高さ、それに笑い方もよく似ている。

ロザリンが興奮したように高い声をあげ、ミッチに向かって両手を広げた。「やっぱりね！　あなたが誰か、すぐにわかったわ！」

ロザリンを見るミッチの表情がひきつる。

ロザリンはお構いなしにミッチの前に立った。「驚きはしたけど、彼の息子だってひと目でわかったの！」

「母さん、落ち着けよ」ブローディーが無駄と知りつつ母親を制する。

ロザリンが声をあげて笑った。「あなたたちの弟よ！」そう言いながらさらに一歩、ミッチと距離を詰める。

シャーロットは目を見開いた。ロザリンが寛大なことは知っているが、存在も知らなかった夫の子どもに遭遇して、こんなふうに歓迎できるなんて、やはりただ者ではない。

「確かめもせずに信じるのかい？」ジャックがあきれた顔をする。

「あなたにも目はついているでしょう？　一目瞭然じゃない」ロザリンが言った。

ミッチが怯《おび》えた表情であとずさった。

すぐうしろは車道で、もう逃げ場がない。

ロザリンが問答無用でミッチを抱きしめた。

ミッチの顔に複雑な表情が浮かぶ。

混乱、そして希望。

そびえたつような大男も、ロザリンの圧倒的な愛情には勝てないようだ。

ロザリンはいつものとおり、ささいなことは気にしなかった。ミッチを見あげて満面の笑みを見せる。「本当にそっくり」

ミッチがロザリンの体に手をふれないように奇妙な角度で腕を固定したまま、顔をしかめた。

ロザリンはミッチを抱きしめたまま、急に体をそらした。怒りに満ちた声で言う。「あの男、今度会ったら殺してやる！」

物騒な発言に、一同がぎょっとした顔をする。

ジャックがおそるおそる口を開いた。「あの男ってひょっとして、エリオットのこと？」

「ほかに誰がいるっていうの！」ロザリンが息子をふり返って拳をふりあげた。「こんな立派な息子がいるのに内緒にしておくなんてありえないでしょう！」

ミッチは肩と腕の緊張を解くように腕を動かしたあと、どうにか笑みを浮かべた。「いや、悪いのはおれで――」

「それはちがうわ、ハニー」ロザリンが手をのばしてミッチの頬を包む。「あなたは悪くない。何ひとつまちがってないわ！」

ミッチは眉根を寄せ、金色がかった茶色い目を細めた。「何ひとつって、あなたは、おれのことを何も知らないじゃないですか」

「そのとおりだ、母さん」ブローディーが母親のほうへ手をのばしかけた。ロザリンににらまれて、しぶしぶ手をひっこめる。「彼がこの町へ来た目的もまだ訊《き》いてないのに」

ロザリンがにっこりした。「家族に会いに来たに決まっているじゃない」

ミッチが体を硬くした。唇を噛《か》んで両手を握りこぶしにする。複雑な表情が胸の内を映していた。

シャーロットは思わず彼のほうへ足を踏みだしかけて、やめた。自分はクルーズ家の一員ではない。しかし、いつも息子たちの手綱を握っているロザリン自身が、今日は冷静でいられないようだ。

シャーロットは腹を決め、わざとらしく咳払《せきばら》いをした。みんなの視線が集まったところで明るい笑みを浮かべる。「こんなところで立ち話もなんだし、家に帰って話さない？」

「そうね」ロザリンが勢いよく賛成する。

ブローディーとジャックは気乗りしないようだった。

「もうこんな時間だし、マリーが心配する」

「ロニーが待っているから」

息子たちを熟知しているロザリンは、たしなめるようにブローディーとジャックを見た。

「大事なお嫁さんたちを心配させたくないわ。あなたたちはお帰りなさい。わたしとシャーロットはミッチと話すから」

「なんだって？」

「そんなのはだめだ」

ロザリンはとぼけてほほえんだ。「心配しなくても、何を話したかは明日になったら教えてあげる」

ジャックのひきつった表情とブローディーの不満そうな顔を見て、シャーロットは思わず笑みをもらした。ロザリンの決意を翻させることは誰にもできない。反論するだけ無駄なのだ。なんだかわくわくしてきた。

「ミッチはわたしの車に乗ればいいわ」シャーロットは言った。

「だめだ」ブローディーが一歩前に出て、しぶしぶながら提案した。「おれの車で送る」

短いドライブだが、お互いのことを知るとっかかりになるかもしれない。シャーロットは内心にやりとした。

ところがミッチはそう思わなかったらしい。ぶっきらぼうに言う。「おれの気持ちは関係なしか？」

「まあまあ、怖い声を出さないで」ロザリンがやさしくミッチを抱きしめた。「ここまで会いに来てくれたんでしょう？　家に寄ってちょうだいよ」

ミッチは途方に暮れたように上を向いて、首のうしろに手をやった。

シャーロットの目が、盛りあがった二の腕の筋肉に吸い寄せられる。

「本当は、あなたも話したいんでしょう？」シャーロットはそっと言った。

哀愁を帯びた茶色い瞳が素早くシャーロットを捉える。よく見ると、茶色のなかに金色の点が散っている。ミッチは目を細めたあと、ブローディーに視線を動かした。

「おれは……こんなことになるとは思っていなかった。あんたらがいるからこの町へ来たのはまちがいないが、いきなり正体を明かすつもりはなかったんだ。その……彼女もいる前で――」そう言ってシャーロットのほうを顎で示す。

その台詞《せりふ》にシャーロットは傷ついた。

ミッチは何も気づかぬ様子で、ロザリンから離れようとした。ロザリンがミッチの腰に
まわした手に力を込める。

「あんたとジャックとおれで話せればいいと思った。今すぐでなくていい。明日でも、明後日《あさって》でも」ロザリンがミッチの腰に
「そんなことが言えるのは――」ジャックがつぶやいた。「うちの母親のことを知らないからだ」

シャーロットはにやりとした。そのとおりだ。そしてこれから、いやというほど知ることになる。

ミッチはいくつもの筋書きを想定していたが、まさかこんな急展開が待っていようとは予想もしていなかった。注意して力を加減しつつ、断固とした態度でロザリンの腕をつかみ、自分の体から離す。ようやく抱擁が解けたときはほっとした。

ロザリンは背が低く、どちらかというと丸みのある体つきをしている。しかし女性らし

い外観とは裏腹に、場を仕切ることに慣れた人特有のオーラを放っていた。

明るいブラウンの髪をポニーテールにして、Tシャツとジーンズ姿だ。結婚した息子がふたりもいるようにはとても見えない。

しばらくロザリンを見つめたあと、ミッチはブローディーに声をかけた。「あんたとジャックとだけ話したいんだが、おれに一分くれないか？」

ブローディーが口を開きかけたところで、ロザリンが言った。「だめよ」

ブローディーが口を閉じ、ジャックがため息をつく。

ミッチに向かって、ロザリンが言った。「家族なんだから、言いたいことがあるならみんなの前で話して」

ミッチは思わずシャーロットを見た。ひょっとして彼女も血縁なのだろうか？　だとしたらおれは――。

「ああ、わたしはちがうわ」ミッチの考えを読んだかのように、シャーロットが早口で訂正した。「家族同然のつきあいをさせてもらってはいるけど。うちの両親が早くに死んでしまったから。でも血のつながりはないわ」

ブローディーが眉をあげた。「やけに強調するじゃないか」

「あなたは余計なことを言わないの」ロザリンが息子をたしなめた。両手の指を絡めてミッチを見る。「今さらだけど、わたしはロザリン・クルーズ、この子たちの母親よ。だからこの子たちのことは、わたしにも関係があるわ」

ミッチは威圧するようにロザリンを見おろした。「明日になったらあなたにも話しますから」

ロザリンは少しもひるまなかった。「みんなそろっているんだから今でいいでしょう。わたしの家にいらっしゃい。コーヒーを淹《い》れるわ。シャーロットが焼いたクッキーもあるのよ。お茶を飲みながら話をしましょう」

あたたかな誘いにミッチの心が揺れた。

シャーロットが焼いたクッキーだって？

いや、だめだ。そんな言葉に惑わされるな！

あわてて自分に言い聞かせる。クッキーが食べたきゃスーパーで買えばいい。

歯を食いしばって、ミッチはロザリンを見おろした。「正直、おれは――」

ロザリンの顔には、てこでも譲らないという強い決意が浮かんでいた。その顔を見ているうちに、ミッチのなかからあらがう気力がうせていった。

この女性は、夫の隠し子をどうして家に招くのだろう？　どうしておれに会えてうれしそうにする？

「やめたほうがいいと思うけどな」自分がつぶやくのが聞こえた。

ロザリンは勝利を確信したようにほほえんだ。「それはわたしが決めることよ」

ミッチは助けを求めるようにシャーロットを見た。形のよい唇が弧を描くのを見て、すぐに目をそらす。こんなときまで彼女の唇に妄想をふくらませてしまう自分がいやだった。今や彼女は、この世でいちばん手を出してはいけない相手だ。

それでも油断するとすぐに視線がシャーロットのほうへ吸い寄せられる。彼女の姿を見ると安心すると同時に、心がかき乱された。

そばにいると危険だ。

シャーロットだけではなく、クルーズ一家とも距離を置くべきだと思った。

ミッチは顎をこすりながら、自分に与えられた選択肢を吟味した。

ロザリンはおそらく、おれが息子たちとよく似ているから中身までわかったようなつもりになっているのだろう。

だが、それはまちがいだ。

ブローディーとジャックは見るからに好青年だった。必要となれば暴力も辞さないのだろうが、できるだけ平和的に解決しようとするし、いつでも正々堂々と、男らしくふるまうように見える。

一方のミッチは生きのびるために闘ってきた。生まれてから二十九年間、今日を生きるのが精一杯だった。心のどこかに純粋な部分が残っていたとしても、刑務所で揉《も》まれているうちに消えてしまった。

自分を残忍な人間だとは思わないが、いざとなれば人でなしと呼ばれるようなこともやってのける自信がある。善悪の区別はつくつもりだ。しかし現実がきれいごとだけでは乗り切れないことはいやというほど学んだ。

命の大切さはわかっている。だが、ミッチの世界では、自分が生き残るためなら相手を殺すこともためらわない覚悟が必要だった。実際に何度かそういう状況に陥ったことがある。家でも、刑務所でも。

ミッチの目的はひとつ——生き抜くことだ。そのためなら他人を踏みつけることもためらわない。

だが、ここでそういうやり方は通用しない。ロザリンのやさしさを利用するなどもってのほかだ。

そうなるとすべてを正直に話すしかない。今、この場で。

「言っておくが——」ミッチはブローディーたちをまっすぐに見た。全身の筋肉が張りつめる。「おれは前科者だ」

誰も何も言わなかった。

ブローディーとジャックがわずかに立ち位置を変える。ロザリンのすぐうしろに控えつつ、シャーロットとミッチのあいだに壁をつくった。

ミッチが前科者だからだ。

それでもけなしたり、追いはらったりする様子はない。

ミッチは歯を見せて自嘲気味に笑った。

「警戒するのは当然だ」必要以上に不安がらせないように、ミッチは続けた。「おれはべつに、あんたたちに何かを要求しようと思ってこの町に来たわけじゃない」

「それでもわざわざ来たからには相応の理由があるんだろう」ブローディーは女性たちをかばいつつも、おだやかな口調で言った。

「もちろんだ」

生き方を改めるために来た。家族と呼べるのはブローディーとジャックしかいない。再出発にあたって、自分のルーツをはっきりさせたかった。

だが、それはまちがいだったかもしれない。

「理由を聞かせてもらおう」ジャックが言う。

怒鳴られるとばかり思っていたので、おだやかに尋ねられて調子が狂った。「あんたたちに何かを無理強いするつもりはないし、利用するつもりもない。ただ……」

くそっ、言葉で説明するだけなのに、どうしてこんなに難しいのだろう？

相手の反応が怖くて言いたいことが言えないなんて、ミッチにとっては生まれて初めての経験だった。前科者が仕事を得るためには拒絶を恐れてはいられない。断られたら次へ進めばいい。常日頃からそういう気構えでいる。

それなのにブローディーたちに拒絶されるのは死ぬほど怖かった。

四人は黙ってミッチが話しだすのを待っている。

ミッチは手で顔をぬぐった。「エリオットもこの町にいるのか?」

エリオットならクルーズ家との接点になってくれるかもしれない。

「離婚したのよ」ロザリンが言った。「もうずっと前に」

ミッチは目を見開いた。エリオットはその事実を明かさなかった。罪の意識に襲われる。

「うちの母親のせいなら――」

「ちがうわ」ロザリンがミッチのほうへ足を踏みだした。「あの人は浮気性だった。それはあなたやあなたのお母様のせいじゃない」

ミッチは信じられなかった。エリオットが浮気をしたのを承知していながら、浮気相手の子どもに笑いかけることができるとは。笑いかけられた自分はどう応じればいいのだろう?

またしてもシャーロットのほうを見たくなるのを我慢する。彼女を見たら最後、目を離せなくなる。

「あんたは刑務所にいたのか?」ブローディーが尋ねた。純粋に興味があるような口ぶりだった。

別次元に入りこんだような気分で、ミッチはうつむき、弱々しく笑った。呪われた生い立ちに興味があるのだろうか？

胸の奥でくすぶっている怒りが湧きあがってきた。

自分に対する怒りが。

あまりにもたくさんの時間を無駄にしたし、許されない過ちを犯した。二度と同じ轍《てつ》を踏むつもりはない。たとえひとりで生きていかなければならないとしても。

服役して罪は償ったのだから、誰に対しても引け目を感じる必要はない。それでもブローディーたちに対しては説明する義務があると思った。怒りをぶつけるのではなく、話をしなくてはいけない。

醜い過去をさらけだすのは簡単ではない。ミッチはブローディーの目をまっすぐに見た。

「そうだ。五年服役した」

職歴について尋ねるような気軽さで、ジャックが尋ねた。「なんの罪で？」

ミッチは周囲を見まわして、聞き耳を立てている輩《やから》がいないか確認したくなった。自分は前科者で、それは明白な事実だ。今さらとりつくろっても仕方がないのに。

覚悟を決めて口を開きかけたところで、シャーロットが勢いよく前に出た。きびきびした態度でブローディーたちをたしなめる。「もうやめて。通りのまんなかでする話じゃないでしょう」

シャーロットがかばってくれたことに対する驚きと、そうさせた自分に対するふがいなさて、ミッチは眉をひそめた。「質問に答えるくらい平気だ」

そこでロザリンがあっけらかんと言った。「五年で出られるなら人殺しじゃないわね」

「傷害罪とか？」シャーロットの鋭い視線を無視して、ジャックが尋ねる。

ミッチは首をふった。「麻薬売買の共犯にさせられたんだ。母親のつきあっていた男が売人だった」

みずから進んで麻薬の売買に加担するはずがない。ミッチは麻薬を憎んでいるし、手をふれたこともなかった。麻薬におぼれる連中を憐《あわ》れんでいた。

「その男が、ニューマンというんだが、とにかくそいつが売人だった」

「どうして共犯者に？」ジャックが尋ねた。

シャーロットも張りつめた面持ちでミッチの答えを待っている。

ミッチは肩をすくめた。事実を話すだけならそう難しくない。「運び屋をやった。ほかにやれるやつがいなくて」

「まちがいなく共犯じゃないか」ブローディーがつっこむ。

それ以外の方法が思いつかなかったのだ。

「ニューマンが逮捕されて、いつ帰ってこられるか見当もつかなかった」

一生出てこないでほしいと神に祈ったが、そもそもおれの祈りが聞き届けられた試しはない。

「ニューマンが逮捕されたあと、やつの仲間がおれを見つけて、取り引きが成立しなければ、母の生活費は出せないと言った」

歯を食いしばりながらしゃべっていたので、顎が痛くなってきた。声に出してみると、自分の愚かさがいっそう際立つ気がする。

「母ひとりが暮らしていくくらいならおれがなんとかすると言ったんだが、いったん約束した取り引きをすっぽかすと、母の身の安全が保障できないと言われた。だからそのときだけ運び屋をやった」

当時の記憶がよみがえって胸が苦しくなった。「たった一回のことだった」顔をあげるとシャーロットと視線が合う。「で、捕まった」

「そのまま五年、檻《おり》のなかか？」ブローディーが言う。

首筋の筋肉がこわばった。「関係者の名前を言えば三年にすると言われたが、母の立場が危うくなるんじゃないかと思うとできなかった」

どうして何もかもしゃべって、さっさと出てこなかったのだろう？

それこそミッチが犯罪者でない証拠だった。ブローディーたちにもそこをわかってもらいたかった。

ミッチにはブローディーたちしかいない。この世に、ほかに家族と呼べる人はいないのだ。

無意識のうち、ミッチはロザリンに向かって説明していた。「ニューマンが服役中で、母には頼る人がいなかったんです」

「息子のあなたしか、守ってあげられなかったのね」ロザリンが言う。

すんなりと理解してもらえて、ミッチは涙が出そうになった。「おれの母親は……」弱くて、ひとりでは何もできなくて、自分勝手で……ロザリンとは正反対だ。「もともと母とはうまくいっていなくて、十七になってすぐ家を出ました」

「家を出てどこへ?」ジャックが尋ねる。

「あちこち」路上生活をしたことも一度や二度ではない。家にいてニューマンに殴られるくらいなら、路上のほうがずっとよかった。

ブローディーが額にしわを寄せる。「母親はとめなかったのか?」

とめるわけがない。ブローディーには信じられないだろうが、母親はたいてい麻薬でハイになっていて、息子の不在に気づきもしなかった。「母にどう説得されても、あの家に留《とど》まることはなかっただろう」みじめすぎる事実より、もっともらしい嘘のほうがいい。

シャーロットがミッチの腕にふれた。「でも、お母さんたから助けたのね」

ミッチはシャーロットの顔を見ることができなかったし、そんな自分が情けなかった。

自分の選んだ道も、その理由も、母親の選んだ道とその結果も。

クルーズ一家もシャーロットも、自分のようなクズとかかわるべきではないのだ。

そもそもミッチは結局、ニューマンから母親を守ることができなかった。「麻薬取り引きなんかにかかわるべきじゃなかった。それは後悔している」

「そのときは必死だったんでしょう?」ロザリンが言う。

ミッチは泣きそうになった。「母親も麻薬中毒で、ニューマンがいないと何もできなかった」なんでもないことのように言って、肩をすくめる。ニューマンがいないと何もできなかった。当時も、そして今も。「取り引きをすっぽかしたら、母が仕返しをされるのは目に見えていた」

「ひでえ話だな」ブローディーが小声で言った。

ミッチは一同を見まわした。「とにかくそれで麻薬の運び屋をやった。捕まって、刑期を務めた」ポケットの鍵をさぐる。「もう行くよ」

「待って」シャーロットが手をのばした。

シャーロットに引きとめられる前に、ミッチはあとずさった。この場から逃げないといけない。それも今すぐに。

「犬が待っているから」そう言ってブローディーを見る。「明日、事務所に電話をする。時間があったら話そう」ブローディーの答えに緊張しつつも、足をとめなかった。「時間がなければそれでもいい」

「待て」ブローディーがミッチのあとをついてきた。

ミッチは身構えた。

ブローディーがミッチの前に立つ。母親とちがって無表情なので、何を考えているのかはわからなかった。

「明日は十時にうちの事務所に来い。犬も連れて。コーヒーを飲みながら話そう」

十時に来い？　そんなに簡単に受け入れてくれるのか？

ミッチは信じられなかった。刑務所のことも、麻薬のことも話したのに、父親の浮気でできた子どもを招待するのか？

そんなに簡単に？

ミッチの人生は汗と労働の連続で、ときにはほしいものを得るために血を流すことさえあった。時間はかかったが耐えることを学んだ。

だから今日もミッチは、淡い期待を悟られないように、じっと立っていた。

ブローディーがにやりとしてミッチの肩をつかむ。

「よく帰ってきてくれた、兄弟」

3

いつも以上に時間をかけて身なりを整えている自分に、シャーロットは気づいていないふりをした。どんなにきれいに髪をセットしても、この暑さと湿気では午後まで持たないだろう。それでもジャックの妻のロニーに教えてもらったテクニックを思い出して、ふだんはやらないメイクまでする。

出勤したらジャックとブローディーにからかわれるかもしれないと心配していたが、杞《き》憂《ゆう》に終わってほっとした。ささいな変化も見逃さないふたりなので、覚悟していただけに拍子抜けだ。

さすがにロザリンはシャーロットを見て含みのある笑顔を見せたが、何も言わないでいてくれた。

ミッチの気を引きたいからおしゃれしたわけじゃない。ブローディーたちと血がつながっていると知る前は、いいなと思っていたのは確かだけれど……。

今は？

シャーロット自身、ブローディーたちのことを兄のように慕っているので複雑な心境だった。

ブローディーたちのような男が理想かと言われれば、答えはノーだ。

シャーロットが求めているのはもっと落ち着いた男性だった。平穏な日々に満足できる人。子煩悩で、家族の団欒《だんらん》を大事にする人。妻との時間を楽しめる人。

ブローディーたちも結婚して変わったように見えるし、ふたりが浮気をしないことはわかっている。それでも、あの兄弟の心は常に冒険を欲している。危険の兆候に気づいたとしても、目的を達成するためなら躊躇《ちゅうちょ》せず前進するだろう。一方のシャーロットは冒険を望んでいなかった。

危険を冒さず、家族に心配をかけない人がいい。

ミッチと具体的にどうなったわけでもないのに、そんなことを考えている自分が滑稽だった。昨日の夜、ブローディーたちと会ったあと、ミッチはシャーロットと距離を置こうとしているように見えた。ときおり熱い視線を感じたけれど、ミッチのようにハンサムで世慣れた男は、その気がなくても女性に期待を抱かせるものだ。

夜にパンクした車の横で立ち往生しているところを救ってもらったからというわけではないが、シャーロットにはミッチが特別な人に見えた。彼の内側には激しく燃える炎がある。

その激しさに、自分のなかの女の部分が反応してしまう。

ブローディーとジャックも熱い男だが、ふたりの場合はおどけるときもあれば、やさしさや誠実さをにじませるときもあって、それが彼らの雄々しさをやわらげていた。

もちろんミッチにもいろいろな面があるのだろう。だが昨日の彼は初対面にもかかわらず、異母兄弟の前で自分の過去をさらした。

シャーロットはその潔さに魅せられた。

こんな気持ちは初めてだ。

だから髪をセットしたり、慣れないメイクをしたりしているのだ。

まったく、今日のわたしはどうかしている。

休憩室を簡単に掃除して、クッキーが盛られた皿の位置を直し、ナプキンを出した。コーヒーメーカーの横に人数分のマグカップが出ていることを確かめる。

なんだか落ち着かない。仕事を始める気になれないのだ。

ミッチは肉親をさがしてこの町へ来た。ほかに目的があるのかもしれないけれど、少なくとも昨日の話ではそういう印象を受けた。

しかしわたしは家族の一員ではない。

「朝からやけに難しい顔をしてるな」休憩室に入ってきたブローディーが、シャーロットの肩を押した。

「そんなことないわ」

「深刻な顔をするのはミッチひとりで充分だ」シャーロットの心中を読んだかのように異母兄弟の名前を出す。「おまえは笑ってろ。今のあいつに必要なのは笑顔なんだ」

シャーロットは唇を噛《か》んだ。「ブローディー、あのね――」

「なんだ？」

シャーロットは咳払《せきばら》いをしつつ、ふさわしい言葉をさがした。「ちょっと考えたんだけど、わたしは家族じゃないし、ひょっとしてミッチはわたしに――」

「同席してほしくないかもしれないって？　そんなことがあるはずない。まあ、本当におれたちの弟だとしたらおまえにちょっかいを出さないでもらいたいが」ブローディーは大げさに身震いした。「さもないとおれは――」

ブローディーのほのめかしにぎょっとして、シャーロットは彼の肩を強く押した。もちろんブローディーはびくともしない。「またそんなふざけたことを言って！」

廊下を通りかかったジャックが口を挟んだ。「兄さんにふざけるなと言うのは、息をするなと言うのと同じことだ」ジャックは正面扉まで行って外をのぞき、時計を見た。

「あと五分だな」ブローディーが両手を揉《も》み合わせる。

シャーロットはそのときようやく、ブローディーたちが自分と同じくらい緊張していることに気づいた。いや、自分以上に緊張しているにちがいない。当然だ。存在すら知らなかった弟が目の前に現れるなんて、めったにあることじゃない。

ミッチが血縁なのはまちがいないだろう。三人は見れば見るほどよく似ている。声をかけられた時点でその可能性に気づかなかった自分に腹が立つが、そもそもブローディーたちに弟がいるなど考えたこともなかった。

ミッチは助けを必要としているようだった。

幸いにもブローディーたちは家族を大事にするし、困っている人を放っておけない性質だ。ミッチのこともきっとなんとかしてくれる。

そうしたらミッチはこの町に留《とど》まってくれるだろうか？　クルーズ家の輪に入ってくれるのだろうか？

だいたい、彼は家族の輪に入りたいと思っているのだろうか？

ジャックのつっこみなどなかったように、ブローディーが続けた。「あいつの視線に気づいただろう？　おれはそういうのに敏感なんだ。あいつはぜったい――」

「わたしが言いたいのは――」シャーロットはあわてて遮った。「わたしは家族じゃないからしばらく外に出ていたほうがいいんじゃないかってこと」

ブローディーの眉間にしわが寄る。「きみは家族だ」

ジャックも休憩室の入り口に顔を出した。「そのとおり」それからブローディーをにらむ。「また何か余計なことを言ったんじゃないだろうな？」

「おれじゃないぜ」ブローディーはシャーロットを顎で示した。「自分から言いだしたんだ」

「シャーロットはあらゆる意味で家族の一員よ」ロザリンがジャックとブローディーを押しのけて休憩室に入ってきた。

両親が他界してからずっとクルーズ家の世話になってきたシャーロットは、わざわざ言葉にしてもらうまでもなく、三人から家族同様の扱いを受けていることをよく知っていた。

シャーロットも三人を本物の家族だと思っている。

「ありがとう。でもミッチにとっては他人でしょう」

「それを言うなら、わたしだって他人だわ。血のつながりはないもの」ロザリンが言う。「でも、ミッチに対して遠慮するつもりはないし、あなただって遠慮すべきじゃないのよ。みんなで彼を受け入れるの。ひとつの家族としてね」

ジャックとブローディーが顔を見合わせる。

ロザリンが胸の前で腕組みをして、息子たちの顔を代わる代わる見た。「なんなの?」

ジャックが椅子に座ってテーブルの上で手を組んだ。「ちょっと調べてみたんだ」

愕然《がくぜん》として、シャーロットは向かいの椅子に腰をおろした。「本人の口から聞くまで待てなかったの?」

「あいつはおれたちの領域に入ってきたんだぞ」ブローディーがジャックに加勢する。

「小さな町だからそれぞれの家を見つけるのも簡単だろう。店とかバーで尋ねれば一発だ。子ども時代の話だってわかるかもしれない。だからこそ、おれたちも相手を知っておくべきなんだ」

「そもそもブローディーとぼくだけならそんなに心配しない。だけどきみや母さんは女性だから――」

「女だからって馬鹿にしないで。ひとり暮らしをしているわけでもないのに」

ブローディーとジャックが意味ありげに顔を見合わせる。

ロザリンが大きく息を吐いた。「それで？　ミッチについて何がわかったの？」

「ロザリン！　あなたまでそんなことを言うの？……はるばる会いに来てくれたのに」シャーロットは信じられない思いだった。

ジャックが片眉をあげてシャーロットを見た。「本当に会いに来たかどうかはわからない。昨日だって目的を言わずに帰ってしまった」

「逃げるように去っていったな」ブローディーが小さく笑った。「きっと母さんの迫力にびびったんだぜ」

「シャーロットにかばわれたせいかもしれない。プライドが傷ついたんだ」ジャックが小声でつけくわえる。

「もう！　まじめに話してよ」シャーロットは赤くなって腕組みをした。だが、ミッチをかばったという自覚はあった。

「ミッチはあなたに気があるのよ」ロザリンがシャーロットの手を軽くたたいた。「ブローディーとジャックはそれが心配なだけ。悪気はないんだから大目に見てやって」

ロザリンが息子たちの肩を持つのは、彼女もまたシャーロットのことを心配してくれているからだろう。子どもを守るためなら悪魔とも対峙《たいじ》する女性だ。息子たちが悪いことをしたと思ったときも容赦ない。

ミッチのことをこそこそ調べるのはいい気持ちがしないが、ブローディーたちが用心する気持ちはシャーロットにも理解できた。町の人たちの信頼を得て運送業を軌道に乗せるために、ふたりはずっと努力してきた。家族や仕事を危険にさらすわけにはいかない。

「ミッチについてわかったのは服役したことと、その理由だけだ。逮捕されたのは一度だけだった」ジャックはテーブルについた傷をなぞった。「それから出所前に母親が亡くなっていた」

ロザリンが喉に右手をあてる。「かわいそうに！」

ミッチは同情されたらいやがるだろうとシャーロットは思った。「あの人はかわいそうなんかじゃ――」

「ミッチはひとりぼっちだったのね」ロザリンが言う。「少なくともここへ来るまでは」

ブローディーがうなずく。「エリオット以外、身寄りがいなかったみたいだな」

「いたとしてもあの父親じゃ頼れないことは、ぼくらがいちばんよく知っている」ジャックがにがにがしげに言う。

シャーロットはうなずいた。エリオット・クルーズは悪い人ではないけれど、父親としては最低だったし、夫としてはさらに救いようがなかった。ブローディーたちは幸い、父親の不在を感じさせないほどすばらしい母親がいた。ロザリンのおかげで、ブローディーとジャックは愛情に包まれて育った。十六のころからふたりの下で働いているシャーロットはそれをよく知っていた。十八で母を亡くしてからは、クルーズ家で暮らしてきたからなおさらだ。

「ミッチはもうひとりじゃない」ロザリンが宣言した。「どんな問題を抱えていようと、わたしたちが力になればいい」

タイミングよく表からエンジン音が聞こえた。いっせいに立ちあがって戸口へ向かう。先頭を歩くブローディーを、最後の最後でロザリンが追い抜いた。シャーロットはいちばんうしろをついていった。

黒いマスタングが停車して、ミッチが降りてくる。

「今度、エリオットに会ったら――」ロザリンがうなるように言った。「地獄を見せてやる」

シャーロットは笑いそうになった。ロザリンなら本当にやるにちがいない。エリオットはきっと肝を冷やすだろう。時期はわからないが、エリオットがいずれここを訪れるのはまちがいない。

いつもそうだ。

「あれは七二年モデルか？」ブローディーが眉をひそめる。

「誕生日プレゼントだな。くそおやじめ」ジャックが歯を食いしばる。

息子におんぼろのマスタングをプレゼントするのがエリオットの得意技なのだ。そばにいなかった時間を車で埋め合わせようとする。ミッチもさびだらけのマスタングを受けとったにちがいない。

ロザリンたちが怒っているのは、エリオットがミッチを息子だと認めていたことがマスタングによって証明されたからだ。

たくましい肩や長い腕のあいだから様子をうかがっていたシャーロットは、三人の体から発せられる怒りを感じた。ミッチのための怒りだ。

「ミッチに必要なのは笑顔よ。にこやかにあいさつしてね」

シャーロットの言葉で、ブローディーとジャックの肩から力が抜けた。ロザリンも深く息を吸う。

ミッチが助手席のドアを開けると、黒い犬が出てきた。

「おやじそっくりだな。マスタングに乗って犬を連れてるぞ。あいつはまちがいなくうちの系統だ」

ブローディーの言葉に、シャーロットの胸に希望が湧いた。昨日、出会ったばかりだけれど、ミッチには好感を抱いているし、幸せになってほしい。

幸せとはつまり、クルーズ家の一員として受け入れられることだ。

注目されていることに気づいたミッチが面食らった表情を浮かべた。今日のミッチは白いゆったりしたシャツに色あせたジーンズを合わせ、足もとは黒いスニーカーだった。ダークブロンドを照らす朝日が、高い頬骨とひげを剃《そ》った顎に陰影を与えている。

スタイルがいいので、カジュアルな装いをしていてもたまらなくセクシーだ。

ブローディーがドアを大きく開けて外へ出た。「よく来たな。おまえも犬も歓迎する」

シャーロットは胃が浮きあがるような感覚を味わった。ミッチがここへ来たのは、自分に会うためではないというのに。

ミッチは家族に会いに来た。

やはり部外者が邪魔をしてはいけない。

ふいにミッチがシャーロットを見た。

それだけでシャーロットは金縛りに遭ったように動けなくなってしまった。息苦しくなって、顔が火照る。

ミッチの視線は、ふつうよりもわずかに長くシャーロットの上に留まってから、ほかへ移動した。

笑顔を見せてくれたわけでもないのに、自分が彼に見とれたように、彼もこちらを好ましく思ってくれたことが伝わってきた。

今、ミッチは事務所の外観を眺めている。

ミッチがこちらを見ていないのをいいことに、シャーロットはじっくりと彼を観察した。髪は手で何度もかきあげたように乱れている。ゆったりしたシャツを肩や胸の筋肉が押しあげていた。

立っているだけでこんなにすてきだなんてずるいと思いつつ、眺めるのをやめられない。

ミッチが陽《ひ》ざしを遮るように片手をあげると、シャーロットの目はたくましい腕の筋肉に吸い寄せられた。

ブローディーがシャーロットを強めに小突く。「恥ずかしいからよだれを垂らすなよ」

「うるさいわね！」シャーロットは顔を赤くして小声で言い返した。ミッチに聞こえていないことを祈りつつ、笑顔を保つ。

ブローディーが鼻を鳴らした。

ミッチが長い脚でこちらへ歩いてきたので、シャーロットはいよいよ緊張してしまい、自意識過剰な自分がいやになった。ブローディーやジャックと四六時中一緒にいるので、長身でいかにも男らしい男には免疫があると思っていた。ふたりとくらべると、たいていの男は見劣りする。

だがミッチはちがった。

動揺を隠すために、シャーロットはまず黒い犬にあいさつをした。「ハンサムくん、名前はなんて言うの？」

「ミッチだろう」ブローディーが言う。

ジャックが噴きだす。

ミッチがぴたりと足をとめ、シャーロットを見た。

ブローディーの首を絞めたい衝動にかられながら、シャーロットは言い返した。「犬の名前に決まってるでしょう！」

「だろうな」ブローディーがにやりとした。「みんなの緊張をほぐそうとしただけだ。悪く思うな」

ミッチが硬い表情のまま、犬の首に手を置いた。「こいつはブルート、人見知りなんだ」

名前を呼ばれたブルートがミッチを見あげ、ミッチのスニーカーの上に尻をのせて右脚に寄りかかるようにする。それから舌を出してはっはっと呼吸した。

シャーロットはほほえまずにいられなかった。「かっこいい名前ね」

「おれによく似てるだろう？」ブローディーが得意げに顎をあげる。

「ブルートが？　あなたに？」シャーロットはにやりとした。「たしかにあなたもよく、よだれを垂らしているけど」

「ブローディーとくらべるなんて、犬に失礼じゃないか」ジャックも便乗して軽口をたたく。

これにはミッチも笑みをもらした。ハンサムな顔がいっそう魅力的になる。

ブローディーたちと似ているのはまちがいないが、ミッチには独特の雰囲気があった。

「まったく、ガキばっかりでごめんなさい」ロザリンがブローディーをぴしゃりとたたいた。「なかでもこの子が最悪なの。うっとうしかったらお仕置きするから、わたしに言ってちょうだい」

「自粛します」ブローディーがまじめぶって言う。

ジャックは両手をポケットに入れて黒いマスタングのほうへ顎をつきだした。「いい車だね」

「ありがとう。一カ月前に修理が終わったばかりなんだ。もとはドアが片方しかなくて、フードもつぎはぎがしてあった」

ジャックが目を細める。「エリオットにもらったんだろう?」

ミッチがブルートの首をなでる。「十五のときに」

「やっぱりな」ジャックは招き入れるように事務所のドアを大きく開けた。「ぼくらももらったんだ」

ミッチの眉があがる。「本当に？」

「あの人の得意技なんだよ」ブローディーが説明した。「誕生日プレゼントをもらったのはその一度きりだ」

「十五の誕生日を十八の誕生日とまちがえて車をくれたんだ」ミッチが自嘲気味に笑う。

シャーロットは彼のもとへ駆け寄りたくなった。必死の思いで犬に視線を移す。

若いピットブルはミッチ以外の人の視線を避けるようにして、飼い主の横にはりついていた。

「十八までまだ三年あるって言ってやった？」シャーロットはミッチと父親の関係に興味があった。

ミッチが首を横にふる。「いや。むしろ早いほうが都合がいいと思った。免許をとるまで数年かけて整備できるから」

ブローディーがしわがれ声で笑った。「おやじはいつも十八の誕生日に車を贈ろうとして、何年かまちがえる。おれは二十一の誕生日だったし、ジャックなんて二十四だった」

事務所を眺めていたミッチがブローディーに視線を戻した。「実の親なのに？」

「おまえにとっても実の親じゃないか」ブローディーはミッチの背中を押して休憩室に入れた。「おれたちの前では理想的な父親だったと思っているなら大きなまちがいだ」

ブローディーがどっかりと椅子に座り、その向かいにロザリンが腰をおろした。シャーロットは最後に休憩室に入って、壁際に立った。ジャックとブローディーが父親のことをあまり悪く言わないといいのだけれど。ミッチがエリオットを大事に思っていたら、傷つくかもしれない。

家族のあいだでは悪口を言っても、第三者が入ってくると父親をかばうのがブローディーとジャックだ。家族を守ろうとする本能が働く。

ミッチもエリオットをかばうだろうか？　それとも一緒になって悪口を言うだろうか？

ミッチがこちらをふり返る。シャーロットがほほえむと、ミッチは怪訝《けげん》そうな顔をして椅子に視線を落とした。

座ろうとはしない。

女性が立っているのに座れないということ？　だとしたらなんて古風な！

「ぼくらは母さんに育てられたんだ」ジャックがそう言って、ブローディーの隣に座った。「離婚する前だって、エリオットはろくに家に寄りつかなかった。たまに帰ってきたときも、子どものことなんて見ちゃいなかった」

「よそに女がいたしな」ブローディーは指先で天板をたたいた。「おやじに教わったことで、唯一、役に立ったのは車の整備だ」

「そのとおり」ジャックが言う。

ミッチは考えこむように眉根を寄せた。「知らなかった……」ためらいがちに椅子の背に手を置く。「あんたたちのことを誤解していたようだ」

「小さなことは気にしないで」ロザリンが息子たちをたしなめるように見た。「来てくれてうれしいわ。さあ座って、くつろいでちょうだい」

ミッチはふたたびシャーロットをふり返り、椅子を手で示した。「きみも座ったら？」

みんなの視線を浴びて、シャーロットは決まりが悪くなった。「電話が鳴るかもしれないし」わざとらしく声をあげて笑う。「誰かが仕事をしないと」

ブローディーが鼻を鳴らす。「女性が立っているのに椅子も勧めない間抜けに、仕事は任せられないってさ」

「ふだんは勧められなくても座るのよ」シャーロットはあわてて言った。だいいち休憩室には四脚しか椅子がなかった。いつもはそれで足りるからだ。

「椅子をもう一脚持ってこないとね」ロザリンが言った。

「おれは座らなくてもいいです」ミッチがふたたびシャーロットに椅子を勧める。

シャーロットは心のなかでうめいた。「本当に気にしないで。わたしは出たり入ったりするから――」ミッチに向かってどうぞというジェスチャーをする。「あなたが座って」

ブルートがシャーロットを見あげて、床に座った。

みんながくすくす笑う。

ミッチは納得がいかない顔をしつつも、ブルートの首をやさしくたたいてから腰をおろした。犬がミッチの脚にすり寄る。

シャーロットはほっとしてドアの近くに留まった。ミッチの後頭部しか見えないのは不満だけれど、みんなと一緒に席についたら一方的に観察することはできない。

居心地の悪い沈黙が落ちた。シャーロットが咳払いをすると、ミッチがまたしてもふり返る。

「で？」ブローディーが口を開いた。「おまえもおやじから車の整備を習ったのか？」

ミッチは短く笑って首を横にふった。「いや」

おそらく親から何かを習うという発想自体がなかったのだろう。

シャーロットはミッチを抱きしめたくなった。

ミッチが耳をこする。「エリオットが訪ねてきても、家では会わなかったから。ハンバーガーを食べに行くとかしてた」

「マスタングの整備を手伝ってくれたんだろう？」

「まさか。ガレージなんてものもなかったし、家の前でやるわけにもいかなかった」

どうして？

シャーロットは心のなかで問いかけた。少し立ち位置をずらしてミッチの横顔を見る。

ブローディーたちと同じで頬骨が高く、鼻筋が通っていた。顎もがっちりしている。

「車は友だちの家に置かせてもらったんだ。整備はそこでやった」

「あなたひとりで?」ロザリンが声をあげる。

ミッチは右肩をあげてにっこりした。「かわいそうなんて思わないでください」それから思いついたようにつけくわえた。「工具は用意してくれました」

「でも、誰にやり方を習ったんだい？」ジャックが尋ねる。

「失敗から学んだことが多いな」ミッチはおどけた口調で言った。「十歳のころから整備工場の仕事をときどき手伝っていたから、そこで覚えたこともあるし、友だちのラングが携帯を持っていたから、やり方を調べてもらったこともある」

ミッチはなんでもなさそうに言ったが、ブローディーたちの表情からうまくいっていないことがわかった。

十歳から働いていた？

ロザリンがおだやかな声で尋ねた。「あの人は、どのくらいの割合で訪ねてきたの？」

「エリオットのことですか？」ミッチはふいをつかれたように椅子に座り直した。ゆったりしているように見えるが、表情は硬い。「一年に四、五回かな。十五になるまではそのくらいで来てました」

シャーロットは息を詰めて次の質問を待った。

ジャックが渋い顔で切りだす。「十五になってからは？」

皮肉っぽい笑みとともに、ミッチが言った。「ニューマンが――母の彼氏が家にいるようになったんで」

「ニューマンがいたからどうだっていうんだ？」

「あいつはくそったれ――」ミッチはシャーロットとロザリンを見て、咳払いした。「最悪の男でした。エリオットとも会うたびにもめてた」

「殴り合いをしたのか？」ブローディーが追及する。

「そこまでの事態にはならなかった。いつもニューマンがエリオットを追っぱらってた」

「エリオットはおとなしく追いはらわれるようなタイプじゃないでしょう？」ロザリンが指摘する。

「あなたはニューマンを知らないからそう言うんだ」

ロザリンがほほえむ。「そうだけど、エリオットのことならよく知ってるわ」

ミッチは首をふりながら笑った。「ニューマンはどこへ行くにもナイフを持ち歩くような危ないやつだし、使うのも躊躇しなかったんです」

「ナイフなら、ぼくの妻も持ち歩いているよ」ジャックが言った。「しかも必要なときはためらわずに使う。それでもぼくは妻から逃げたりしない」

ミッチが両眉をあげて目を瞬《しばたた》く。「奥さんが？」

「ナイフ投げの名人なんだ。悪い道に入らなくてよかった」ジャックがまじめくさって言う。

ブローディーがげらげら笑った。「ほんとにすげえ女なんだぜ」

「へえ」ミッチがまたシャーロットを見た。視線が合うたび、肌がふれたような親密さを感じた。

少なくともシャーロットはそうだった。

「ニューマンにナイフ投げなんて芸当ができるかどうかはわからないけど、悪いやつなのはまちがいない。今度来たら去勢するってエリオットを脅してた」

「だからって引きさがるべきじゃなかったわね」ロザリンが怒りをにじませた。「自分の子どもなんだから」

「おれにはなんとも……」ミッチがまたシャーロットを見た。「悪いけど、背後に立たれるのが苦手で……」

「あら」またしてもみんなの視線を浴びて、シャーロットは壁から背中を離した。「ごめんなさい。気づかなくて」

ミッチが立ちあがろうとしたが、シャーロットはいいのというように手をふって、横にずれた。その位置ならミッチの顔ぜんぶが見えるが、ミッチからもシャーロットの顔が見える。「ここならいい？」

ミッチはあきらめたように椅子に腰をおろした。

「同席してほしくなければ――」

「いや、いてくれたほうがいい」

今度はミッチが注目を浴びる。

ミッチは何も気づかないように小さく笑った。「きみを部屋から追いだすつもりはなかったんだ。女性が立っているのに自分が座っているのがどうにも落ち着かないだけで。刑務所でも――」

「紳士なのね」余計な気遣いをさせたくなくて、シャーロットは言った。それからブローディーとジャックを見る。「誰かさんたちとちがって」

「シャーロットはいつも動きまわっているから椅子を勧める暇がないのさ」ブローディーが片目をつぶった。「今日なんてじっとしているほうだ。よっぽどおまえに興味があるんだな」

「ちょっとブローディー！」

ジャックがくるりと目玉をまわす。「恥ずかしがることないさ。ぼくらだって興味津々なんだから」

シャーロットはジャックをにらんだ。ふたりとも、あとで覚えてらっしゃい！

ロザリンが人さし指をあげて話を巻き戻すようにくるくるまわす。「さっきの続きだけど、自分の子どもとその母親の面倒をみないなんて、エリオットは最悪だわ」

「母さんだって放っておかれたじゃないか」ブローディーが指摘する。

「わたしはひとりで生きていけるもの」ロザリンはミッチを見た。「でも、エリオットのお母様は援助を必要としていたかも――」

「おふくろは麻薬中毒だったから、金があればあるだけ薬を買ってしまったでしょう。その前にニューマンにとりあげられるかもしれないし」ミッチはまじめな表情でテーブルに身を乗りだした。「おれがエリオットに言ったんです。おふくろに金をやっても意味がないし、ニューマンが使いこむだけだって」

「あの人、お金を出すと言ったの？」ロザリンが少し口調をやわらげた。

「そういう話が出て、おれが無意味だと言ったら、ときどきおれに直接、金をくれるようになりました」

「いくらくらい？」ロザリンが尋ねる。

ミッチは返事をせず、長いことブルートの耳や首、背中をなでていた。それからようやく顔をあげる。

シャーロットは息を詰めた。ミッチが何を言おうとしているのかわからないが、大事なことにちがいないとわかった。

「あなたがエリオットに怒っているのはわかります。おれみたいなやつがいきなり訪ねてきて、別れた旦那の息子だと言ったら、誰だっていい気持ちはしないでしょう」ミッチがかすかに笑った。「でも、おれはエリオットが訪ねてくるとすごくうれしかったんです。

いくらくれたかなんて問題じゃない。バイトでもらえる金額よりは多かったし」

「でもあの人は――」

ミッチがロザリンを遮った。「おれはべつにエリオットを恨んでいません。だからあなたもおれのことでエリオットを怒らないでください」

ロザリンは少し考えたあと、ミッチの手に自分の手を重ねた。「息子たちに言ったことをあなたにも言うわ。わたしとエリオットの関係は、あなたとエリオットの関係とは別物よ。だからあの人をかばう必要はないの」

やさしい声だがきっぱりと言われて、ミッチは驚いたようだった。

ブローディーとジャックは笑顔のままだ。何度となく言われたことがあるにちがいない。

「エリオットはわたしの夫だった。ふたりの息子を授けてくれた。浮気されたのは一度どころじゃない。繰り返し期待を裏切ってくれたわ」ロザリンがミッチの手をぎゅっと握った。「あの人をこらしめたいと思ったらそうするわ。でもそれはあなたとエリオットの関係にはなんの影響も及ぼさないし、うちの息子たちに関しても同じことよ」

ミッチはしばらく黙っていたが、最後ににっこりした。「わかりました」

「よろしい」もう一度ぎゅっとミッチの手を握ってから、ロザリンは手を離した。「それともうひとつ。敬語はやめてね。家族なんだから」

4

「最後にエリオットと会ったのはいつ？」場の雰囲気が和んだので、シャーロットも遠慮なく質問した。

「かなり前だ。ニューマンがキレてナイフをふりまわしてから、エリオットも家までは来なくなった。離れた通りで声をかけられることが多かった」

「それでもあなたに会いに行ったのね」ロザリンが言う。

「ああ」ミッチが考えこむように言った。「最後の何回かはえらくおしゃべりだった」

「なんについてしゃべっていたんだい？」ジャックが質問する。

「ニューマンのことや、おれの母親のこと」ミッチが肩をすくめる。「それからあんたたちのことも」

シャーロットは唖然《あぜん》とした。愛人の子どもに本妻やその子どもの話をするなんて……。

ブローディーたちも背筋をのばし、険しい表情を浮かべる。

「ぼくらのこと？」

ミッチは気づいていないようだが、シャーロットにはジャックの表情の奥にある積年の憤りをひしひしと感じた。

「おれは、あんたたちの話を聞くのが好きだった」ミッチが話しながらブルートの耳をなでた。「とくにあなたの話題が多かった」ロザリンを見て言う。

「わたし？」

「そう。といっても悪口じゃなく、いい話ばかりだった。本当に」ミッチの笑顔はさっきまでよりも少年っぽく見えた。「エリオットの話を聞いておれは、あなたの頭の上には天使の輪っかがのっかっているにちがいないと思った」

「おやじめ」ブローディーがうなる。

ミッチは目を細めてブローディーを見た。「あんたのこともほめてたぜ」

「おまえの前でそんな話をするなんて最低だ」ブローディーが吐き捨てるように言った。

「おやじのことはわかっていたつもりだったけど、マジで最低だぜ」

シャーロットがミッチの腕にふれた。「みんなはあなたのために怒っているの。あなたに腹を立てているわけじゃないのよ」

ミッチはシャーロットをじっと見つめたあとで表情をゆるめた。それからみんなのほうへ向き直る。「なんだか余計なことを言ったみたいだな」

シャーロットは一歩さがった。目と目が合った瞬間、ミッチとのあいだに何かが通い合うのを感じた。あわててブローディーたちを見たが、何も気づかれていないようなのでほっとする。

「きみが謝る必要はない」ジャックが顎をぴくぴくさせて言った。「エリオットは、ぼくらにもきみの話をするべきだった」

「したくてもできなかったんだろう」ミッチがかばう。

「ちくしょう」ブローディーがテーブルの上で両手を握りこぶしにした。「血がつながった弟がいるのに、この年まで存在すら知らなかったなんて」

ミッチは声をあげて笑いそうになった。「紹介しようがないじゃないか」

「ブローディー、ジャック、おまえの兄弟だ、それでいいじゃない」ロザリンがテーブルをぴしゃりとたたく。

ミッチが首を横にふった。「そんなことをしたら厄介な状況になったはずだ」

「あの人にとってはね」ジャックが言った。

「母親とニューマンに知れたら、おれを使ってあんたたちに金をせびろうとしたかもしれない。ここを見たら――」ミッチが事務所を手で示す。「ぜったいに利用しようとしたはずだ。ニューマンとかかわるとろくなことがない」

シャーロットは思わず一歩前に出た。「だからってあなたひとりが背負うことじゃない！」

ミッチが驚いてシャーロットを見る。

「おれの話を本気にしてないだろう？　ニューマンは必ずあんたたちを脅迫したり、ここのものを盗んだりしたはずだ」ミッチがテーブルに腕をついて身を乗りだした。「母が生きていたときに紹介されたとしても、おれはここに顔を出さなかっただろう。恥ずかしいし、迷惑をかけたくないから」

我慢できなくなったシャーロットは、ミッチに近づき、たくましい肩に手を置いた。ブルートの視線が、手の動きに合わせて移動する。

ミッチが息をとめた。

誰も何も言おうとしない。

ミッチがさりげなく体を動かしてシャーロットの手を逃れる。

彼の態度に少しだけ傷ついたシャーロットは、それでもミッチの気持ちを尊重しようと思った。「恥ずかしがる必要なんてないわ。子どもは親を選べないもの」

ミッチが声をあげて笑った。「皮肉だよな。本来なら親より前科のほうを恥じるべきなのに」そう言って髪をかきあげる。「とにかくエリオットがおれの存在を秘密にしたことについて、あんたたちは感謝すべきなんだ」

ミッチが本気でそう思っているのは明らかで、シャーロットにはそれが悲しかった。どうやったら慰められるのかわからない。言葉を失うというのはこういう状況なのだと初めて思った。

ミッチにふれて慰めることはできない。ロザリンならまだしも、赤の他人で年下の自分に同情されたらプライドが傷つくだろう。

重苦しい沈黙をなんとかしたくて、シャーロットは明るく言った。「コーヒーがほしい人は？」

ブローディーとジャックの返事は聞くまでもないので、ミッチを見る。「淹《い》れたてよ」

シャーロットの唇に見とれていたミッチが、われに返ったように視線をあげた。「もらうよ、ありがとう」

疎外感を覚えたあとに熱っぽい視線を浴びて、シャーロットは戸惑った。「あの……お砂糖とミルクは？」

「ブラックでいい」

人数分のマグカップにコーヒーを注《つ》ぎながら、シャーロットは自分を立て直そうとした。準備ができたところでどうにか笑顔をつくり、ミッチの前にマグを置く。次はブローディーたちの分だ。

「あなたが甘やかすから息子たちが怠け者になるのよ。自分でやらせればいいのに」ロザリンが不満そうに言った。

ミッチのマグカップが空中でとまる。

ロザリンはミッチにほほえんだ。「あなたはお客様だからいいの」

「そうそう、怠け者はぼくらふたりさ」ジャックはシャーロットが運んでくれたコーヒーに息を吹きかけてから、ひと口飲んだ。

「自分がやりたいだけだから、気にしないで」シャーロットはブローディーとロザリンにもマグカップを渡し、テーブルのまんなかにクッキーの皿を置いた。

ブローディーとジャックが二枚ずつとる。ミッチは遠慮しているのか、手をのばそうとしない。

シャーロットはミッチの顔を観察した。すてきな瞳だ。ロザリンやブローディーたちとちがって金色がかった茶色だが、目力のあるところは同じだった。

「シャーロットは料理がうまいんだ」ブローディーがクッキーの皿を持ちあげてミッチのほうへ差しだした。「ホームメードのチョコチップクッキーなんてめったに食えないだろう?」

ミッチはクッキーに視線を落とした。「……見るのも初めてだよ」クッキーを一枚とって頬張り、喉を震わせるようなセクシーな声を出す。「うまい」

「だろう?」ブローディーは皿を持ったまま言った。「なくなる前にもう少しとっておいたほうがいい」

ミッチはにっこりしてあと二枚クッキーをとり、シャーロットに向かってうなずいた。

「いただきます」

瞬《まばた》きして！　シャーロットは自分に言い聞かせた。息を吸うのも忘れないように！

シャーロットが無理に笑い声をあげたので、ブローディーとジャックがいぶかしげな顔をした。

「ブルートもおやつを食べる？　ブローディーたちも犬を飼っているから、事務所にもおやつがあるのよ」ロザリンが言う。

ブルートはデニムに包まれたミッチの太ももに顎をのせたまま、目だけロザリンのほうへ向けた。

「食べます」ミッチは犬の背中をなで、筋肉質の肩をぽんぽんとたたく。「おやつをもらうか？」

ブルートがロザリンを見あげたまま、期待するように舌を出す。

「〝おやつ〟って言葉はわかるんです」ミッチが言った。「あなたが最初にその言葉を言ったことも」

「賢いのね！」ロザリンは手をのばしてブルートの顎をかいた。

「うちのハウラー（ハウルは遠吠えの意）は――名前のとおりよく吠《ほ》えるんだが、食いものに関する言葉はぜんぶわかるんだ。たとえば誰かがオレンジ色のパンをくれと言ったら、ハウラーは果物のことだと思って、チーズか肉と一緒に出てこないか期待する」

ミッチが苦笑した。「嘘だろ?」

「とんでもなく食い意地が張ってて――」

「食い意地だけじゃない」ジャックがちゃちゃを入れる。

「とにかく会えばわかるさ」ブローディーはにっこりした。「顔も、脚も、しっぽもひょろ長くて、自分より小さい動物は例外なく面倒をみようとするんだ。とくに弱かったり臆病だったりすると放っておけない。きっとブルートとも仲よくなれる」

「じゃあ、ハウラーのお気に入りのおやつを持ってくるわ。ブルートが気に入るといいけど」

そう言って休憩室を出ていくシャーロットの背中を、ブルートと……ミッチの視線が追いかけた。

シャーロットは体の火照りを感じた。男性の視線にこれほど敏感になるのは初めてだ。恋愛経験が少ないとはいえ、デートに誘われたことがないわけではない。ただ、どの人とも長続きはしなかった。自分には恋愛に関する何かが欠けているのだと思っていた。異性を引きつける力のようなものが足りないのだと。

町の人たちはシャーロットをブローディーとジャックのおまけのように思っている。〝ブローディー・クルーズのところで働いている子だよね?〟とか〝ジャックの妹分だろう?〟などと言われることはしょっちゅうだったし、ブローディーたちに近づくためにシャーロットと仲よくしようとする女性も少なくなかった。

そのブローディーとジャックも結婚してしまった。いまだに彼らの気を引こうとする女性はいるが、ブローディーたちはまるで相手にしていない。

シャーロットが導いた結論としては、異性を魅了するのはブローディーとジャックの才能だということ。

自分にはその能力がないのだと思ってきた。

きっといつか、無難な相手とつきあって、無難に結婚するのだと思っていた。

そんなときにミッチが現れた。彼に見つめられると、頭がぼうっとして何も考えられなくなってしまう。

この気持ちにブレーキをかける方法など知らないし、仮に知っていたとしてもブレーキなどかけたくない気がした。

人生は一度きりだ。

次はいつミッチのような男性と出会えるかわからない。もう二十五年待ったら五十歳になってしまう。

考えただけで気が滅入《めい》る。

シャーロットは決意を新たにして、ブローディーの机の引き出しから骨型のおやつを出した。休憩室に戻ったとたん、ブルートが鼻を宙にあげてひくひくさせる。

シャーロットは床に膝をついて犬を呼んだ。

ブルートがためらいがちに歩きだす。

シャーロットが差しだしたおやつを、ブルートはおそるおそる口にくわえた。それでもミッチのところに戻らず、その場に腹をついてがりがりと食べはじめる。

ブルートに受け入れてもらえたのか、おやつに夢中で存在を忘れられたのか、判断がつかない。

「へえ！」ミッチが驚きと喜びの入りまじった表情を浮かべた。「こいつはめったにおれのそばを離れないのに」

シャーロットはうれしくなってブルートの背中をなでてやった。やわらかな毛がつやつやと輝いている。いいものを食べて、よく手入れをしてもらっている証拠だ。鼻の左側に白い毛が点々と生えていて、茶色の目のあいだまで続いていた。左前肢《まえあし》の一部と腹部、ひょろりとしたしっぽの先も白い。ブルートは力強い顎であっという間に骨型のクッキーを噛《か》み砕いた。おかわりがないかとシャーロットの手のにおいをかいだあと、ごろりと横になって肢をのばす。

ブルートが低い声をあげて目を閉じるのを見て、シャーロットはほほえまずにいられなかった。「なんてかわいいの」

動物好きのブローディーもにこにこしながら見守っている。「ピットブルだよな？」

「獣医によるとピタ―デールらしい。ピットブルとパターデールテリアのミックスだ」

「どこで出会ったんだい？」ジャックが尋ねる。

「出会ったっていうより、相続したようなもんかな」ミッチはブルートとシャーロットを見てからブローディーに向き直った。「胸くその悪い話なんだが――」そう言ったあとロザリンを見る。「汚い言葉を使ってすみません。でも、ほんとにいやな話で……」

「気にしないで」ロザリンが手をふる。「うちの犬猫の生い立ちも似たようなものだと思うから」

「そうなんですか？」

ミッチの広い肩がさっきほどこわばっていないことを、シャーロットは見逃さなかった。気の置けないおしゃべりの効果だろう。到着したときは、クルーズ家の面々からうさんくさそうに見られたり、根ほり葉ほり質問されたりすると覚悟していたにちがいない。ところがロザリンも息子たちもミッチとブルートを理解し、受け入れている。シャーロットのときと同じように。

おそらくブローディーたちは犬を話題にするほうが、ミッチが話しやすいと気づいたのだろう。そこでシャーロットもひと役買うことにした。

「ブローディーもハウラーを保護したのよ。ハウラーの前の飼い主は最悪だったわ」

「炎天下に、水も食事もなしで外につないであったんですって」思い出すだけでも腹が立つというようにロザリンが顔をしかめる。「ブローディーが連れて帰ってくれて本当によかった」

「兄さんは飼い主にパンチをお見舞いしたんだ」ジャックが補足する。「ハウラーの元飼い主が、ブローディーの介入をおもしろく思わなかったから」

ミッチがブローディーを見てにやりとする。「やるじゃないか」

ブローディーが肩をすくめた。「まあね」

ミッチが短く笑った。「あんたは見るからにけんか慣れしていそうだからな」

まぶしい笑顔に、シャーロットはため息をつきそうになった。「ジャックはバスターという若いラブラドールを里子にしたのよ。その前に、ロニーと仔猫《こねこ》も助けているわ」

ジャックはコーヒーをひと口飲んだ。「犬も猫も仲がいいんだ」

「みんな家族の一員だよ」ブローディーはいびきをかきはじめたブルートを見た。「ブルートはどうだろう？　うちの連中とうまくやれそうか？」

「こいつは大きな赤ん坊みたいなものなんだ。前の環境を考えると無理もない」ミッチが愛《いと》おしそうにブルートを見た。

「相続って言ったわよね？」シャーロットはミッチを見た。誰から相続したのだろう？　親戚が多いようにも思えないのに。

「正確には実家に放置されていたんだ」ミッチの眉間にしわがよった。「おれは早く家を出たいと思っていて、十七になってすぐにひとり暮らしを始めた。実家にはめったに顔を出さなかった。ニューマンがいないときか、母親が助けを必要としているときに戻る程度だった」ミッチが歯を食いしばると、顎の筋肉がぴくぴくと動いた。「だからニューマンが犬の繁殖をやっていることに気づかなかったんだ」

ミッチは両手を握りこぶしにしていた。当時のことを思い出すのはかなりつらいようだ。まして血縁とはいえ、知り合って間もない人たちの前で身内の恥をさらすのは簡単なことではない。

「いつ気づいたの？」シャーロットは助け舟を出した。

ミッチはブルートを見つめたまま答えた。「刑務所を出る前に母が死んだ。家はおれの名義になっていたらしくて、市役所から連絡が来たんだ。家の裏にハイウェイが通っていて、道路拡張のために母の家を含む何軒かを買いあげたいという話だった。もともとぼろ屋ばっかりだったしな」ミッチは皮肉っぽい笑みを浮かべた。「麻薬密売の巣窟になってた」

すさんだ子ども時代が連想されて、みなが静まり返った。

「お母様のお葬式には参列しなかったの？」ロザリンが尋ねる。

ミッチは首を横にふった。「そのほうがよかったと思う。ニューマンと鉢合わせでもしたら、また刑務所に入れられるようなことをしかねなかったから」マグカップをテーブルに戻して、ミッチはため息をついた。「五年も服役すれば充分だし、ニューマンみたいなクズのせいでもう一度、刑期を務めるんじゃ割に合わない」

シャーロットは胸が締めつけられた。「お母様はどうして亡くなったの？」

「麻薬の過剰摂取」ミッチは淡々と言った。「見つかったときは死後一週間も経《た》っていたそうだ」

またしても沈黙が落ちたあと、ブローディーが怒りに満ちた声で言った。「ニューマン野郎はどうしたんだ？」

ミッチは首を横にふった。「わからんし、どうでもいい」ブルートをじっと見て、ゆっくりと息を吸う。「ともかく、おれは母の家に行った。写真とか、何かとっておけるものがないかと思った」

ジャックがうなずいた。

主人の異変を察知したようにブルートが体を起こす。犬が耳をうしろに倒して、おでこをぴくぴくさせるのを見て、ミッチが手を出すと、ブルートはてのひらに頭をぴったりと押しつけた。

ミッチの感情の変化を敏感に感じとっているのだ。

クルーズ家の面々はミッチとブルートの絆《きずな》に心を打たれたようだった。もちろんシャーロットも感動していた。犬とこれほどの絆を築けるのだからミッチはいい人にちがいない。

「それで？」ジャックが先を促した。「写真はあったのかい？」

「いや」ミッチは暗い顔でブルートを見つめた。犬の頭をなでる手つきとは真逆の、険しい表情だった。「家財道具は盗まれたか、破壊されたかのどっちかだった。家じゅうに悪臭がただよって、床には四人の男が倒れていた。酒で酩酊《めいてい》状態なのか、麻薬のやりすぎか……おれが来たことにも気づいていなかった」ミッチの顔が歪《ゆが》む。「そのまま出ていきそうになった」

上下する喉仏を見ながら、シャーロットは先を聞くのが恐ろしくなった。

ミッチが顔をあげてシャーロットの視線を捉えた。「そのときふつうじゃない声が聞こえたんだ。泣いているみたいな声だった」

シャーロットは泣きそうになるのをこらえながら続きを待った。

「地下に犬がいたんだ」

なんてこと！

ブローディーとジャックの体がこわばり、ロザリンが息をのむ。

「母犬は壁につながれていて、体がクソまみれだった」ミッチは顎をぴくぴくさせた。

「すでに餓死していた。仔犬も一頭死んでいて、生きていたのはブルートだけだった」

ブローディーが椅子を倒さんばかりの勢いで立ちあがった。

ミッチとブルートがブローディーを見る。

ジャックは凍りついたように座っていた。

シャーロットも動けなかった。

ブルートの耳をなでながら、ミッチは続けた。「こいつもがりがりだったけど、ネズミの死骸が転がっていたから、たぶんそれで飢えをしのいだんだろう。水を吸いあげるポンプのふたがずれていて、そこで喉の渇きを癒やしたのがわかった」

母犬はつながれていたせいでポンプまでたどりつけなかったのだ。シャーロットはニューマンという男を地下につないでやりたいと思った。水さえ飲めない苦しみを味わわせてやりたい。

シャーロットは幼いころから動物が大好きだった。だからこそ動物を虐待する人間は許せなかった。しかもニューマンはミッチにも暴力をふるっていたのだ。

ミッチがブルートを救ったように、シャーロットはミッチを助けてあげたいと思った。ミッチが刑務所を出たあと、クルーズ家を訪ねてきてくれたのが、せめてもの救いだ。

彼のために、もっとできることはないだろうか？

「ブルートは文字どおり骨と皮だった。最初、噛まれるかと思ったんだ。怒りではなく絶望から」

シャーロットは唇を噛んでうなずいた。追いつめられれば、動物も人間も後悔するようなことをする。

「ところがこいつは、はうようにしておれのところへ来て、助けを求めた。愛情と、食べ物と水を求めたんだ」ミッチはブルートの首をやさしくたたいた。

ブルートがうれしそうにしっぽをふる。

「あの家から連れてきたのはこいつだけだ。あとで戻って、死んでいた母犬と仔犬を埋めてやった。ブルートとおれは……おれたちにはお互いしかいない」

「今はちがう」ロザリンが目尻の涙をぬぐってブルートにほほえみかける。「あなたにもブルートにも家族ができたじゃない」

ミッチが眉間に深いしわを寄せる。

ブローディーがみんなのカップにコーヒーを注ぎ足したあと、ミッチの横で立ちどまった。「よく訪ねてきてくれた」真剣な声で言ってミッチの肩をつかむ。「歓迎するぜ、兄弟」

ミッチが驚いた表情で首を横にふった。「そんなに簡単に言っていいのか?」

「あなたはクルーズ家の人たちを甘く見てるわ」シャーロットは頬を伝う涙をぬぐった。

「ものすごくお節介なんだから」

「いくらお節介でも、おれの過去を――」

「刑期を務めたんだからそれでいい」ブローディーはコーヒーサーバーを置いて自分の席

に戻った。「これから新しく始まるんだ」

ミッチはまだ信じられないという表情でひとりひとりの顔を確認した。「その……なんて言ったらいいか……」

「何も言わなくていいさ。兄弟なんだから」ジャックがきっぱりと言う。

「でも、そんなに簡単に受け入れられるものじゃないだろう？　質問とかあるんじゃないのか？」

「尋問されると思っていたのか？」

「ふつうはそうだろう」ミッチは首のうしろをこすった。「毎年のように半分血のつながった兄弟が現れてるっていうなら別だが」

「だったら遠慮なく質問しようかな」ジャックが両眉をあげる。

シャーロットは小さくほほえんだ。


ミッチは気づくとシャーロットを見つめていた。見るのはよそうと思ってもどうしようもなかった。シャーロットに会いに来たわけではないし、そもそもこの町に来るまで、シャーロットがどんな女性なのか気にかけたこともなかった。エリオットは完璧な妻と自慢の息子たちのことばかり話していたからだ。

自分とちがって、シャーロットはクルーズ家に溶けこんでいる。

ただし血のつながりはない。そのせいか、シャーロットと一緒にいるとミッチはリラックスできた。驚くほど親しみやすくて、とても……繊細で、ミッチにとっては理想の女性そのものだ。

そんなシャーロットが周囲の視線も気にせずこちらを見つめている。

男を見るのが初めてというような顔をして。

マッチョな上司をふたりも持っているのだから、異性に免疫がないわけがないだろうに。

そもそもブローディーたちは刑務所に入ったことがない。つまり自分のような男よりもよほど好ましいのだ。ただし、どちらも既婚者だが……。

マッチョに興味がないとしたら、どうしてシャーロットは青空を思わせる青い瞳で、うっとりとこちらを見つめているのだろう？

ミッチはもう一度、シャーロットを見た。視線が合った瞬間、体のなかを電流が貫いたような衝撃が走る。

こんな経験は初めてだ。ずっとむかしから知っているような親しみを感じる一方で、強烈な欲望を覚える。

ミッチはシャーロットから目をそらした。

ブルートがミッチの隣に戻っても、シャーロットは床に座ったままだった。それが気になって仕方ない。男どもが椅子に座っているのに、若い女性が床に座っているなんてありえないことだ。ブローディーやジャックは気づいていないのか、気づいているとしても気にしていないようだった。彼女のかわいらしいヒップを椅子の座面にのせるのはミッチの仕事ではないし、すでに一度、椅子を勧めて失敗している。

ジャックがためらっているので、ミッチは自分から話しはじめた。「まじめな話、ここまでしてもらうつもりはなかった」事務所に入れてもらって、コーヒーとクッキーをごちそうになるなんて……想像もしていなかった。「だから訊《き》きたいことがあるなら遠慮なく質問してくれ」

ブローディーが椅子を反対にして馬にまたがるように座った。「じゃあ、おれから質問させてもらう。どういう対応を予想していた?」

自分でもはっきりとはわからない。ただこれまでの経験に照らすと……。

「怒りと無関心、ってとこかな」ミッチはロザリンをちらりと見た。「敵意を示されると思ったのかもしれない」

ブローディーがうなずいた。「気持ちはわかる。でもおれたちが怒っているのは、おやじがおまえについて何も言わなかったことに対してだ」

「それについては本当に腹が立つわ」ロザリンが言った。「あの人の欠点をいくつも大目に見てきたけれど、これだけは許せない」

当然だろう。自分の行動がロザリンを不快な気持ちにさせたのだとしたら、申し訳なく思う。

「あなたに会うつもりはなかった」それを言うならシャーロットともだ。エリオットからシャーロットの名前を聞いたことはあるが、単なる従業員としてだった。〝いい子だ〟と言っていたけれど、実際の彼女はそんな言葉ではとても形容できない。ひと目見た瞬間から、兄弟に会う計画そのものがどうでもよくなってしまった。

おまけにロザリンまで登場して、この先どう進めたらいいのかまったくわからない。

ジャックが声をあげて笑う。「じゃあ、どうしようと思っていたんだい？」

「あんたたちふたりに会う。本当にそれだけだった。自己紹介をして、そこからは成りゆきに任せようと思った。ところが彼女に会って――」ミッチがシャーロットのほうを顎で示す。「クルーズ家が全員集合して……シャーロットとあんたたちの関係を知っていたらおれは――」ミッチはそこで口をつぐんだ。

「ナンパしなかった？」ブローディーが先を続ける。

案の定、シャーロットがうめく。「ちょっとブローディー、五分でいいからお行儀よくできないの？」

「三十分もお行儀よくしてたじゃないか」

ジャックがにやりとした。ロザリンもほほえんでいる。

シャーロットが赤面しているのは顔を見なくてもわかる、とミッチは思った。

ミッチがシャーロットに声をかけたことに、誰も腹を立てていないのだろうか？ それともブローディーたちの妹分だと確認できたことで、ミッチが今後、自粛すると思っているのだろうか？

「ナンパなんてしてないさ」もう少しふたりきりでいたら彼女を誘っていたかもしれない。

「困っている様子から車が故障したらしいとわかって、そのあとバーから出てきたふたり組にからまれたから――」

「ミッチが助けてくれたのよ」シャーロットが早口で言った。「それだけ」

ところがブローディーとジャックはもう笑っていなかった。真剣な表情で問いつめるようにシャーロットを見る。

口を開いたのはロザリンだ。「ふたり組というのは誰なの？」

シャーロットは低い声でうめいた。その話は内緒にしておくつもりだったようだ。シャーロットがバーニーを脅すネタとして使っていたのは、もちろんブローディーとジャックのことにちがいない。シャーロットとしては、酔っ払いたちに必要以上の罰を与えたくないのだろう。

しかしミッチはちがった。シャーロットの顔を見てからブローディーに向き直る。「バーニーっていう名前の小男がシャーロットにちょっかいを出していた。酔っ払っていたとはいえ、かなり不適切な発言をしていたぞ」

ブローディーが目を細める。「具体的にはどんなことだ？」

ジャックが鼻を鳴らす。「あのバーニーのことだ。想像はつくさ。ぼくから釘《くぎ》を刺しておくよ」

「前もおまえが話をして、変わらなかったじゃないか。今回はおれが話をつける」

「そうだな」ジャックがうなずく。「それがいいかもしれない」

シャーロットがすくっと立ちあがった。「ふたりとも余計なことをしないで。そんなふうだからこの町の男の人はわたしを誘ってくれないのよ」

誘わないだって？　ミッチは眉をひそめた。血の通った男なら、シャーロットのような女性を自分のものにしたいと思わないはずがないのに。

ロザリンが爪を点検しながら言った。「ミッチが誘ってくれたじゃない」

全員の視線を浴びて、ミッチは両手を上にあげた。「それは……知らなかったから」

「ほらごらんなさい！」シャーロットは怒って部屋を出ていってしまった。

ミッチは椅子の上で体をひねってシャーロットのうしろ姿を見送った。怒っているせいか、ヒップの揺れがいつもよりも大きい。

シャーロットが廊下の突きあたりまで行って立ちどまり、勢いよくこちらをふり返った。

子どもっぽい態度を恥じているような顔つきだった。

ミッチが考えていたのはもっとべつのことなのに。

そんなことを思ったあと、はっとしてブローディーとジャックをふり返る。頭のなかを見透かされている気がした。

しかしブローディーとジャックは事務所を出ていくシャーロットだけを見ていた。

「戻ってきたら絞め殺されそうだ」ブローディーがぼやく。

「ぼくも手伝おうかな」ジャックが笑う。

ミッチは大きく息を吐いた。少なくとも絞め殺されるのは自分ではなさそうだ。

だがこれ以上、よくない妄想を続けていると矛先が変わるかもしれない。それでもシャーロットに対する想《おも》いに、ブレーキをかけられるかどうか不安だった。

5

「シャーロットをからかわないの」ロザリンが椅子を引いて立ちあがり、ブローディーとジャックを指さした。「いつまでも子どもじゃないのよ」

「わかったよ」ブローディーが言う。

「ぼくは何もしてないのに」ジャックが不満をもらす。

ロザリンはミッチの肩をたたいた。「あなたも、まだ帰っちゃだめよ」そう言って部屋を出ていく。

ブローディーたちがシャーロットを見つめているので、ミッチも我慢できずに廊下に顔を出して様子をうかがった。シャーロットが事務所の外へ出ていき、ロザリンがあとを追いかける。

ブローディーたちはまちがいなくシャーロットを子ども扱いしているが、ミッチはちがった。彼女は昨日もバーニーに対して毅然《きぜん》とした態度をとっていた。大人の女性として、男のあしらいを心得ていた。クルーズ一家が現れるまでは。

ミッチはもっとシャーロットのことを知りたかった。今のところわかったのは料理が上手で、快活で、勘がよく、寛大だということ。怖がりのブルートでさえシャーロットにはたちまち気を許した。何よりミッチ自身が彼女に魅せられている。ほかの悩みを忘れるほどに。

シャーロットといると笑顔になれる。こんなに明るい気持ちになったのはいつぶりだろう？

「明日の朝、コーヒーができていなかったら兄さんのせいだからな」ジャックが文句を言った。

「かもな」ブローディーが椅子の背に体重をかける。それからミッチを見た。「シャーロットのやつ、ついこのあいだまで運転免許もなかったくせに」

ブローディーのコメントは、まさしく兄のそれだった。

「彼女はいくつになる？　二十代半ばくらいか？」ミッチは尋ねた。

「二十五歳だよ」ジャックがうなずいた。「ブローディーはまだ十六歳だと思っているみたいだけど」

「二十五だって？　いつの間にそんな年になったんだ？」ブローディーが顔をこすった。

ミッチは余計なことを言わず、ブローディーかジャックが話しだすのを待った。

「シャーロットはどちらかというとおとなしい子だった」ブローディーが口を開く。「内気ってわけじゃないが、派手に遊ぶタイプでもなかった。だから男どもに目をつけられることもなくて安心していたんだ。ところが最近になって、急に男が寄ってくるようになった。それもふさわしくない男どもが」

「バーニーもそのひとりってわけか」ミッチは言った。そもそもシャーロットはバーニーを相手にしていなかった。酔っ払いは嫌いだとはっきり拒絶していた。

「もちろんそうだ」ジャックが断言する。「ただ、ブローディーはどんな男も近づかせたくないんだ」

「そういうおまえは？　人のことが言えるのか？」ブローディーが言い返す。

ジャックが肩をすくめた。「これまでのところ、シャーロットにふさわしい男は現れていない」

ブローディーとジャックがミッチを見る。

ミッチは同意を求められているのか、警告を与えられているのかわからなかった。自分がシャーロットにふさわしくないことは尋ねるまでもなくわかっている。ただ、それを口に出して認めるのはいやだった。

だったらあきらめるか？

簡単にイエスとは言えそうもない。

一方で、ミッチはブローディーとジャックにも興味があった。ふたりの人生に本気でかかわりたいと思っている。ミッチの心には大きな穴が空いていて、それを埋めてくれるものを欲していたのだ。いくら強がっても、家族を求める気持ちはどうしようもない。

服役してよかったとまでは思えないが、人生の優先順位はわかった。刑務所のなかで自分を見つめ直し、過ちと向き合うことができた。これからの生き方について考えることができた。

だから家族がほしいと思ったのだ。レッドオークに来て、一歩前進した。期待していた以上の成果だ。だからといって兄たちにあれこれ指図をされるのは受け入れられないが。

「ところできみはいくつなんだい？」ジャックが尋ねた。

「二十九だ」シャーロットとは四つしかちがわないが、ときどき自分も年をとったと感じることがある。

「結婚は？」今度はブローディーが質問した。

ミッチは首を横にふった。「そこまで真剣になった相手はいない」それからふたりの目を見て、ぎこちなく言う。「でも家庭を持ちたいから、いずれは結婚したいと思っている」

ブローディーとジャックが顔を見合わせて笑った。ブローディーが椅子を動かしてミッチのほうへ寄り、肩に腕をまわす。「結婚がどんなものか教えてやるよ」

馴《な》れ馴《な》れしい態度だが、いやな感じはしなかった。他人にさわられるのはどちらかというと苦手なのに。

もちろんシャーロットは別だ。彼女にふれられると、癒やされると同時に興奮する。

ジャックが声をあげて笑った。「兄さんが結婚の何を教えるって？」

「どこがおかしい？　結婚は最高だ」

「嘘つけ」ジャックがミッチに向かってにやりとする。「円満な結婚生活を送りたいなら、兄さんよりもぼくの話を聞くべきだ」

ブローディーは反論しかけて肩をすくめた。「とりあえず最高だって言っておかないとロニーに殺されちまう」

ミッチは兄たちの掛け合いをおもしろいと思った。この際だからふつうの結婚生活について話を聞いておくのも悪くない。ミッチがほしいのは――家と呼べる場所だ。誠実な妻と、めいっぱいの愛情を注げる子どもたち。

そんなものが実現するかどうかはわからない。ふつうではない親のもとで育ったからだ。一方、エリオットから聞くクルーズ一家の生活は、おとぎ話のように幸せそうだった。それでいてエリオットはロザリンのようなすばらしい妻を裏切り、息子たちを置き去りにした。

そこがおとぎ話とは大きくかけ離れている。

「おれにも家族ができるだろうか。これまで生きてきて……まちがいも犯した。数えきれないほど」

「ぼくに言わせれば――」ジャックがおだやかな声で言う。「きみは与えられた環境のなかでやれることをしただけだ」

刑務所にいた男たちとちがって、ミッチは自分の過ちを恵まれない生い立ちのせいにするつもりはなかった。過去も、そして今も、自分の行動には自分が責任を持つしかないと考えている。

「だが、もっとちがう選択もできたはずなんだ」ミッチは立ちあがり、部屋のなかを行ったり来たりする。いろいろな感情が渦巻いて、とても座っていられなかった。「ただ、おれは経験から学んだ。同じ失敗は繰り返さないと約束する」

親を反面教師にすればいい。自分の子どもには愛情と安心をたっぷりと与え、ありのままを受け入れよう。親として全力で子どもを守ろう。

そのとき隣にいるはずの女性がどんな人なのかうまく思い描けずにいたが、今はちがう。ブローディーたちの前でそれを口にするのは時期尚早だが。

「信じるよ」

ミッチは驚いてジャックを見た。ジャックは真剣な表情でこちらを見つめている。そんなに簡単に信じてもらえるはずはないとブローディーの反応を確かめると、ジャックと同じ表情をしていた。

小さく首をふって、ミッチはつぶやいた。「そんなふうに言ってもらえるなんて……」

信じられない思いだった。

「おまえもこの町に住め」ブローディーが提案した。「新しいスタートを切るにはぴったりの場所だ」

「そうしたい気持ちはある。いい町のようだし」小さなコミュニティーなのでよそ者は目立つだろうが、住人に気どったところがないし、総じて働き者で、気持ちのよい人たちだと感じた。レッドオークの雰囲気が好きだ。

ホームと呼ぶのにふさわしい。

「よかった」ジャックが立ちあがった。「ようこそ、レッドオークへ。まずはぼくらの事務所を案内するよ」

「事務所の裏は住めるようになっているんだぜ」ブローディーが言った。「おれたちの生家で、母さんとジャックが家を出てから、しばらくおれが住んでいたんだ。今はおれも家を建てたから、誰も住んでいない」

ミッチはうなずきながらブルートを呼び寄せた。ブローディーたちのあとについて休憩室を出る。廊下を歩いていくと、電話対応をしているシャーロットが見えた。こちらに背を向けている。いつの間に戻ってきたのだろう?

シャーロットが電話をしながら書類をめくったり、メモをとったりするのを、ミッチは静かに見つめた。ブローディーたちが自分を待っているのに気づいたが、急がなかった。

タイミングを見計らって、シャーロットがいる部屋の窓をこんこんとたたく。

シャーロットがふり返って、目を瞬《しばたた》いてから笑顔になった。椅子に座ったまま手をのばしてオフィスのドアを開ける。それから送話口に手をあてて、ミッチに尋ねた。「帰るわけじゃないでしょう?」

それは、まだそばにいてほしいということだろうか?

「帰らないよ」

シャーロットはうなずき、電話に向かって言った。「失礼しました。それでは二日の木曜に。もちろんです。ご依頼をありがとうございました」電話を切って受話器を戻す。書類を持ったまま、シャーロットが言った。「ごめんなさい。なんだか忙しくて」

「気にしなくていい」ミッチは立ち去りがたく思いつつも、ドアのほうへ体を傾けた。

「時間はたくさんあるから」

「え……? ああ、そうよね」シャーロットの笑顔がいっそう明るくなる。「そのとおりだわ」

ミッチも知らないうちにほほえんでいた。「ありがとう、シャーロット」

シャーロットが眉をあげる。「何が?」

「クッキーだよ。ブルートにやさしくしてくれたことも」おれを笑顔にしてくれたことも。

ミッチは名残惜しい気持ちでシャーロットを見た。「もう行かないとブローディーたちが待ってるから」

シャーロットがうれしそうな顔をした。「どういたしまして」ささやくように言う。「あなたならいつだって歓迎よ」


ロザリンが昼食にサンドイッチを買ってきた。みんなで食べようと誘われたが、シャーロットは部屋から部屋へ飛びまわって業務をこなさなければならなかったので遠慮した。仕事の合間にサンドイッチとフライドポテトをつまみ食いする。

そんななかでもミッチの存在は全身で意識していたし、彼のほうをじろじろ見ないようにするのはひと苦労だった。

ここまで気になる異性は初めてだ。

心が浮きたつ一方で、感情がむきだしになったような心細さもある。

バーニーのようなろくでなしはうまくあしらえても、相手がミッチとなると……。

火照った頬を両手であおぎながら、備品室へファイルをとりに行く。忙しいふりをしていても、頭のなかはミッチのことでいっぱいだった。

あんなに大きくて強い人が繊細な感情を持ち合わせているなんて奇跡に思える。ブローディーやジャックと同じで、ミッチもそんなことは認めたがらないだろうが。

「まだ忙しいのか？」

ふり返ると、ミッチが部屋の入り口からこちらを見ていた。見られていたと思うと、それだけで胸がどきどきしはじめる。

シャーロットは笑ってごまかした。「やってもやっても仕事が終わらないのよ」

「それはきみが――」ミッチが静かに言う。「まじめだからだ」

「これでお給料をもらっているんだもの」

ミッチの唇が弧を描いた。「一緒に昼飯が食べられると思ったんだけどな」

「わたしだってそうしたかったけど――」言ったあとでシャーロットは赤くなった。「その、変な意味じゃなくて……」

「おれはきみと一緒に食べたかったよ」ミッチは単刀直入に言った。「働いていないときはないのか？」

シャーロットが口ごもるのを見て、ミッチは壁から体を起こし、ポケットに手を入れた。

誤解されたかもしれないと焦って、シャーロットは急いでうなずいた。「もちろんあるわ」

「よかった。前回は邪魔されたからね。バーニーに」

「本当に馬鹿な人」

ミッチの目がいたずらっぽく輝く。「それはまちがいない」廊下の先に目をやってからシャーロットに視線を戻す。「じゃあ、仕事が終わったら会える？」

シャーロットはうなずいた。「ええ、わかった」

ミッチが満足そうな顔をしてブローディーたちのところへ戻っていく。

シャーロットはファイルキャビネットに寄りかかった。動揺するのはやめないといけない。彼に気があるのが丸わかりだ。

廊下を歩いていくと、ロザリンがミッチを夕食に誘っているのが聞こえた。

ミッチはいろいろ理由をつけて断ろうとしている。わたしのせいかもしれない。せっかく会えた家族との時間をあとまわしにするなんてまちがっている。ミッチとクルーズ家の距離を縮めるためなら、シャーロットはなんでもしたい気分だった。

おそらくミッチはロザリンたちにすんなり受け入れられすぎて戸惑っているのだろう。予想していたのとはまったくちがう対応をされて、どうしていいかわからないのだ。

ミッチはサバイバーだし、一度つらい経験をした人は用心深い。家族に対しても警戒心を抱いてしまう。

もちろんわたしに対しても。

彼に会って、自分が部外者であることをいやおうなく思い知らされた。いや、部外者というのは正しい表現ではないだろう。クルーズ家の人たちは両親を失ったわたしを全面的に受け入れてくれた。血はつながっていなくても三人は大事な家族だ。

クルーズ家がどれほどすばらしく、居心地がいいかをミッチにも知ってほしい。

だが同時に、他人が余計な世話を焼くべきでない気もする。法律上も生物学上も、自分は本当の家族ではないのだから。

数分後、ブローディーは廊下で立ち聞きをしているシャーロットを見つけた。苦笑しながらシャーロットの腕をつかみ、備品室に入る。

「大丈夫か？」低い声で問いかける。

「大丈夫だけど、なんでそんなことを訊《き》くの？」

「そりゃあ――」ブローディーは含みのある目つきをした。「余計なことを言ったおれも悪いから」

シャーロットは緊張をゆるめた。「そんなの気にしないわ。いつものことじゃない」

ブローディーの表情がやわらぐ。「恥をかかせたなら謝るよ」

廊下に誰もいないことを確かめてから、シャーロットは息を吐いた。「自分の間抜けな反応が恥ずかしかっただけ。ロザリンに怒られちゃった」

「怒られたって？」ブローディーが広い肩を壁につけた。「臆病者とでも言われたのか？」

シャーロットは口に手をやった。臆病者――まさにそのとおりだ。

「遠慮するなんてらしくないって言われたの」

「遠慮したのか？」いかつい外見からは想像できないほどやさしい声で、ブローディーが尋ねた。

「遠慮……したのかもしれない。今はちがうけど」ミッチが自分に興味があることをはっきり示してくれたおかげだ。「今はただ忙しいだけ」

ブローディーが申し訳なさそうな顔をする。「昼飯も落ち着いて食えないほど働かせるなんてまちがってるよな」

ブローディーとジャックのためなら忙しさなど苦ではないが、そんなことを言ったらブローディーがますます気にするだろう。

「ミッチはしばらくここにいるんでしょう？　だったら一緒に食事をする機会なんていくらでもあるわ。だから、今は仕事に集中する」

「事務所をつぶさないために？」

備品室を出ながら、シャーロットはブローディーにほほえみかけた。「正解」

シャーロットはミッチがいる休憩室をのぞくことなく自分の机に戻った。確認しなくても、ミッチの視線が体じゅうをはうのを感じた。

ミッチは無理に相手に合わせるのはやめようと思った。ブローディーたちの信頼はうれしいが、自分のような育ち方をした人間は、あけすけな愛情表現に慣れる時間が必要だ。母親が麻薬中毒なうえにその恋人が暴力男だったせいで、ミッチは簡単に人を信用できなかった。母親はミッチがどうなろうとお構いなしだった。少なくともミッチのために自分の生活を変えるつもりはなさそうだった。それが日常だったので、ミッチは他人を信用しないことで自分を守る習慣がついていた。

ところがクルーズ家の人々ときたら、なんの疑いもなく、ミッチを受け入れてくれる。あまりの警戒心のなさに、むしろこちらがクルーズ家の人たちを守らなければとさえ感じてしまう。血縁があるとはいえ初対面なのだから、信頼に足る人間かどうか時間をかけて見極めるべきところなのに、彼らときたら家にも事務所にも簡単に招き入れようとする。正気とは思えない。

家族そろっての食事や、愛情のこもったハグなど期待していなかったと言ってもロザリンは聞く耳を持たなかった。同情しているのだろうか？

ミッチは何も求めていなかった。ただ、自分の存在を知ってほしかっただけだ。もちろんゆくゆくは家族の末席にでも加えてもらえればとは思っていたが。

それでもブローディーたちと話すのは楽しかった。兄たちを知る過程でシャーロットのこともわかるのだからなおさらだ。

ブローディーたちはいろいろな話をしてくれたし、そのなかにはシャーロットもよく登場した。彼女の話なら、どんなささいなことでも聞きたかった。

ミッチもたくさん質問された。ただし、ブローディーたちの質問に踏み込んだものはなかった。答えるのは楽だが、それで自分という人間を理解してもらえるとも思えない。

さらにシャーロット本人とはあまり話せなかった。事務所に行けばあいさつをしてくれるし、笑いかけてもくれる。コーヒーや菓子を出してくれるし、ブルートをかわいがってくれる。

それでもシャーロットはミッチと一定の距離を保っていた。

傷つかないように用心しているのだろうか？　それとも家族の時間を邪魔しないようにとの気遣いか？

考えてもわからなかった。とりあえず、ブローディーたちとの距離を縮めるのを優先する。

シャーロットのそばにいると感情の起伏が激しくて精神的に疲れる。それでもそばにいると楽しかった。長く忘れていた感情を――自分には必要がないと思っていた感情を刺激される。

夜、枕に頭をつけるとき、ミッチの頭に浮かぶのはシャーロットのことだった。白い手でふれられたときのぞくぞくする感覚や、魅惑的な唇のカーブや、やさしげな青い瞳のことを思い出す。

彼女のことを考えると自然と体が熱くなった。

彼女も同じなのではないだろうか。引かれ合う力があまりにも強くて戸惑っているのではないだろうか？　女性にプレッシャーをかけるのは自分らしくないが、ごく近い将来、彼女と並んで立っている自分の姿が思い浮かぶ。

その日の早い時間はブローディーもジャックも仕事でいないと聞いたので、夕方遅くなって、そろそろ夕食といってもいい時間帯に、ミッチは事務所へ向かった。シャーロットに会いたかった。ちらりと見かけるだけでも構わない。

ブローディーたちがちょうど仕事から戻ったところだったので、お互いの車を見せ合う。ブローディーのマスタングは赤、ジャックは黄色、ミッチは黒だ。車の整備は三人に共通の特技だった。古い名車を新車のように仕上げるのは父親から受け継いだ才能なのだろう。

車の話から事務所の屋号の話になり、どういうふうに依頼を受けてどんなものを運ぶのかを説明してもらう。おもしろそうな仕事だ。

たとえばその日、ブローディーはケンタッキー州コービンまで往復して、依頼主のために奇妙な彫刻を持ち帰ったという。少なくとも七時間のドライブになる。ミッチが来ることになっていなかったら、ブローディーと妻のマリーは現地で一泊してきたかもしれない。少なくともこんな時間には帰っていなかったのではないだろうか。

「おれのことが気になるのはわかるけど、仕事のときは放っておいてくれていいんだぜ」

ミッチの発言にブローディーが意外そうな顔をする。「どういう意味だ？」

「それだけ運転したらくたくただろう？　こんなところでおれとしゃべっていないで、まっすぐ家に帰ればいいのに」

「そうはいかないよ。これまでの時間を埋め合わせないといけないからね」ジャックが言う。

ミッチは小さく首を横にふった。「おしゃべりはいつだってできるだろう」

「そもそも——」ブローディーが遮った。「おれはこのくらいの運転じゃ疲れない。ジャックが同じことを言ったら蹴とばしているところだ」

「やれるものならやってみろ」ジャックが携帯のメールを確認しながら言う。

「運転して疲れるなんて、おれにはありえない」ブローディーは胸をたたいた。「体力には自信があるんだ」

メールを読みながら、ジャックが右手をあげた。「右に同じ」

「第二に、招待したのはおれたちだ。おまえは気が乗らないのかもしれないが、できるかぎり時間をつくって話したいんだ。今度、食事に来いよ」

ミッチはまいったというように笑って、息を吐いた。お互いのためにもゆっくり進めようと思っていたのに、彼らにそのつもりはなさそうだ。ミッチは口を開いた。「それじゃあ、ごちそうになろうかな」

「いいぞ、母さんが喜ぶ」

「客が来るときはいつもロザリンが料理をするのか？」

ブローディーがミッチの肩をたたいた。「適当に買っていくと言ったって聞かないさ。それに料理上手のシャーロットがデザートをつくってくれるだろう。母さんもシャーロットも男勝りだけど、料理が好きなんだ」

「兄さんもじゃないか」ジャックがメールの返事を打ちながら言う。

「おれの料理もなかなかのもんだぜ」ブローディーは自慢するように言った。「ついでに掃除も嫌いじゃない。男だからって家事をしなくていいってことにはならないだろう?」

ミッチはうなずいた。まったく同意見だ。それからジャックに向かって言う。「メールを打ち終わるまで席を外そうか?」

「気を遣う必要ないよ。見られたって平気だ」両眉をあげてミッチを見る。

それは……兄弟だから? そこまで信頼されているなんて感激だ。うまい返しができずに黙ってうなずく。

「ロニーが仕事の詳細をメールしてきただけだから」ジャックは携帯をしまった。「ぼくもピックアップの仕事だったんだけど、ブローディーとちがって近場で、ここから一時間くらいのレバノンという町へ行ったんだよ。午前中はボスたちとミーティングだった」

「ジャックは、ロニーのボスのお気に入りなんだ」ブローディーが横から補足する。「ミーティングとか言って、本当はジャックとしゃべりたいだけなんだぜ」

「まあね」ジャックが笑った。「いいボスだよ。前はいろいろ思うところもあったんだけど。今日はロニーが別の仕事で行けなかったからがっかりしてたな」

「それで？」ブローディーが尋ねる。「今日は何をピックアップしたんだ？」

「トランクに入ってる」ジャックがふたりを車に案内した。黄色いマスタングのトランクには、装飾彫りをほどこした箱が入っていた。

ミッチは興味深く箱を眺めた。こんなに凝った装飾は見たことがない。「いったいなんの箱だい？」

「猫の棺《ひつぎ》だよ」ジャックがなんでもないように言う。

ブローディーが声をあげて笑った。

「ある男がかわいがっていた猫のために彫ったそうだ。ところが親不孝の息子はなかの猫を火葬して、箱を自分のものにしようとした。こんなにきれいな箱を地面に埋めるのはもったいないって」

「馬鹿息子め」ブローディーがつぶやいた。「取り引きはすんなり進んだのか？」

ジャックが箱をトランクに戻して肩をすくめた。「いつもどおりだ」ミッチを見る。

ミッチは身を乗りだした。「いつもどおりって？」

「猫の遺灰は息子が庭にまいてしまって、箱に入れるものがなかった。父親は息子に棺を渡したくなくて、うちのボスたちに買いとらないかと持ちかけたんだ。ぼくが到着したときにちょうど馬鹿息子がやってきて、父親は正気じゃないから取り引きは無効だと言いがかりをつけてきた。チンピラみたいな子分まで連れていたよ」

「冗談だろう？」ミッチは驚いた。ふたりの仕事について何もわかっていなかったのかもしれない。「それでどうなった？」

天気の話をするような気楽さで、ジャックが言った。「脅しなんか通用しないって言ってやった」トランクを閉めて鍵をかけ、ぐんとのびをする。「子分といってもずうたいばっかりでかくて鈍そうなやつだった。ぼくが箱を渡さないと知って殴りかかってきた」

ブローディーがにやりとした。「手加減してやったんだろうな？」

ジャックはかすり傷ひとつ負っていないようなので勝ったにちがいないが、どちらにしても結末が気になる。

「足を引きずりながら、赤ん坊みたいに泣いて逃げていったよ」ジャックが言った。「そしたら息子が殴りかかってきたから、パンチをよけて、父親に反撃していいか目で確認した。父親がよしというようにうなずいたから遠慮なくのしてやったんだ」

その場面を想像して、ミッチも笑った。

「まだ続きがある」ジャックは車に寄りかかった。「父親は値引きを申し出た。〝息子がとっちめられるのを見て胸がすかっとした〟って言ってね。ぼくは気持ちだけでいいと断った。それから名刺を渡して、また息子が言いがかりをつけてきたら連絡してほしいと言っておいた」

「グッジョブ！」ブローディーがつぶやいてミッチを見た。

「異議なし！」友人のラングは小柄なので目をつけられることが多く、何度もかばってやったものだ。「暴力沙汰は避けるようにしているけど、弱い者いじめは見過ごせない」

ブローディーとジャックがわが意を得たりというようにうなずく。

「でも、いつもそんなことをしてるのか？　猫の棺の取り引きみたいな？」ちょっと意地悪な気分になって、ミッチは言った。

「おれのクライアントのサーマンなんて、犯罪がらみの品ばかり集めていたぜ」

「犯罪がらみ？」

ブローディーはうんざりした顔で説明した。「殺人犯がつくったアート作品とかさ。刑務所でつくったものを親戚が売りに出すこともあった。サーマンはそういうものを集めていたんだ。あくまでコレクションして楽しむだけだが」ブローディーはさらに続けた。

「でも、取り引き相手のひとりがうちの奥さんに危害を加えそうになって、それでそういうコレクションはやめにした。サーマンはうちの奥さんを実の娘みたいに思っているからな。今はジャックのクライアントと似たり寄ったりで、猫の棺みたいな奇妙なものをコレクションしている。まあ、トラブルはあるけど、前よりはましかな」

「つまりあんたたちは専属ドライバーなのか？」どちらのクライアントも金持ちのようだ。

「まあそんなものかな。サーマンは、いつでも電話一本で取り引きに行ってほしいと思っているし、ジャックの雇い主もサーマンほどではないがしょっちゅう仕事をくれる。合間に小さな仕事も受けるけど。空き時間には保護された動物を運ぶボランティアもしている」ブローディーが言った。「シャーロットの車がパンクした夜は、おれたちふたりとも仕事でいなかったから、シャーロットが迷い犬をシェルターまで運んだんだ。シャーロットは動物が好きで、飼い主のいない動物や虐待されたペットを放っておけないんだ」

「彼女自身は何か飼っているのか？」

「仕事が忙しすぎて無理だろうな……って、仕事が忙しいのはぼくらのせいなんだけど」

ジャックがブローディーを見た。「もうひとりアシスタントを雇うべきだ」

ブローディーが肩をすくめた。「シャーロットに言えよ」それからミッチを見る。「シャーロットは縄張り意識が強いから、おれたちだって勝手にファイルをいじると怒られるんだぜ」

ミッチはにやりとした。「心底仕事が好きなんだな」

「人に指図するのが好きなんだ」ブローディーが茶化《ちゃか》す。

ジャックがうなずいた。「うちの母親から学んだんだよ」

ミッチもうなずきながら考えた。これまでのところ、シャーロットについては本人よりもブローディーたちから情報を得ている。数時間でいいから彼女とふたりきりになって話を聞いてみたかった。

「たとえば事務所へ連れてくれば犬を飼うことはできるだろうけど、シャーロットは忙しく動きまわっているからな」ブローディーが言った。「おれたちの犬や猫によく会いに来るよ」

「さっきシェルターって言ったよな」

「シェルターに動物を運ぶボランティアをやっているんだ」ジャックが説明を引き継いだ。「いいところなんだけど途中の道が未舗装でさ、最初に会った夜にシャーロットの車がパンクしたのもそのせいだな」

ミッチに言わせれば、夜にひとりで田舎道を運転するべきではないのだ。次は自分が一緒に行ってもいい。機会があったら提案してみよう。シャーロットが承知するといいのだが。

「シャーロットは危険な配達はしないんだろう？」

「もちろんだ」ブローディーとジャックがほぼ同時に言う。

「よかった」

「ぼくらの手が離せないときに、近所の配達ならお願いすることはあるけど」

それ以外のときは、電話に応対したり、書類を記入したり、コーヒーを淹《い》れたり、運転以外の実務を一手に担っている。「シャーロットがひとりで事務仕事を切り盛りしているのか？」

「将軍みたいにこの事務所を仕切っているんだ」ジャックが補足した。「十六になったばかりのころから手伝ってくれている。最初はうちの母の見習いだったけど、すぐに才能を開花させてね。最近では母も進んでシャーロットの指示に従っているよ」

「そんなに前から事務所をやっているのか」

「おれは二十六、ジャックは二十三だった。十六のシャーロットにはまったくかなわないけど、たしかにおれたちは若くして事業を始めた」ブローディーが懐かしそうに笑った。

「もっと遊び惚《ほう》けていたかったけど、母さんが許さなかった」

「母さんは、仕事で忙しければ兄さんも悪さができないだろうと考えたんだ」

「またそうやっておれを悪者にして」ブローディーがミッチのほうへ体を寄せる。「本当の悪《わる》はジャックなんだぜ。おれみたいにあけっぴろげでないだけでさ」

「兄さんがあけっぴろげすぎるんだよ。シャーロットの前では控えているみたいだけど」

「シャーロットはまだ子どもで影響されやすいから。それにおれたちは兄貴みたいなものだし」ブローディーはそう言ったあとミッチを横目で見た。「おまえにとってもな」

ミッチは噴きだした。「やめてくれ」

ジャックが眉間にしわを寄せた。「何をやめるんだい？」

どうしたらふたりの気持ちを傷つけずに説明できるだろう。

「何をって……兄貴ぶるのをさ。おれには兄なんていない」

「父親が同じで、ぼくらのほうが年上なんだから、正真正銘の兄貴じゃないか」

「ほんの数年の差だ」

ジャックがからかうように笑った。「数年でも年上は年上だろう。きみはぼくらのかわいい弟ということになる」

ミッチにもだんだんシャーロットの気持ちがわかってきた。

「ちがう」

「ちがわない」ブローディーがミッチの否定を無視して口を挟んだ。「おれたちは兄貴だ。兄貴は弟の面倒をみるもんだ」

ミッチは首を横にふった。「そんな考えは今すぐ捨ててくれ」

自分の面倒は自分でみてきたし、これからもそうするつもりだ。誰のお荷物にもなりたくない。

「かわいい弟よ！」ブローディーが腕を広げた。「慣れるしかないんだ」

おののくミッチを見て、ジャックが助け舟を出した。「ブローディーは大げさだからいちいち真に受けないほうがいい」

そもそも最初に兄だと言いだしたのはジャックなのに。

「でもシャーロットに関しては別だ」ジャックが続けた。「彼女には兄貴が必要だ」

ジャックの言わんとしていることはわかる。「世慣れしてないから？」

ジャックがうなずく。「仕事はできるし頭もいいけど、男に免疫がない」

事務所をふり返って、ミッチは尋ねた。「ところで当のシャーロットはどこへ行ったんだ？」少し遅れてつけたす。「ロザリンも」

ブロ－ディーがお見通しだというように笑った。「なかで片づけをしているだろうな。おれたちの帰りが遅いときはたいてい待っていてくれるんだ」

シャーロットが近くにいるとわかって、ミッチはどうしても顔が見たくなった。

「シャーロットはいい子だ。おれたちにとって大事な存在なんだ」

警告するようなブロ－ディーの言葉に、ミッチはゆっくりとふり返った。

「男と出かけたことがほとんどないから、想像しているより世間知らずだぞ」ジャックがつけくわえる。

ミッチは驚いてジャックを見た。「二十五になるんだろう？　小学生じゃない」

「そうかもしれない」ブロ－ディーがミッチににじり寄る。「だが、シャーロットを傷つけるやつはおれがただじゃおかない」

ジャックがうなずいた。「同じく」

ミッチは怒るどころか笑顔を見せた。そもそもミッチにはシャーロットを傷つけるつもりはないし、兄たちと争う気もない。「シャーロットは……いい子だ。おれがこれまで会ったなかでもダントツで」

ブローディーとジャックがうなずいた。

「そしておれはバーニーとはちがう」ブローディーたちにとっては同類に見えるのかもしれないが、シャーロットは本能的にわかってくれたようだった。そうでなければバーニーを殴ったこの腕にあんなふうにふれるはずがない。世間知らずゆえに警戒しなかったのかもしれないが、彼女にふれられたことで怒りが静まった。ひょっとすると彼女は誰よりもおれの本質をわかっているのかもしれない。

「バーニーと一緒になんてするものか」ブローディーが言った。

「バーニーならシャーロットも相手にしないから問題ないんだ」ジャックがさぐるような目つきをする。「でもきみはちがう」

「そうかな？」このところシャーロットの顔を見ていないのでなんとも言えない。「おれが来ると、彼女はいつも忙しそうにしている」

避けられているのだろうか？　そうでないことを祈る。あのときはまんざらではなさそうに見えたのに。

ブローディーやジャックに何か言われたからといって引きさがるつもりはないが、相手がシャーロットなら？　彼女に会いたくないと言われたら、潔く引きさがるしかない。そばにいたいと思っても、彼女の思いを尊重するはずだ。

「たぶん兄弟の時間を邪魔しないように気を遣っているんじゃないかな」ジャックが言う。

なんてこった。彼女のそばにいたいのに。「ブローディーにからかわれたことを怒っているわけじゃなくて?」

ブローディーがにっこりした。「いつもなら対等に言い返してくるんだぜ。でもおまえは会ったばかりだから——」

ジャックが腕を組んだ。「柄にもなく恥ずかしがっているんだ。ブローディーにからかわれるなんていつものことなのに。あの日はやり返すこともせずに逃げだした。それが意味するところは——」

ミッチは身を乗りだした。「意味するところは?」

「兄として、おまえに言って聞かせてやらなきゃならないってことだ」ブローディーが言った。

「だからこそ、最初にぼくらが兄貴だってことを強調しておきたかった」

6

ミッチはうめきそうになるのをこらえた。

さっきから太陽がじりじりと照りつけている。ブローディーたちには話していないが、ミッチはこの町に留《とど》まりたいと思っていた。そのためにやらなければならないことがたくさんある。住む場所を整えて起業の準備をしなければならないし、シャーロットに対する気持ちも確かめたい。だが、それをブローディーたちに伝える準備はできていなかった。

出会った夜以来、シャーロットとはまだふたりで話すことさえできていない。

ミッチはブローディーの目をまっすぐに見て尋ねた。「つまり、シャーロットには手を出すなと言いたいのか？」

ブローディーは意味ありげにジャックと目を見合わせたあと、準備体操をするように右肩をまわした。「それはおまえしだいだ。つかの間のお楽しみを求めているだけなら手を出さないでもらいたい。この警告を無視したら、いくら弟といえど実力行使に出る」

ミッチはゆっくりと口角をあげた。「脅されるのは好きじゃない。おそらくあんたも同じだろうが」

「おれは友人の大事な妹にちょっかいを出したりしないぜ」

ブローディーの言い方はおだやかだったが迫力があった。ミッチは息を吸った。「一度もないと誓えるのか？」

ブローディーが言葉に詰まる。

ジャックがにやりとした。「兄さんの負けだな」

「おまえはどうなんだ？」ブローディーがジャックに噛《か》みつく。

ジャックの顔から笑みが消えた。「そもそも問題はそこじゃないだろう」

「もてあそぶ気などないが、シャーロットとは会って数日だし、まだろくに話もできていない。そもそも彼女は大人なんだから、彼女が誰と恋愛しようとあんたたちが口を挟む余地はないと思う」

ブローディーが息を吐く。「おまえが何を考えているのかわからないから不安なんだ」

「おれのことをもっと知ってくれれば杞憂《きゆう》だとわかる」

「知ろうとしているのに、そっちが距離を保とうとするんじゃないか」ブローディーが不満そうな声を出す。

「あんたらの質問にはぜんぶ答えているぞ」

「あたりさわりのない質問ばかりだ」

ミッチは思わずあとずさった。「自分で訊《き》いたくせに」

ジャックが両手をパンツのポケットに入れ、まじめな表情で言った。「こっちだっていちおう気を遣っているんだ。過酷な子ども時代を送っただろうことは想像がつくから」

痛いところを突かれて、ミッチは息をのんだ。

「それほどでもないさ」ろくに世話もしてもらえず、たびたび暴力をふるわれた。その日、その日を生き抜くのが精一杯だった。だが、すべては過去のことだ。同情してほしいわけではないし、不幸を嘆いてばかりいる腰抜けにはなりたくない。

ミッチは脚に力を入れた。「過去に関係なく、今のおれを評価してほしい」

ジャックが眉をひそめた。「誰も評価なんてしない」

「するに決まってる」きれいごとでごまかされるつもりはない。「評価して当然だ。一度は刑務所に入ったけど、出所してからはもちろん、子ども時代だって法にふれるようなことはしていない。道をまちがえたのは一度きりだ」

「それはわかってる」ジャックが静かに言った。「調べたからね」

調べたならいい。救いようのないお人よしではなかったということだ。

「だったらおれが悪人じゃないことはわかったはずだ。ほかに何が知りたい？」

ブローディーが口を開いた。「五年も刑務所にいたんだろう？」

同情されるのかと思って、ミッチは身構えた。

「その経験はおまえにどういう影響を及ぼした？」

ずばりと尋ねられて、ミッチは逃げだしたくなった。

いや、逃げるなんてだめだ。ブローディーたちと結んだ絆《きずな》を失いたくない。失わないためにどこまで話せばいいだろう？

歯を食いしばり、眉間にしわを寄せて、ミッチは言った。「子ども時代の話が聞きたいのか？」

「さっきも言ったとおり、きみを評価するつもりなどない。もっとよく知りたいだけだ」

ジャックがそっと言った。

「こっちはぜんぶさらけだしてるだろう？」ブローディーが両手を広げるジェスチャーをした。「だが、おまえは出会った夜と同じで心が閉じたままだ」

「ゆっくり距離を縮めたいんだ」

「ゆっくりっていうのはどのくらいのペースなんだ？一緒に食事をとるのもまだ早いっていうのか？」

ジャックがブローディーの肩に手を置いた。兄を落ち着かせようとしたのかもしれないし、同じ意見だと態度で示そうとしたのかもしれない。

ここで尋問されるよりも食事の招待を受けるほうが簡単ではないだろうか。ミッチははじめじめした夜の空気を吸いこんだ。

「それは……」

「べつに一緒に住もうと言っているわけじゃない」ブローディーはそこではっとした表情を浮かべた。「そういえばおまえ、寝るところはあるのか？　なんなら――」

今度こそミッチは笑った。おかげでいくらか緊張が解ける。「心配しないでくれ」

「本当に？　前も言ったとおり、事務所の裏の家は空いてるから住めるぞ」

「ありがとう。でも大丈夫だ」

ブローディーが表情をやわらげた。「だったらいい」

「とにかく――」ジャックが割って入った。「こんな話になったのは、きみがシャーロットに興味を抱いていることを否定しないからだ」

否定しようと思えばできた。シャーロットに手を出すつもりはないと言ってしまえばこんな展開にはならなかっただろう。だが、ブローディーたちとの関係を嘘で始めたくない。シャーロットに興味があるのは事実なのだから。

「正直に言うと――」ミッチは事務所のほうを見た。シャーロットとロザリンが玄関から奥へひっこむのが見える。話し声があそこまで届くだろうか？　意識してブローディーたちに視線を戻し、玄関のほうを指さす。「彼女のことをもっと知りたいと思っている」

「ぼくらの母親のことかい？」ジャックがとぼけて言う。

ミッチはにやりとしたあと、あくまで真剣な口調で続けた。「シャーロットだ。ロザリンみたいな人も初めてだから興味はあるけど」

「理想の女性みたいに思うのは勝手だが――」ブローディーがちらりと事務所のほうを見た。「シャーロットは意外と口うるさくてあれこれ指図したがるし、女を馬鹿にしたような発言をすると烈火のごとく怒るぞ」

ミッチにとってはどちらも歓迎だ。

「たしかに彼女には人を思いどおりに動かそうとするところがあるようだな」ミッチはブローディーに向かってうなずいた。「とくにあんたに対して」

「ブローディーにはお目付役が必要だからな」ジャックが言う。「それも気づいているだろうけど」

弟たちの笑い声を無視して、ブローディーが人さし指をくるりとまわした。「おまえとシャーロットのことに話題を戻そう」

ふたりとも、シャーロットがおれのことなど本気で相手にすると思っているのだろうか？

「ねえ、ブローディー」話題の人物が玄関から顔をのぞかせる。「サーマンから電話よ。明日の午後、仕事を頼みたいんですって」シャーロットの視線は一瞬、ミッチにとまったが、すぐにそれてしまった。

だぼっとしたピンク色のTシャツと細身のジーンズを身につけたシャーロットは本当に

きれいだった。外へ出てきておしゃべりにまざってくれればと思う。少しでいいからおれに笑いかけてくれればいいのに。

これだからブローディーたちが心配するのだろう。

美しい青い瞳がジャックに向けられた。「ロニーが、あと二十分以内に戻らなかったら先に食事をするって言っていたわ」

シャーロットはそれだけ言うと、手をひらひらふってなかにひっこんでしまった。

ミッチはシャーロットを口説きたかった。だが、会ったばかりの兄たちはその考えに反対のようだ。

「さっきの続きだけど、お言葉に甘えて、食事に呼んでもらうよ」二度ほど食事をともにすれば満足してもらえるだろうか？　それとも四度？

「ただし子ども時代のすさんだ生活については話さない。シャーロットやロザリンがいる前では」

本当は誰の前でも話したくない。

「そんなことは要求しないさ」ブローディーは右手で顔をこすった。「おまえは立派な大人だし、シャーロットだってそうだ。プレッシャーをかけているのはわかっているし、おまえはうまくさばいていると思う。おれはただ――」

ミッチはため息をついた。ブローディーの言いたいことがよくわかったからだ。「シャーロットが大事なんだろう？　大事な妹を任せられるほど、おれのことを知れていないいってことだよな」

「とにかく食事に来い」ブローディーが言った。「気軽に訪ねてくれればいい。身構えずに話をしよう。それだけでいい」

「過去を掘り返そうなんて思っていないよ」ジャックが車に寄りかかった。「でも、きみがどんな男なのかが知りたいんだ。もう少し心を開いてくれれば、シャーロットだってきみのことを理解できる。そういうふうに考えてくれないかな」

今度はシャーロットを餌にするつもりか？　ミッチは事務所に目をやった。ガラス戸の向こうにいたロザリンがこちらに向かって手をふる。

ミッチも手をあげて応えた。なんだか自分が間抜けに思えてくる。

ブローディーは肩をすくめた。「すでに母さんの心はゲットしたみたいだな」

たしかにそのようだ。素性を明かした瞬間から、ロザリンは受け入れてくれた。「皮肉なもんだ」

ジャックが肩をすくめた。「母はそういう人だから」それから真剣な表情に戻って続ける。「何度か食事に来てほしい。ぼくたちのために時間をつくってくれ」

期待に応えられるかどうかはわからないが過大な要求というわけではない。できることなら刑務所を出たあとから人生がスタートしたことにしたかった。

「ブルートも歓迎だ」ブローディーが言った。「おれたちの犬や猫もいる」

「恐れることなんてない」ジャックがつけたす。「でも三十年近くの時間を埋めるにはそれなりに時間がかかる」

ミッチの生い立ちはブローディーやジャックには想像もつかないだろう。十代の話だけでも、シャーロットのそばにも寄らせてもらえなくなるにちがいない。「おれは――」「それまで――」ブローディーが遮った。「シャーロットに接近しすぎないでもらいたい」

「もちろん最終的にはシャーロットが決めることだけど、でも、それが彼女のためだってことはわかるだろう？」ジャックが尋ねる。

ブローディーとジャックはどちらも挑むような顔つきをしていた。ブローディーのほうが荒っぽいというだけで本質は同じだ。

「〝近づく〟っていうのは具体的にどういうことを指すんだ？」食事に招待されても、シャーロットには話しかけるなということだろうか？

ジャックが口を開きかけて、閉じた。

「寝るのはなしだ」ブローディーが引き継ぐ。

そんなことを心配していたのか？　女と見ればベッドに押し倒すとでも思っているのか？

「そもそもシャーロットが承知しないさ」ミッチは事務所のほうへ視線をやった。せかせかと働くシャーロットの姿が容易に想像できる。「誘われたからってすぐについてくるタイプには見えない」

ジャックが眉をあげた。「そりゃあそうさ」

「小さい町だから、何かあったらすぐに噂《うわさ》が広まる」ブローディーが言う。「余計な心配はいらない。おれは女性を口説きまわるタイプじゃない」

もちろんシャーロットにその気があるなら今晩でもベッドに誘うのだが……。今晩ではなく今すぐでもいい。ただ、彼女についてこれまでわかった情報から判断して、そういう事態は起こりそうもなかった。だったらブローディーたちを安心させて、信頼を得ておいたほうがいい。

一方で、なんでも言いなりになる男だとは思われたくなかった。これまでずっと、他人に頼らず、自分だけの力でやってきた。

「待つのは二週間くらいでいいか?」

そのくらいなら……たぶん辛抱できる。

シャーロットが玄関から顔を出した。「邪魔ばかりしてごめんなさい。ロザリンが、話があるなら事務所に入ってもらったらって」シャーロットがミッチを見た。「あと、ミッチに喉が渇いてないかって」

「質問は一度にひとつ――」言いかけたブローディーの脇を、ミッチが小突いた。

「いてっ」ブローディーが大げさな声をあげる。

シャーロットの髪は見るたびにボリュームを増すようだ。湿気のせいでウェーブがますます細かくなってあらぬ方向へ跳ねているのがたまらなくかわいい。

「おれは大丈夫だ。でも気遣いをありがとう」

シャーロットはにっこりしてひっこんだ。

「ほらね」ジャックが言う。「やっぱりきみのことが気になっているんだ」

ミッチはブローディーをちらりと見た。「彼女がおれに話しかけるたびにあんたたちがからかったら、そのうち口をきいてくれなくなる」

ブローディーが噴きだした。「すまん。つい、な」

「言っておくが――」ミッチは腕を組んだ。「女に飢えちゃいない。あんたたちに牽制《けんせい》されるまでもなく、いきなりベッドにひっぱりこんだりしないさ。シャーロットにおれを知ってもらいたいのに、話をしようとするたびにどっちかが邪魔をするじゃないか。しばらく彼女にはちょっかいを出さないから、あんたたちもおれのいるところで彼女をからかうのはやめてくれ」

ジャックとブローディーは驚いたように目を見開き、しばらく黙っていた。こちらがへつらわないことに驚いているのだろうか。

自分が彼らの日常に対する闖入者《ちんにゅうしゃ》だということを強く意識した。

だが、いくら兄でも言うがままになるつもりはない。指図されるのが苦手だということをわかってもらわなければ。ブローディーたちといい関係を築きたい。それには互いに敬意を持って接することが必要だ。そのために妥協しようと提案したのだ。

ジャックがにやりとした。「言いなりにはならないってわけか」

「おれには家族なんていないも同然だった」ミッチが言ったとたん、ジャックの笑みが消えた。

「数少ない友だちもみな似たような境遇だ。冗談を言い合うより、殴り合うことのほうが多かった」

同じ地区で育った子どもたちは、兄弟でさえ相手のものを盗んだり、相手を騙《だま》したりした。銃で撃ち合うことさえあったのだ。

テレビや映画に出てくる幸せそうな家族は、ミッチにとって宇宙人やユニコーンと同じように非現実的な存在だった。しょせんは二次元の話で、おとぎ話のようなものだと思っていた。

ブローディーたちに会うまでは。

ブローディーとジャックが熱っぽいまなざしを投げてくる。

「あんたたちは、家族に本気で腹を立てることはないのか？」ミッチは尋ねた。

「ない。ほかの家はどうか知らないけど――」ジャックが言った。

「うちはとびきり結束が強いんだ」ブローディーが片目をつぶる。「おまえもすでに、おれたち家族の一員だぞ」

シャーロットはふたたび窓の外をのぞいた。最初に見たとき、ミッチは声をあげて笑っていた。次のときはしかめ面だった。今にも車に飛び乗ってどこかへ行ってしまうのではないかと思わせる表情をしていた瞬間もある。

「まだのぞき見しているの？」ロザリンが尋ねた。

その日の仕事は二十分前に終わっていた。今は兄弟の会話を邪魔しないように見守っているのだ。

ロザリン以外の人に指摘されたらバツの悪い思いをしたかもしれないが、ロザリン自身もさんざん息子たちの様子をうかがっていたのだから、お互い様だった。

「どうしていつまで経《た》ってもなかに入ってこないのかしら？」シャーロットは首をかしげた。

「男同士の話があるんでしょうよ」ロザリンが言う。

シャーロットはブラインドから手を離してロザリンに向き直った。「男同士の話って？」

「妹に手を出すなとか、そういうことじゃない？　あの子たち、あなたのことがかわいくて仕方ないんだから」

シャーロットは愕然《がくぜん》とした。

「そ、そんなの大きなお世話よ！」そう言いつつも、さっきミッチが眉をひそめていたのは、ブローディーたちの警告が気に入らなかったからだろうかなどと考える。

ロザリンがにこにこして机の端に腰をかけた。「あと二分で終わらなかったら、わたしが行って解散させるわ」

「わたしが行くよりはましね」シャーロットはつぶやいた。これまでのところミッチを避けるのには成功している。少なくとも物理的には。

精神的にはどうかというと……寝ても覚めても彼のことばかり考えていた。ただし今の彼に必要なのは家族とできるだけたくさんの時間を過ごすことだ。

頭ではわかっているのに、ミッチをひとり占めしたいと思ってしまう。

シャーロットはため息をついた。

「今のは何？」ロザリンがすかさずつっこむ。

「え？」シャーロットはロザリンを見た。

「今のため息よ。まさに恋に悩む乙女ね」

シャーロットの首筋がみるみる赤くなった。「そんなことないわ」

「あら、わたしだって恋する気持ちがわからないほどおばあさんじゃないんだから。ごまかしても無駄よ」ロザリンが訳知り顔をする。

シャーロットは顎をつんとあげた。「たしかにミッチは魅力的だと思うわ。目の保養になるし」

「目の保養どころじゃないでしょう。ブローディーたちと同じで、ものすごくかっこいいじゃない」ミッチも血のつながった息子であるかのように、ロザリンが自慢した。「あの子たち、よく似ているわ」

シャーロットは返事をせず、ふたたび窓から男たちを眺めた。

正確にはミッチを。

気になるなら表へ行って話の輪に加えてもらえばいいのだが、行動に移せない自分がいた。

ロザリンがあきれたように両手で机をたたく。

シャーロットはびくりとしたあと、責めるようにロザリンを見た。「心臓がとまるかと思ったじゃない」

「こそこそしている自覚があるから驚くのよ。のぞき見は終わりにしなさい。外へ行って、あの子たちに声をかけるの」ロザリンが机から腰をあげる。「ほら、わたしも行くから。きっと楽しいわ」

シャーロットの楽しいとロザリンのそれは噛み合わないのだ。

外から音がして、シャーロットはガラスに鼻をくっつけた。それから息を吐く。「ようやく入ってくることにしたみたい」

「よかった」ロザリンはバッグをつかんでシャーロットをさっとハグした。「あとで。家で会いましょう」

シャーロットは目をぱちくりさせた。「どうしてそんなに急ぐの？」

「べつに何も」ロザリンはシャーロットの髪を整えてやり、いく筋かのカールを顔の横に垂らした。「急いで帰ってくることはないわ。夕食といっても残りものばかりだから」

「ピザでも買って帰りましょうか？」

「大丈夫」ロザリンは玄関へ歩いていった。「ミッチと楽しんでね」

やっぱり何か期待しているにちがいない。シャーロットは急いで机の上を整えた。こちらは何も期待していないけれど、準備するに越したことはない。

ふたりの大男にいまだ高校生扱いされている状況では、期待も何もあったものではないが……。

事務所のほうをもう一度見たあと、ミッチはうなずいた。

「じゃあ夕食に招待してもらうよ。でも今日はだめだ。遅くなってしまったし、ブルートが待ってる」

出かけてくるとき眠っていたので、ブルートは置いてきたのだ。あまり長い時間ひとりにしたくない。

「じゃあ明日は？」ジャックが言った。「母はぜったい喜ぶ」

たしかに喜んでくれそうだ。初めて会ったときから、ロザリンは久しぶりに会った息子のように接してくれた。ふつうでは考えられないことだ。ミッチはうなずいた。「せっかくだからシャーロットにあいさつをして帰る」

「ぼくはこのまま帰るって伝えてくれるかい？」ジャックがポケットをさぐって鍵をとりだし、運転席に乗りこんだ。「それから仕事はうまくいったと」

「わかった」

「おれは一緒に行くよ。シャーロットに仕事の結果を伝えないといけないからな」

信頼できないというわけか。そう思ったあとで、ミッチは笑顔になった。ブローディーたちが過保護であればあるほど、シャーロットがつまらない男にひっかかる確率は低くなる。

玄関へ行くと、ちょうどロザリンが外に出てきた。彼女はミッチに笑いかけ、ブローディーを軽くにらんだ。「ブローディー、ここで会えてよかったわ」

「なんで？」ブローディーが警戒に目を細める。

「いいからいらっしゃい」息子の腕に手をまわして、強引にひっぱっていく。

あんな小柄な女性のどこにそんな力があるのだろう。

ロザリンがこちらを見ていたずらっぽい表情をした。こうと決めたらぜったいに実行する人だ。ブローディーたちはミッチとシャーロットの仲を心配しているが、ロザリンはまったく気にしていないようだった。

「こんにちは」背後で小さな声がした。

ふり返ると、敷居に立つシャーロットが目に入った。セクシーな口もとに浮かぶほほえみを見た瞬間、ミッチはロザリンやブローディーのことを忘れた。

「こんにちは。なんだか久しぶりだね」

「忙しかったの」シャーロットが早口で言い、ミッチのために一歩さがった。

ミッチはうしろをふり返った。ブローディーがロザリンにひっぱられて車のほうへ歩いていく。恋のキューピッドのつもりだろうか。とにかく味方がいるのはありがたいし、それがクルーズ家でもっとも権威のある人物とくれば最高だ。ミッチは心のなかでロザリンに礼を言った。

「ジャックが、仕事は問題なく終わって、荷も無事に受けとったって」ミッチはそう言って敷居をまたいだ。

シャーロットがくすりと笑う。「『ミッション：インポッシブル』みたいでしょ？」

先を行くシャーロットのヒップと、背中で跳ねるカールを眺めながら、ミッチは廊下を進んだ。

「たしかに。とくに猫の棺《ひつぎ》がどうとか聞いたあとは」

「ブローディーたちが話したのね」シャーロットは休憩室に入った。「コーヒーは？」

「カップに半分くらいもらえるかな」ただでさえ眠りが浅いのに、カフェインをとったらさらに眠れなくなる。それでもシャーロットとしばらくおしゃべりができるならなんでも飲みたい気分だった。

「あ、でもきみが飲まないなら――」

「飲むわ」シャーロットはマグカップをふたつ出して、どちらにも半分ほどコーヒーを注《つ》いだ。「そういえばブルートはどうしたの？」

「最後に見たときはいびきをかいてた」シャーロットが座るのを待って、ミッチは反対側に腰をおろした。ブローディーとジャックとの約束を守るためだ。シャーロットに見とれながら、熱いコーヒーに息を吹きかける。

カップを包む細い指の美しさや、カップを口もとに運ぶ瞬間、長いまつげが頬に影を落とす様を見ていると、頭のなかが空っぽになった。

コーヒーを飲む女性に欲情するなんて末期症状かもしれない。

「そういえばブローディーたちに食事に誘われたんだ。明日の夜」

「そうなの？」シャーロットの目が輝いた。「イエスと言ったんでしょう？」

シャーロットがこんな表情をしてくれるならもちろんイエスだ。彼女の瞳が期待と喜びに輝くのを見て、体内にアドレナリンが噴きだした。いやらしい意味ではなく。

「ああ。ブルートも連れてこいってさ」

「もちろんだわ。またあの子に会いたいもの」

麻薬中毒患者がハイのときはこんな感じなのかもしれない。五感が鋭くなって、血管をめぐる血液の流れまで感じられそうだ。

シャーロットのそばにいると生きているという実感が湧く。

彼女の存在に慣れることなどあるのだろうか。外見はもちろん、話し方や全身からただよう女性らしさが魂に火をつける。

強くて、やさしい女性。

知的でありながら親しみやすい女性。

「きみも参加するだろう?」重い感じにならないように注意しつつ、ミッチは彼女の目を見て尋ねた。「おれを避けないでほしい」

シャーロットは口を開きかけてやめ、コーヒーに視線を落とした。

やっぱり避けていたのか。ミッチはテーブルの上で腕を組んだ。

「ひょっとして何か気に障ることをしたのかな? もしそうならおれは――」

「ちがうの」シャーロットは指先でカップのふちをなぞった。

ミッチには、そのしぐささえたまらなくセクシーに見えた。

「わたし……あの、あなたは……」シャーロットが顔をあげ、ミッチを正面から見た。いつも控えめな女性が正面から自分を見つめている。ミッチの口もとに笑みが浮かんだ。シャーロットはしばらくこちらを見つめたあとで、言うべきことを思い出したように瞬《まばた》きした。集中しようとしているのか眉間にかすかにしわが寄る。

「あなたとブローディーたちの邪魔をしたくなかっただけ」

彼女の一生懸命な様子がうれしかった。過剰に反応してうまく頭が働かないのは自分だけではないらしい。

過剰といえば、ここ数日のシャーロットの働きぶりだ。いつも忙しそうに動きまわって、めったに座ることがない。今この瞬間でさえ、つま先で床を、指先でカップのふちをたたいている。動いていないと死んでしまうといわんばかりに。

仕事に向けるエネルギーをほんの少し自分に向けてほしかった。想像すると体が熱くなる。シャーロットに関しては、互いの気持ちをさぐり合うプロセスさえ楽しかった。相手のふとしたしぐさや言葉に心が浮きたつ。刑務所のことや家族の問題を忘れて、ふつうに恋愛する男になれる。

過去の過ちから解き放たれて、心から笑うことができる。

ミッチはシャーロットの唇から目をあげた。少しかすれた声で言う。「言っておくけど、きみが邪魔になることなんてない。ぜったいに」

シャーロットの目が輝いた。すぐあとで、ピンクの舌が唇をなぞる。「わかったわ」

自制するんだ、ミッチ！

ミッチは自分に言い聞かせた。彼女が唇をなめたのはセクシャルな意味があるわけじゃない。こんなことで欲情していては、ブローディーたちとの約束が守れないではないか。

「どうしてわたしの顔を見つめるの？」

「見つめてるかな？」

「見つめてるわ」

むきになって言い返すシャーロットがかわいかった。

「きみにもいてほしいんだ。つまり、明日の食事のとき」

シャーロットが小さくほほえんだ。わずかな笑みだったが、ミッチにとってはこれ以上ないほど効果があった。

「どうして？」シャーロットの声がかすれる。

ブローディーたちが言うほど、シャーロットは初心《うぶ》ではないようだ。

ミッチとシャーロットの視線が絡み合った。

「言わなくてもわかるだろう？」

笑顔が大きくなる。シャーロットはわからないふりはしなかった。「わたし、こういうことはあんまり経験がなくて」

「この町の男どもは間抜けぞろいだな」

軽やかな笑い声がミッチの肌をなでた。ぞくぞくする。

ミッチはテーブルの上に腕をついて身を乗りだした。「きみのことが好きだ」

「わたしのことなんてほとんど知らないのに」

「ブローディーたちからいろいろ聞いた。あのふたりはきみのことがかわいくて仕方ないんだな」

シャーロットが鼻を鳴らした。

「彼らの気持ちもわかるよ」ミッチは首をかしげてシャーロットを観察した。「でもきみは大人だし、自分の身は自分で守れる。バーニーにからまれたときだって、うまくあしらっていただろう」そして魔法のようにおれの怒りを鎮めた。腕に手をふれただけで。「ブルートとの接し方からして、動物好きなのはまちがいないし」

シャーロットが声をあげて笑った。「おやつをあげただけじゃない」

「あいつがおれ以外の人間に心を許すところは初めて見た」ミッチは休憩室をちらりと見た。「あと、整理整頓が得意だ。整頓魔と言ってもいいかもしれない」

「まあ！　ロザリンが聞いたら笑うわ、きっと」

シャーロットがうれしそうな反応を示してくれたので、ミッチの心は浮きあがった。

「家の部屋は散らかってるなんて言わないだろう」

「それはそうだけど――」シャーロットが鼻にしわを寄せた。「でも整頓魔でもないわ。きれい好き、くらいにしておいて。髪を振り乱して床を磨くなんてしないもの」

ミッチは素直に笑った。「きみが美人だってことも知ってる。やさしいし、家族を大事にする。それからときどきおもしろいことを言う」

シャーロットが頬を染める。

「そしてセクシーだ。シャーロット・パリッシュ、きみはおれが女性に求めるすべてを備えているよ」

シャーロットは目を見開いた。「そんな……あの、ありがとう」

「本当のことさ」

ミッチが調子に乗る前にブローディーが事務所に入ってきた。そのままこちらへ歩いてくる。シャーロットのお目付役を務めようとしていたところを母親に邪魔されて不満だったにちがいないが、休憩室に入ってきたときは機嫌のよい笑みを浮かべていた。

シャーロットのために。

ブローディーがシャーロットの幸せをいちばんに考えていることはわかっている。

「鍵を閉めて家に帰る時間だぞ。長い一日だったからな」

そのとおりだ。一日の終わりにシャーロットと会えたのだから、いい一日だったというべきだろう。

シャーロットはにこにこしながら立ちあがり、コーヒーメーカーのスイッチを切ってフィルターを捨てた。サーバーとマグカップを流しに運んで洗う。いつもそうしていることが迷いのない動作から伝わってきた。

ブローディーの視線を意識しながらシャーロットに声をかける。「手伝うよ」

「ありがとう。でもすぐ終わるから」

ブローディーはてこでもふたりきりにはしないぞという表情で壁に寄りかかっている。

「夕食会のこと、母さんが喜んでたぜ。六時でどうかって」

それなら出かける前に少し作業ができる。「わかった」

「ブルートも連れてきてくれ」

ミッチはうなずいた。

給湯室のほうからシャーロットの鼻歌が聞こえてくる。ブローディーの心配もミッチの焦りも、どこ吹く風という感じだ。

ミッチが育った界隈《かいわい》には、シャーロットのように純粋で明るい女性はいなかった。男女を問わず、子ども時代は十代半ばで終わりを告げる。周囲にいるのはろくでもない大人ばかりで手を差しのべてはくれない。他人のことなど構っている余裕がないからだ。

そこへ行くとシャーロットは……ミッチが知っている連中とはまるで対極で、そこがよかった。彼女のそばにいると特別な時間が流れる。

ブローディーとジャックは時間をくれと言った。ロザリンにも信頼に足る男だというところを見せたい。

だが何よりも大事なのはシャーロットに自分という人間を知ってもらうことだ。自分が彼女を求めるように、彼女から求められたい。

簡単ではないだろうが、これまでだって簡単に手に入ったものなどひとつもない。ここで踏んばればすべてが手に入るかもしれない。シャーロットも、ブローディーとジャックも、新しい人生も。そのためなら、ミッチはどんな苦労もいとわない覚悟だった。

7

ニューマンの首筋を汗がしたたり落ちる。うだるような暑さのせいもあるが、湧きあがる怒りのせいもあった。

またしても逮捕され、一年以上を刑務所で過ごした。ミッチとは比べものにならないが、ニューマンにしてみれば充分に長かった。

出所したら女の家が消えていた。解体現場で働いていた男を脅迫して事情を訊《き》きだしたところ、女は息子に家を遺《のこ》し、その息子が解体に同意したという。

ぼろ屋をつぶすのは一向に構わない。だが問題がふたつあった。

まず、家を手放すのに支払われた金は、金額の大小に関係なくニューマンの懐に入るべきだ。麻薬中毒の女とくそ生意気な息子に耐えたのはニューマンなのだから。

次に、瓦礫《がれき》のどこかに、売ればひと財産になる量のスピードとエクスタシーが埋もれている。誰かに発見された様子はないので警察沙汰にはならないだろうが、それはつまりブルドーザーの下敷きになったということだ。

当面の生活費が土のなかに埋もれてしまった。

それについて文句を言う相手もいないし、工事関係者のいるところで地面を掘るわけにもいかない。そんなことをしたらまた刑務所行きになってしまう。

「ミッチのダチが近くに住んでるはずだ」車の後部座席から、子分のリッチーが言った。「家の前を通ればわかると思う」

リッチーは賢くはないがぜったいに裏切らない。最大の欠点は不潔なことだ。車の窓を全開にしてもきつい体臭が鼻を刺す。

「いたぞ。あいつだ」リッチーよりも頭のまわるリーが窓の外を指さした。背は低いが鍛えあげられた体つきをしていて、剃《そ》りあげた後頭部にタトゥーを入れている。夜道でぜったいにすれちがいたくないタイプだ。

いつだったかニューマンがお仕置きと称してミッチをベルトでたたいたとき、リーは無言で見ていた。そもそも口数が少ないのだ。

リーが車を車道の脇に寄せると、リッチーが興奮した仔犬《こいぬ》みたいに外へ飛びだした。

「ラング・ハーディー、見つけたぜ!」

顔をあげたラングがしまったという顔をして、手にしたホースを落とし、ぼろ家に駆けこもうとした。

リッチーが楽しくてたまらないというようにあとを追いかけ、玄関を入ったところで獲物にタックルする。

窓から様子をうかがっていた隣人たちが、示し合わせたように部屋の奥へひっこんだ。

ニューマンはゆっくりと車から降りた。その顔には笑みがあった。ラングには訊きたいことがある。そのついでに鬱憤を晴らしてもいい。

ミッチを見つけなければ。

あいつにツケを払わせてやる。思いつくかぎりの方法で。


翌朝、いつもより少し早く事務所に到着したシャーロットは、ブローディーとミッチが一緒にいるのを見て驚いた。

「ふたりとも、こんな時間からどうしたの？」

ブローディーがにっこり笑う。「偶然ミッチに会ったから、運ぶのを手伝ってもらったんだ」

ブローディーの隣にいたミッチの視線が、高い位置で結われたシャーロットのポニーテールから、ゆったりしたポロシャツと刺《し》繍《しゅう》入りのジーンズ、そしてサンダルばきの足へ移動した。

男性からこんなに熱い視線を注がれるのは生まれて初めてだ。シャーロットは頬を染めた。「お、おはよう」

ミッチの口角がわずかにあがる。「おはよう」

崩れおちないように膝に力を入れて、シャーロットはトラックを見た。〈マスタング・トランスポート〉は二台のトラックを所有している。

「何をするつもり？」

ブローディーが事務所の裏を指さした。「地面を均《なら》すためにおがくずをまこうとして調達に行ったら、ミッチが砂利のほうがいいって教えてくれた。あとあと手入れが楽だからって。ほら、見ろよ」

シャーロットはブローディーに招かれるままトラックに近づいた。ミッチとの距離も縮まる。今日の彼は白いTシャツとダメージ加工したジーンズにワークブーツといういでたちだった。Tシャツは汚れ、髪も汗で首筋にはりついている。

そのすべてがミッチの男っぽさを強調していた。

まだ八時をまわったばかりだというのにずいぶん汗をかいて、いったい何時から作業をしていたのだろう。

ミッチが満足そうな表情でこちらを見ている。シャーロットは彼から視線を外すことができなくなった。

「ほら」ブローディーが荷台にのった砂利をすくってシャーロットに見せた。「いいだろう？」

褐色、金、赤の砂利が朝日を浴びて輝く。

「ほんとだ」

ミッチがシャーロットの隣に立った。腕がふれそうに近いのに、どこもふれていない。

シャーロットはゆっくりと息を吸った。

太陽にあたためられた男の肌のにおいと土のにおいに包まれる。ブローディーも充分に男っぽいはずなのに、ブローディーの香りにぞくぞくしたことは一度もなかった。

ミッチだけだ。

「事務所のれんが壁とよく合うと思ったんだ」低い声でミッチが言った。

砂利や壁の話を、これほど意味ありげに、色っぽく発音できる人がこの世に何人いるだろう？

一方、経験値の少ないシャーロットには知るよしもなかったが、体の反応は素直だった。

一方、経験豊富なブローディーはミッチの意図に気づいたらしく、わざとらしく咳払(せきばら)いをした。たしなめるようにミッチのほうを見て、シャーロットに尋ねる。「どう思う？」

シャーロットは事務所の周囲に砂利が敷きつめられたところを想像してみた。頭のなかの霧が晴れ、鼓動がおさまるまでに少し時間がかかったが、冷静になってみるとミッチの言うとおりだとわかった。

「すごくいい気がする」

ミッチがトラックの荷台に肘をつき、太陽のまぶしさに目を細めた。「防草シートを敷いてから砂利をまかないとしょっちゅう草とりをするはめになるぜ」

「なるほどね」ブローディーもトラックに体重を預ける。「自分の家の庭はまめに手入れするけど、事務所のことまで気がまわらなかったなあ」

「事務所のまわりが殺風景だからなんとかしようって、これまで何度も言ったじゃない」シャーロットは思わず口を挟んだ。

「うちに依頼してくる人は電話かネットがほとんどだ。直接、事務所に来る客なんてめったにいないじゃないか」

「ぜんぜん来ないわけじゃないわ」シャーロットは言い返した。「ジャックの奥様も来たし、あなたの奥様だって直接訪ねてきたでしょう。事務所のなかはわたしが整えているんだから、この際、外側もすてきにしましょうよ」

ブローディーが重いため息をついた。「シャーロットは自分が手入れをするから花を植えようって言うんだ。それでなくてもやることが山積みなのに」

「たしかに、これだけ広いと手入れもかなりの重労働だろうな」ミッチはそう言うと、建物と敷地を見渡して小さく首をふった。「花の咲く低木を植えれば雰囲気も明るくなるし、さほど手がかからないんじゃないかな」

造園のプロのような口ぶりだ。ミッチはどこかで専門的に造園の勉強をしたことがあるのだろうか。

ミッチがこちらを見ていなかったので、シャーロットはハンサムな横顔をぞんぶんに観察することができた。高い頬骨にまっすぐな鼻。顎に小さなくぼみがある。シャーロットはため息をついた。

その音が聞こえたかのようにミッチがシャーロットのほうを見た。

「今日は無理だけど、別の日なら植樹する木を見繕ってもいい」

ミッチがこちらを見ながら言ったので、それがブローディーに対する発言だと気づくまでに一瞬かかった。

頬を染めているシャーロットに気づかず、ブローディーが口を開く。「そうしてもらえると助かる。無理はしてほしくないけど」

ミッチは愛想よく笑った。「ぜんぜん無理じゃないさ」

遅ればせながらシャーロットとミッチの雰囲気に気づいたブローディーが、さっきよりも大きな音をたてて咳払いをした。それからシャーロットの肩をつかんで自分のほうへ向けた。「ブルートを事務所に連れていって水を飲ませてやってくれないか？　おれがミッチをひっぱりまわしたから、きっと喉が渇いていると思うんだ」

そう言われて初めて、シャーロットはブルートの存在に気づいた。ミッチの車がつくる日陰で気持ちよさそうに眠っている。いびきをかいて、息を吐くたびに口の端がぱたぱたと揺れていた。

あまりのかわいらしさに、シャーロットは思い切り甘い声を出した。「あら、本当。干からびる寸前ね」

ブルートが寝たまま鼻をふんふん鳴らす。

ミッチは笑いながら太ももをたたいた。「ブルート、こっちへおいで」

ブルートが片目を開けた。しばらく考えてからだるそうにあくびをして、まず前肢《まえあし》、次に後ろ肢をのばし、ようやく立ちあがる。もう一度体をぐんとのばしてから、静かにミッチに近づいた。

事務所に向かいかけたシャーロットは、ミッチをふり返った。「あなたも何かいる?」

ミッチはシャーロットの質問に答えず、ブローディーのほうを向いた。「余計なことを言うなよ」

ブローディーが開きかけた口を閉じてにやりとする。

「何もいらないよ」ミッチはシャーロットに視線を戻した。「おれも一緒になかへ入ろう。そのほうがブルートも落ち着くから」

ブローディーがあきれたように目玉をまわす。

一方のシャーロットはブローディーをにらんだ。「何か――」

「いいから、いいから」

あたたかな手がシャーロットの腕にまわされた。ミッチにエスコートされて玄関へ向かう。シャーロットはドアを開けて、ブルートを通してからドアを閉めた。

ミッチの手が離れても、ふれられたところがいつまでも熱かった。

シャーロットはミッチに向き直った。

ミッチの視線が脚から胸、そして唇へのぼってくる。

「仕事を増やしてすまない」

「え？　仕事って？」ぼうっとしていたシャーロットはあわてて問い直した。

「ブルートのお守りまでさせて。砂利をおろすのはそんなに時間がかからないから。せいぜい三十分だ」

シャーロットは事務所の周囲の地面をかぎまわっている犬を見てほほえんだ。「ぜんぜん平気だから気にしないで」

ミッチは一歩前に出たあとで、そんなことをした自分に気づき、眉をひそめた。「今日はとくにきれいだ」

シャーロットの鼓動が速くなり、頬が熱くなる。着ているポロシャツは二年前に買ったものだし、髪も適当にまとめただけだ。彼に会うとわかっていればもう少しきれいな格好をしてきたのに。

「シャーロット？」

深みのある声に唇を噛《か》んで、シャーロットは視線をあげた。「なあに？」

「お世辞じゃないよ。本当にきれいだと思ってる」

「そうなの？」目を瞬《しばたた》く。

「もちろん。会うたびにすてきな女性だと思ってるんだ」

シャーロットの胸は喜びにふくらんだ。「あなたみたいな男性に言われるとすごくうれしいわ」

ミッチが動きをとめ、静かに訪ねた。「おれみたいなって？」

まさか服役した過去を皮肉っていると思われたのだろうか。

「あなたみたいに背が高くて、がっしりしていて、それに――」最後まで言わなければいけないのだろうか？

不安そうなミッチの顔つきを見て、シャーロットは決意した。彼は気持ちを抑えようとしているのかもしれない。でも自分はちがう。言いたいことを言って、したいことをすればいい。

息を吸うとミッチの香りがした。シャーロットは彼の顔を見あげて、胸に軽く手をついた。やわらかなコットン生地の下の、熱くて硬い肉体を感じた。

「あなたみたいに魅力的な男性に言われると、うれしいってこと」そう言ってミッチにほほえみかける。「すごく男らしいし、かっこいいんだもの」

ミッチが冗談だろうというようにシャーロットを見返す。「きみの話をしていたのに、どこからおれの話に変わったんだろう」

　頬骨のあたりが赤くなっている。ミッチは照れているのだ。本当のことを言っただけなのに、ちやほやされることに慣れていないのだろうか。なんだか意外だ。

　胸にあてた手をほんの少し動かして、シャーロットはささやいた。「〝ありがとう〟でいいのよ」

　ミッチが首をかしげた。「何が？」

「ほめられたら〝ありがとう〟と言えばいいの」ミッチの胸を軽くたたいて、すぐに一歩さがる。「やってみて」

　ミッチの瞳がきらりと光るのを見て、胃が浮きあがるような感覚に襲われた。

「ありがとう」

　シャーロットは大げさにお辞儀した。「どういたしまして。さあ、ブルートに水をあげなくちゃ」

　ブルートを見るとふたたび昼寝をしていた。シャーロットの笑みがさらに大きくなる。

「いつもならここでブローディーが飛びこんでくるんだけど」

「言えてる」ミッチはドアに目をやってからシャーロットに向き直った。「なんで今日は邪魔が入らないいんだろう」

　シャーロットはもう一歩さがった。潮の流れに逆らって泳ごうとしているみたいだ。仕事に戻らなくてはと思いながらも、体がミッチのそばを離れたがらない。

ミッチにもそんな気持ちが伝わっているようだった。

「じゃあシャーロット、またあとで」ミッチは思わせぶりに言って表へ出ていった。

水入れに水を注《つ》ぎ足してやると、ブルートは一度だけなめたが、それほど喉が渇いていないようだ。シャーロットのあとをついて事務所に入り、日向《ひなた》に寝そべって大きく息を吐く。

「あなたは人生を楽しむ達人ね」いつもミッチと一緒にいて、眠くなったら寝て、まさに理想の生き方だ。「見習いたいわ」

眠いわけではない。むしろ頭は冴《さ》えわたっている。体のなかからどんどん力が湧いてくる。

恋をすると誰もがこんなふうになるのだろうか。ブローディーやジャックがいつも活気に満ちているのも当然だ。

仕事をしなければと思うのに、シャーロットはそれから二十分ほど外で働くミッチから目が離せなかった。ブローディーの横で、シャベルを手にしたミッチは荷台から砂利をおろし、防水シートの上に積んでいく。

ブローディーとミッチは何かしゃべりながら作業をしていて、一度などブローディーの発言にミッチが声をあげて笑った。ああいう姿をもっと見たい。

とにかく兄弟のあいだがうまくいっているとわかってうれしかった。ミッチは本当の意味でクルーズ家の一員になりつつある。

自分がそのどこにおさまるのかが知りたい。

「見ちゃった」

びくりとして窓辺から離れ、胸に片手をあてる。

「いつの間に来たの？」

「気づかなかったでしょう」ロザリンがにやりとする。「いけないことを考えているからよ」

「いけないこと？」

きょとんとしたシャーロットを見てロザリンは眉をあげ、少し考えてからきっぱりと言った。「ああ、べつにいけないことじゃないわね。いい男を見て妄想するのは健全な女性の証《あかし》だもの」

「やめてよ」シャーロットは頬を染めて笑った。「ミッチはたしかにいい男だけど」

「認めるわ。わたしはいけないことを考えたりしないけど」ロザリンがウィンクしながらハンドバッグを壁のフックにかけた。「そういえばマリーがハウラーを連れてきたのよ。ブルートと会わせてみましょう」

ロザリンが現れたときからブルートは体を起こしていたけれど、遊びたい様子ではなかった。

「大丈夫かしら」

「ミッチは家族の一員だし、ブルートだってうちの子なんだから、いずれは対面することになるでしょう」ブルートの首をなでてから両手で顔を挟む。「あなただって友だちがほしいわよね？」

ブルートがシャーロットをちらりと見てからロザリンに視線を戻し、一度だけしっぽを床に打ちつけた。

「まだ慣れないから緊張しているのね」シャーロットが子どもをあやすように言うとしっぽが左右に揺れる。「犬の友だちができたら楽しいかもしれないわ」

「そのとおりよ」

ブローディーとミッチは作業を終えたようだ。シャーロットは立ちあがり、ミッチの動作を真似《まね》して膝を払った。「おいで。お友だちを紹介するから」

ブルートは素直に立ちあがってそばに来た。ところが廊下に出たとたん、ほかの犬の気配に気づいたらしい。滑稽なほどのあわてぶりでシャーロットのうしろに隠れてしまった。シャーロットはバランスを崩して転びそうになりながらも、ブルートをなだめた。だがブルートは体を丸めて震えている。

「ああ、かわいそうに」シャーロットは胸が痛くなった。「怖いことなんてないわ。ハウラーは意地悪しないから」

ミッチが大股でやってきて、ブルートの首をなでた。「怖くないよ」

マリーはまだ車のなかで、後部座席のハウラーは窓に顔を押しつけて外を見ていた。大好きなブローディーを見つけたのはもちろん、新しい犬の存在に気づいて興奮しているのだ。

喜びの混じった遠吠《とおぼ》えが始まる。

ブルートはちらりと車を見ると、すっかり怯《おび》えてますます小さく体を丸めた。

「落ち着いて、落ち着いて」ミッチが首をなでてやる。「ブルートをリードにつないだほうがいいかな？」

「心配ないさ。ハウラーはどんな動物にもやさしいんだ。毛皮をかぶった田舎のおばあちゃんみたいなもんだよ。そのうちクッキーを焼きだしたって驚かない」

ミッチが鼻を鳴らす。

「あら、本当にそうなのよ。わたしも心配ないと思う。ブルートとすぐに仲よくなるわ」

ブローディーが妻の車に近づいて運転席のドアを開け、降りてきたマリーにキスをした。

それから待ちきれない様子のハウラーを外に出した。

ハウラーはぎこちない動きで後部座席から飛びだすと、まっすぐブルートのほうへ走ってきた。

ブルートがミッチの脚の下に隠れる。

それを見たハウラーはぴたりと走るのをやめた。上体を地面につけて骨ばった尻をあげ、しっぽをふって遊びに誘う。ひんひんと鼻を鳴らし、喜びの声をあげながらじりじりと距離を詰めていく。

「ハウラー」ブローディーがやさしく言った。「待て」

ハウラーは抗議するように飼い主を見たあと、大きな前足に顔をのせた。

「ブルート、大丈夫だよ。保証する」ミッチは犬を押して自分から離そうとした。ブルートがミッチの膝にしがみついて鼻っ面を首に押しつける。

怖がるブルートの耳に顔を近づけてささやき、背中をなでているミッチを見て、シャーロットは胸が締めつけられた。

ミッチが愛犬を見つめて言う。「おれに会う前にどんな経験をしたのかわからないけど、よっぽどひどい目に遭ったんだろうな」

もしかして闘犬場へ連れていかれたのだろうか？　想像しただけでシャーロットの目尻に涙がにじんだ。鼻がむずむずする。暴力は嫌いだが、闘犬をするような連中は同じ目に遭わせてやりたい。

「ブルートがあなたと出会えてよかった」ロザリンが鼻をすすった。「ハウラーはきっとうまくやるわよ」

ブルートがようやく顔をあげ、ハウラーを見た。

ハウラーはそれをオーケーのサインだと理解してブルートのほうへにじり寄った。

ブルートは足を引こうとしたがハウラーがすかさず追いかけたので、ミッチは二頭の犬に抱きつかれるような格好になった。

「おいおい」ミッチが笑う。

ハウラーがミッチの顔をべろべろとなめる。

ブローディーは腕を組んで静観していた。

シャーロットは地面にしゃがんだ。「おいでハウラー。ブルートに息をつかせてあげなきゃ」

ハウラーがしぶしぶシャーロットの太ももに尻をのせる。

「さあさあ」シャーロットはハウラーとブルートを交互になでてやった。ブルートがふたたび顔をあげる。

「いい子ね」ブルートの顎をかいてやる。「恥ずかしいだけなんでしょう？　怖くないわよね？」

ハウラーはシャーロットをなめたあと、あふれる愛情をブルートに向けた。ブルートはよける間もなくハウラーに耳をなめられた。しばらくなめられたあと、おそるおそるハウラーをなめ返す。

「よだれだらけだ」ブローディーが言う。

「おれもよだれだらけだよ」ミッチが言った。

シャーロットは弾んだ声で言った。「しっぽをふってるから大丈夫そうね」ハウラーの尻を押して太ももからおろす。「もうお友だちでしょう?」

ブルートがあくびをした。犬はストレスを感じたときにあくびをするという。急いでブルートの隣に寄りそうと、ブルートはシャーロットに鼻面をこすりつけたあと、ハウラーを見て低い声をあげた。

ミッチが眉をあげる。「鳴くなんてめったにないのに」

「いやがっている感じじゃないわよ」

ハウラーが遊ぼうというように尻をあげ、くるりとまわった。ブルートがミッチから離れ、遠慮がちにハウラーの尻のにおいをかぐ。ハウラーはすかさずブルートのほうへ顔を向け、ふたりはくるくるまわりはじめた。楽しそうだ。

ミッチがシャーロットに肩をぶつける。「励ましてやってくれてありがとう」

親しげなしぐさに、シャーロットの胸が熱くなった。

「きみは犬の気持ちがわかるんだな。ブルートがすっかり信頼している」

「ブルートの勇気に感動して泣きそうになっちゃった。わたし、涙もろくて」

「ほんとに?」ミッチがさぐるようにシャーロットを見る。

「あなたにもじきにわかるわ。テレビを観《み》ていてもすぐに泣いちゃうんだから」

「まいったな」ミッチが立ちあがり、シャーロットをひっぱり起こす。「泣いてる女性を見るとどうしていいかわからなくなる」

ミッチはそう言うと、彼の手のぬくもりにぼうっとしているシャーロットを残して遠ざかっていった。


ミッチの居所がわからず、ニューマンはいらいらしていた。浴びるようにビールを飲んで口をぬぐい、煌々《こうこう》と照らされたバーを見渡す。

そろそろ午後六時だというのに〈フレディーズ〉はゴーストタウンのようにがらんとしていた。退屈極まりない。ニューマンはそもそも我慢強いほうではない。女をひっかけていなければ殴り合いのけんかをしているような男なのだが、レッドオークの女たちは誰もひっかかりそうにないし、男たちも目を合わせないように顔をそむけている。

まあそのほうがいいともいえる。こんな田舎で問題を起こしたら、ミッチの情報が得られなくなる。

ミッチのダチを締めあげてこのあたりにいることは訊きだした。なかなか口を割らなかったが、腹に何発かぶちこんだら口がゆるんだのだ。

パンチと……ナイフを。

ただしここから先の計画を立てるためにはまだ情報が足りない。ホテルにはいなかったし、短期で借りられそうな家もない。

いったいどこで寝泊まりしているのだろう。

だいたいどうしてこんな田舎町に来た？

人目を避けるためか？　それなら理解できる。前科者が職に就くのはたいへんだ。かといってミッチが麻薬売買に手を染めるとも思えない。ガキのころから潔癖を気どりやがって、胸くそ悪いやつだった。

ニューマンは歯についた食べかすを舌でぬぐいながら、ミッチを見つけたらどう償わせようかと考えをめぐらせた。

あの家がおれのものでとり壊されていなかったなら、ミッチの顔など二度と見なくてもよかったのに。

しかし大事なものを奪われた以上、ただですませるわけにはいかない。

リッチーが隣の席に滑りこんできた。カウンターに肘をついてニューマンのほうへ顔を寄せる。「この店でミッチを見たやつはいねえ。ただ、バーニーという男がよそ者ともめたと言っていたそうだ。がたいのいい男で、いきなり顔を殴ってきたそうだ」

ニューマンは声をあげて笑った。「ミッチだとしたらずいぶん威勢がいいじゃないか。刑務所で少しは鍛えられたんだな。おれもさんざん鍛えようとしたんだが、うまくいかなかった」

むかしからかわいげのないガキだった。何かというと母親の味方をして、人を馬鹿にしたような目で見るやつだった。ヴェルマを構ってやる男など、おれくらいしかいなかったのだから、むしろ感謝してほしいくらいだというのに。

リッチーがべとつくブロンドをかきあげた。「本人だと思うか？」

「知るか」

最後に会ったときはプライドばかり高くて、人を殴るような度胸があるようには見えなかった。だが刑務所は人を変える。

「そいつはミッチの居場所を知っているのか？」

リッチーが首をふった。「いや。バーニーが言うには、一度見たきりだそうだ」

リッチーの言うことを丸のみするわけにはいかない。三十二歳のリッチーは五十二歳のニューマンよりも老けて見えるし、麻薬ばかりやっているせいでネズミほどの知恵もない。

一方のニューマンは体がなまらないように自制していた。セックスと食事と筋トレとストリートファイト。自堕落なヴェルマと一緒にいたときでさえその四つは欠かさなかった。

あの女と別れたときは本当にせいせいした。ハイになっていないときは文句や泣き言ばかり言う女だった。あんな女のそばにいてキレないほうがおかしい。

つきあってやった見返りとしてあの家を手に入れるつもりだったのに、恩知らずめ。へたれ息子に権利を残した。

くそ女!

リッチーがビールをごくごくと飲む。口の端からこぼれたしずくがひげのあいだを伝って汚れたシャツへと落ちた。

げっそりした体つきからしてリッチーも先は長くないだろう。こっちはまだまだ生きて、気に入らないやつを蹴りとばし、女をひっかけて楽しむつもりだ。

リッチーが大きなげっぷをした。「これからどうする?」

「もう少し訊いてまわろう。この町にいるなら見かけたやつがいるはずだ」

もっと人手があればすぐに見つかるのだが、今は自分も入れて三人しかいない。十人以上も子分がいたのはそう遠いむかしのことではないというのに。

死にかけのリッチーとすぐにキレるリーしか残らなかった。とにかくミッチをさがしだし、もらうべきものをもらって――。

それからどうする?

ニューマンはにやりとした。暇つぶしにあのクソガキの息の根をとめて、どこかへ埋めてやろう。

8

ミッチの午後は新しく始める仕事の準備で忙しかった。夜になってロザリンの家に向かう。約束の時間よりも数分早く到着したが、それでも遅かったらしい。家の前にはすでにブローディーとジャックのマスタングがとまっていた。シャーロットのフォードの横に、比較的新しい白いマスタングが見える。おそらくあれがロザリンの車だろう。みんなそろっているのだ。

正面のポーチに、シャーロットがくつろいだ様子で座っていた。ピンクのキャミソールとデニムのショートパンツというくつろいだ格好で、ほんのりと赤みを帯びた肌とすらりとした脚を惜しげもなく見せている。

ミッチはみぞおちにパンチをくらったような衝撃を受けた。これまで経験したことのないような激しい感情が湧きあがる。

あの脚が自分の腰に巻きついてきたらどんな気分だろう。セックスのあと、ぐったりしているシャーロットを抱き寄せて、カールした長い髪に指を絡ませたら、どれほど幸せな気持ちになるだろう。

想像しただけで体が火照る。全身の血が音をたてて下腹部に流れこんでいくようだ。

シャーロット・パリッシュはミッチの理想だった。彼女がそこにいるだけで、全世界を手に入れたような達成感を覚える。

美しいだけではなくガッツもある。ミッチにとっては彼女の強さは、外見の美しさと同じくらい価値があった。

ポーチでひとり、おれを待っていてくれたのだろうか？

そう思うとうれしくなった。同時にブローディーたちとの約束がよみがえる。ブローディーたちがそばにいれば、シャーロットと危うい雰囲気になる心配はない。

ところが家の外でふたりきりとなると――。

責任が持てない。

こちらに気づいたシャーロットが車のうしろを指さす。そこへとめろという意味だろう。

そのとおりに車をとめてブルートをおろした。「やあ、シャーロット」

シャーロットは両手を背中にまわし、足首を交差させた姿勢のまま、にっこりした。

「いらっしゃい」

誘惑されているのだろうか？

シャーロットは伏し目がちで、うっとりしているようにも見える。ほかの女性がそんなしぐさをしたらこちらに気があると判断するところだが、シャーロットの場合は判断がつかない。

午前中のおしゃべりが期待以上の効果をもたらしたのだろうか。シャーロットはリラックスした様子でほほえんでいる。恥ずかしがるどころか、ミッチに会えてうれしそうだ。職場とはちがうセクシーな雰囲気に、ミッチは頭がぼうっとしてきた。

裏庭から、話し声や犬の吠《ほ》え声《ごえ》が聞こえてきて、ブルートの耳がぴんと立った。

こちらの考えていることを読んだようにシャーロットが言う。「みんなそろってバーベキューの準備をしているの。犬たちが広いところで遊べるようにピクニックスタイルの夕食にしようってロザリンが言うから」シャーロットが空を見あげる。「あの暗い雲が雨を降らせないといいんだけど」

ブルートが裏庭のほうを見てからシャーロットに近づき、てのひらに頭をすりつけた。シャーロットが上半身を倒すようにしたので、ミッチの視線は胸の谷間に釘《くぎ》づけになった。

下着をつけているのだろうか？　キャミソールの胸もとからのぞくやわらかそうな胸に手をのばすところを妄想する。頂にキスをしたらどんな味がするのだろう。

おい、ミッチ！　いい加減に妄想をやめないと、いやらしい目で見つめていることに気づかれてしまう。出会ったばかりの家族がすぐそこにいるのに、セックスのことばかり考えていてはだめだ。

「ブルートはきみが好きなんだな」

「わたしもブルートが好きよ」ブルートの鼻に自分の鼻を押しあてたシャーロットが、赤ん坊をあやすように甘い声を出した。「もじゃもじゃの顔も、かわいい耳も大好き」

シャーロットのやさしさが、頼りないキャミソールと同じくらいミッチの心を刺激する。好意を抱いている女性が自分の犬をかわいがってくれるのがこんなにうれしいとは知らなかった。

精神的な喜びは、肉体的な刺激よりも強烈だ。

逸《はや》る心を抑えるために、ミッチは咳払《せきばら》いした。「ブルートを連れてきてよかった」

「あなたは？　来てよかった？」シャーロットが首をかしげてこちらを見あげる。青い瞳と長いまつげが際立って見えた。「無理してない？」

どんな返事を期待しているのだろう？

誰かに受け入れられる喜びを自覚させたいのか。

大事な人ができると、今度はその人を失うのが怖くなることを？

ミッチはあえてあたりさわりのない受け答えをした。「無理なんてしてないよ。これまでのところ期待以上だ」

「よかった」シャーロットが謎めいた笑みを浮かべる。「クルーズ一家はぜったいに期待を裏切らないわ。今にわかる」

クルーズ一家に限らず、シャーロットならどこでも歓迎されるだろう。彼女にノーをつきつけるのは難しい。「きみは家族の一員だ。事情を知らなかったら本当の兄妹だと思うはずだ」

「つまらないことでけんかばかりするから？」シャーロットはため息をついて膝の上で肘を組んだ。「ブローディーをひっぱたきたくなるときもあるし、ジャックの顔に泥団子をぶつけたくなることもあるわ」そう言っていたずらっぽく笑う。「でもわたし、ふたりのことが大好きなの」

ミッチは笑顔でうなずいた。「見ていればわかるよ」

一緒にいる時間が長くなればなるほどブローディーたちとシャーロットの関係性がはっきりしてきた。自分は他人とそんなふうに親しい関係を築いたことがない。たとえば誰かをののしるときは本気でののしってきたし、それでおさまらなければ殴り合いになった。

「きみはどうなんだい？」

シャーロットが太陽に目を細めた。「どうって何が？」

「ブローディーたち以外の誰かとけんかをすることはある？」

シャーロットは誰に対しても愛想がよさそうだが、ブローディーたち以外には心を許さないような気がした。

「けんかなんてしないわ。誰に対しても感じよくしようと努力してるもの。この町ではそんなに難しいことじゃないしね。気のいい人が多いから」

シャーロットはその筆頭だ。

「そうだね」

「たまにいやなお客さんも来るけど、いつも会う人じゃないから適当に流して終わりにするの。仕事だもの」

シャーロットのつんと顎をあげるしぐさが、ミッチの目にはとてもかわいらしく映った。

「ブルートはすぐになついたけど、きみはどんな動物ともうまくやれるほう？」

細い肩があがる。「そうね、動物には好かれるほうだと思う。わたしが動物好きだってことが伝わるんじゃないかしら」シャーロットの声がいっそうやわらかくなった。「時間があるとシェルターへ行くの。犬を散歩させたり、猫と遊んだりするのよ。ボランティアで」

男とデートする代わりに家族のいない動物たちと過ごす女性。ミッチはノックアウトされた気分だった。

「いつかおれも行ってみたいな」

シャーロットの顔がぱっと輝く。「ぜひ行きましょう」

蒸し暑いせいか、シャーロットの肌は胸もとから喉にかけてほんのり赤くなっていた。

細かいウェーブのかかった髪を頭の高い位置でポニーテールにまとめていて、おくれ毛が額や耳、そして首筋にかかっている。

「暇ができたら声をかけてくれ」

「わかった」シャーロットがにっこりする。

ふたたびミッチの頭が妄想でいっぱいになった。肌がふれるほど近くに座って、あの肩に腕をまわし、やわらかそうな髪や太陽にあたためられた肌の香りを胸いっぱいに吸いこみたいと思った。シャーロットはどんな反応をするだろう？　すり寄って、キスを求めてくるだろうか？

彼女の肌はきっとみずみずしくてなめらかなのだろう。

ミッチはつばを飲んだ。自制心の限界を試されているようだ。だがブローディーたちとの約束を破るわけにはいかない。男に二言はないのだから。

悪いことをしないように両手をジーンズのポケットにつっこむ。「そういえば、何か持ってきたほうがよかったな」

シャーロットがブルートの頭をなでながら問い返した。「何かって？」

「飲みものとかデザートとかさ」夕食に招かれるのが初めてで、ぜんぜん気がまわらなかった。

シャーロットの笑みが大きくなる。「ロザリンは余計な気を遣われるのが嫌いだし、デザートならわたしがケーキを焼いたから」

「ケーキを焼いたって……いつ？」

朝早くから事務所で働いていたし、ブローディーによれば今日も一日じゅう忙しかったはずだ。ずっと見ていたわけではないから断言はできないが、ケーキを焼く時間があったとは思えない。

「一日じゅう仕事だったろう？」

「一時間早くあがったの」

「だからケーキを焼いたって言うのか？」

彼女のなかに休憩するという考えはないのだろうか？　たった一時間ではソファーに座ってテレビでも観《み》るのがせいぜいだ。自分ものんびりするのが得意なほうではないが、シャーロットには負ける。

この調子では本当にデートする暇などなさそうだ。

「たいしたことじゃないわ。料理は好きだし、ホワイトチョコレートケーキが食べたかったの。ケーキを焼いているあいだにシャワーを浴びたわ」

「チョコレートケーキって……ケーキミックスとかじゃなくて？」

「ケーキミックスを使ったら手づくりとは言えないでしょう」シャーロットの顎がふたたびつんとあがる。

甘いものが食べたくなったら既製品を買うことしか思い浮かばないミッチとしては、市販の粉でつくるケーキも立派な手料理だった。

「そんなに手間をかけさせるつもりはなかったのに」

「男の子は手づくりケーキに目がないものよ」

「男の子って、あの大男たちのことか？」ミッチは噴きだしそうになった。

「あなたも含めてね」シャーロットが立ちあがる。「さ、みんな待ってるわ」

「みんなのなかにきみも入ってる？　おれを待っていてくれた？」そう尋ねずにいられなかった。

シャーロットは歩きながらふり返った。「わざわざケーキを焼いたのに、その質問に答える必要がある？」

ミッチは満面の笑みを浮かべた。つまりチョコレートケーキはおれのために焼いてくれたのだ。素直にうれしい。

シャーロットとふたりきりでおしゃべりして、美しい体を眺めながら妄想し――遅ればせながらブローディーたちがやるなと言ったことばかりしている自分に気づいた。

今後はふたりきりにならないように注意しないと、とてもじゃないが自制心が持たない。シャーロットのそばにいると、もっと近づきたい、彼女のことが知りたいという思いに頭が支配されてしまう。

「おお、待ってたぞ！」

家の裏にまわったところでブローディーが声をかけてきた。シャーロットを見てにやにやしている。

ひょっとするとわざとふたりきりにしたのか？　シャーロットが長い脚を惜しげもなく見せて待っていたら、おれがどんな反応をするかわからないはずがないのに。

テストだったのかもしれない。だとしたらおれは落第だ。

いや、ふたりきりになるのを許したこと自体が、ブローディーたちからの信頼の印とも考えられる。

ふつうの兄弟ならこういうときにどうふるまうのがいいのか、ミッチにはわからなかった。

ブルートに気づいたハウラーが転がるように走ってきた。うしろに茶色いラブラドールレトリーバーを従えている。

ブルートは当然ながらミッチのうしろに隠れてしまった。

「ほらほら」ミッチは怯《おび》えたブルートをなだめた。ここでは誰もブルートをいじめたりしないと、いつかわかってくれるといいのだが。それまではできるだけ励ましてやるしかない。

ひとりぼっちで恐怖に耐えるつらさを知っているミッチは、ブルートには幸せになってほしいと心から願っていた。

「こらこら」ジャックがラブラドールを捕まえる。「こいつはバスターっていうんだ。まだちびでハウラーほど賢くない。遊びたいだけで攻撃はしないけど、ブルートが怯えると困るから押さえておくよ」

「気を遣ってくれて助かる」ミッチは愛犬のほうをふり返って片膝をついた。

バスターは新しい友だちに会えて興奮しまくっているが、ブルートはそれどころではなさそうだ。

シャーロットもブルートの横にしゃがんだ。「ブルート、大丈夫だからおいで」

どこまでもやさしい口調に、ミッチまで従いそうになる。

ブルートがミッチのそばを離れてシャーロットに寄りかかっても、もう驚かなかった。

シャーロットがブルートの体に腕をまわし、首をなでながら励ましの言葉をかける。

いやらしい想像をしないように努めながら、ミッチは礼を言った。「ありがとう」

「どういたしまして」

シャーロットは少しずつブルートとハウラーの距離を縮め、ついに互いのにおいをかがせることに成功した。

「ジャック、バスターを自由にしてみて」

「大丈夫かな?」ジャックがミッチを見る。

ミッチは肩をすくめた。シャーロットなら魔法を使うかもしれない。「試してみよう」

「お利口にするんだぞ」バスターに言い聞かせて首輪から手を離す。

バスターが耳をぱたぱたさせながら二頭のもとへダッシュし、ハウラーに飛びかかった。

二頭がもつれて遊びはじめる。

ブルートは熱心にその様子を観察していた。二、三回しっぽをふる。

「一緒に遊びたいんでしょう?」シャーロットがささやく。「だったらあいさつしなきゃ」

ミッチは黙って見守った。これまで以上に強くシャーロットに魅了されている自分がいた。

ハウラーがぴょんと跳ね、鼻にかかった高い声をあげた。

ブルートがおそるおそる裏庭に足を踏みだす。ハウラーとバスターが走りだし、ブルートもあとに続いた。

「驚いたな」

じゃれ合いの輪に加わることこそしなかったが、ブルートは二頭の動きを興味深そうに見つめている。ミッチにとってはその姿だけで充分に感動的だった。二頭が走りだすとあとをついていくし、とても楽しそうだ。

ふり返るとシャーロットはすでに立ちあがって、犬たちを見守っていた。

万が一、ブルートが助けを必要としたときに駆けつけられるように立ったのだろうか?

だとしたらうれしい。

シャーロットの何もかもが魅力的だった。もちろん形のいいヒップも含めて。

「えへん」ロニーがわざとらしい咳払いをしながら近づいてくる。

ロニーとマリーには事務所で会ったことがある。それぞれとても魅力的な女性で、ブローディーやジャックと同じく親しみやすい。

「犬たちに会ったなら影の支配者のことも紹介しないといけないでしょ」ロニーはそう言って、印象的な緑の目をしたグレイと茶色の猫に鼻をこすりつけた。「うちのピーナッツよ」

ミッチは人さし指で猫の喉をやさしくなでた。猫がごろごろ喉を鳴らす。

「かわいこちゃんだね。犬とけんかしないかい？」

「ピーナッツはオスの仔猫《こねこ》なの。ハウラーもブルートもピーナッツのことが大好きなのよ」

「男の子ならかわいこちゃんじゃなくてハンサムくんだな」

ミッチとロニーには共通点がありそうだった。やられたらやり返すと言わんばかりの威勢のよさが小気味よい。人に馬鹿にされて泣き寝入りするタイプではない。

ショートカットのプラチナブロンドにピアスをいくつもつけたロニーには、独特の雰囲気があった。いろいろな意味でどこへ行っても注目を集めそうだが、ロニーはジャックにぞっこんだ。

ブローディーの妻のマリーはロザリンと一緒に料理を運んでいた。両手がふさがっている彼女は、ミッチを見てあたたかなほほえみを浮かべた。燃えたつような赤毛とそばかすに肉感的な体つき。それでいて上品で、有能を絵に描いたような感じだ。

ミッチは仔猫に視線を戻した。「助けたっていうのはこの子のことか？」

「そうよ」ロニーが仔猫の頭に頬ずりした。「わたしのかわいいキューピッドなの」

こちらへ歩いてきたジャックがあきれたように目玉をまわす。

「何よ、本当のことでしょう」ロニーはミッチに向き直った。「どっかの馬鹿男がピーナツをいじめてて、ものすごく腹が立って頭にナイフをつきたててやろうと思ったの」

ミッチが両眉をあげてジャックを見る。

ジャックがため息をついた。「野蛮だろう？　本気だから注意したほうがいい」

「あら、人のことは言えないでしょう」ロニーがミッチのほうへ顔を寄せる。「この人、いい人ぶってるけど本当はちがうのよ。残酷なやつを前にすると豹変《ひょうへん》するから」そう言って夫にほほえみかける。「そういうところがたまらなくそそるんだけど」

「またその話か」ジャックがそう言いながらロニーを抱き寄せる。

「虐待男をやっつけるこの人を見て、逃しちゃいけないって思ったの。ピーナツがいなかったら、ジャックのことをお坊ちゃまだと思って、相手にしなかったかも」

ミッチはにやりとした。

皿を並べているマリーが声をあげる。「ブローディーはわかりやすいわ。見たとおりの原始人だもの。そこが魅力なんだけど」

「おれは魅力の塊だぜ」妻の言葉にブローディーがまんざらでもない顔をする。

ミッチは愉快になってきた。ここにいるひとりひとりがとんでもなく個性的なのに、パズルのピースみたいにぴたりと嚙《か》み合って、家族という一枚の絵を完成させている。

「あなたはどうなの？」シャーロットが戻ってきた。「原始人？　お坊ちゃま？」

生きるためならなりふり構わなかった。騙《だま》されないようにあらゆるものを疑う癖がついた。そんなことは自慢にならない。「どうかな。少なくともお坊ちゃまとはいえないな」

ロニーがふざけて敬礼をする。「かといって原始人でもないでしょ。……用心深そうね？」

シャーロットはうなずいた。「正直な人よ」

「異議なし」ブローディーとジャックが言う。

「人に頼りたがらない」ロザリンが言った。

「意志が強い」ジャックがしばらく考えて言い直す。「もはや石頭と言っていい」

肉を焼いていたブローディーが声をあげて笑った。「おまえが標的になってくれてよかった」

ミッチは肩をすくめてシャーロットを見た。「じゃあきみは？」

「わたし？」シャーロットが眉根を寄せる。「わたしはわたしよ」

「料理がうまい」ブローディーが言う。

「誰にでも親切だ」ジャックがつけたす。

「やめてよ、恥ずかしいわ」シャーロットは頬を染めて犬たちのほうへ行ってしまった。

ミッチは大きな笑みを浮かべた。心のなかで〝謙虚〟もシャーロットのリストに加える。

母性本能も強い。距離を置いてブルートのあとをついていく彼女を見ながら考える。まじめそうに見えて、大胆なところもある。

シャーロットがタンポポをつんで指先でくるりとまわした。その何気ないしぐさに、ミッチはぐっときた。

「犬たちが見えなくなったぞ」ジャックが言う。

「呼べば戻ってくるでしょ」ロニーが心配するなというように手をふる。

ジャックが眉間にしわを寄せて口を開きかけたとき、ロザリンが叫んだ。

「おやつよ！」

たちまちハウラーとバスターが走ってきた。ブルートも戸惑った様子であとをついてきて、ロザリンを見てしっぽをふる。

ロザリンは三頭にひとつずつビスケットをやった。

おやつをもらったブルートはミッチのほうへ戻ってきた。ハウラーがあとをついてきたので鼻を鳴らす。

「飢えたときの経験が忘れられないんだ。食べ物を隠そうとすることもある」

グリルからブローディーが声をあげた。「ハウラーは真逆で、できるだけ早く食べてしまおうとするんだぜ」

その言葉どおりハウラーは三秒でビスケットを平らげて地面に寝転がり、大きな肉球を天に向かってつきだすようにして舌をだらりと垂らした。その姿勢のまま器用にブルートのほうへにじり寄るので、ミッチは笑ってしまった。

「大丈夫だよ、ブルート。ハウラーはおまえと友だちになりたいだけで、おまえのおやつを盗もうとしているわけじゃない」

ブルートは鼻を鳴らしてバスターを見た。

「ああ、新しい友だちのことを心配しているのか？　バスターだっておやつをとったりしないさ」

「うーん、バスターは信用できないかも」ロニーが言う。「いい子だけどハウラーほど賢くないから」

「その発言は失礼だぞ」ジャックがそう言いながらブルートのおやつを砕いて食べやすくしてやる。

ぐずぐずしていてはおやつを食べられてしまうかもしれないと思ったのか、ブルートがジャックの手から食べはじめた。食べ終わると裏のポーチに置いてある水を飲み、ほかの犬たちのところへ行って一緒に遊ぶ。

庭を走りまわるブルートを見ながら、ミッチは胸が熱くなった。

ブローディーが隣にやってくる。「ハウラーは誰も仲間外れにしないんだ。お節介なばあちゃんみたいな犬だって言っただろう。どの子も楽しく遊べるように目を配るんだぜ」

ミッチは無言のまま犬たちを見つめつづけた。感動して泣きそうなことを知られたくなかった。自分にとってブルートはただの犬ではない。大事な相棒であり仲間だ。

「あいつも友だちと楽しく遊びたかったんだ」

みんなに受け入れてもらいたかったんだ。心のなかでつけたす。

「誰だってそうさ」ブローディーは明るく言って、くんくんと鼻をうごめかした。「ところで腹が減ってるといいんだが。トウモロコシとジャガイモを焼いたんだ。メインは母さんの十八番《おはこ》、フライドチキンだぜ」

おいしそうなにおいがただよってきて、ミッチの口のなかにつばがたまった。

クロスのかかったテーブルをみんなで囲む。ミッチはロザリンとシャーロットのあいだに座らされた。シャーロットの腕がこすれたり、太ももがあたったりするたびにどきどきする。ふつうにしていても彼女の甘い香りが鼻孔を満たす。

ぼうっとして二度ほどまわりの会話についていけなくなったが、クルーズ家の人々のやさしさは充分にわかった。みんな犬たちが安全に遊んでいるかどうか気にかけてくれたし、ジャックが水を交換してやったり、マリーがキッチンへ塩をとりに行ったり、風に飛ばされそうになったロニーのナプキンをブローディーがとってやったり、何も言わなくてもそれぞれが気遣っている。

互いに軽口をたたいて笑い合い、ときにはミッチもからかわれた。何気ないことで体にふれたり、ハグしたりして、愛情表現をする。

兄たちをさがそうと決めたときですら、ミッチは自分が何を期待しているのかよくわかっていなかった。新たなスタートを切りたいと思ったのはまちがいない。家族の存在を確認して、そこを自分の根っことしたかった。

そうやってさがしあてた家族と裏庭でバーベキューをするとか、自分の犬がその家の犬や猫とじゃれている光景は、あまりにもすばらしすぎて現実とは思えない。ここへ来てまだ一週間しか経《た》っていないが、一年経てばこれが当たり前になるのだろうか？　それとも一生、慣れないままなのだろうか？　自分が本当の意味でこの風景の一部となることはあるのだろうか？

その答えが知りたかった。

「ミッチ？」

視線をあげるとシャーロットがこちらを見つめていた。

急いで笑みを繕ったが、シャーロットはごまかされなかった。

「大丈夫？」

気づくとみんなも見つめている。誰かに何か質問されたのだろうか？

「べつに――」言いかけたとき携帯が鳴った。「ちょっと失礼」これ幸いと席を立つ。

シャーロットの手が腕にふれたが、ミッチは立ちどまらなかった。彼女が心配してくれているのはわかっている。

「すぐに戻るから」

ひとりになれたことにほっとしてポケットの携帯を出す。ラング・ハーディーから電話だ。

「ラング？　どうした？」

友人は少ないがラングとは子どものころからのつきあいだ。自分がこの町にいることを知っている唯一の人物でもある。

「許してくれ。本当にすまなかった」

ラングの言葉に、ミッチは首のうしろがざわりとした。全身に緊張が走り、呼吸が浅くなる。

子どものころからの習性で、雲行きが怪しくなったときはすぐにわかる。刑務所に入って直感がさらに鋭くなった。クルーズ家にぜったい聞かれないところまで離れてから尋ねる。

「どうした？」

ふいにブルートがやってきて体をすりつけ、不安そうな顔をした。ミッチは犬の太い首に手を置いた。

「ニューマンがうちに来たんだ」

息が詰まった。鼓動の音が耳に響き、体温がいっきにさがる。

「ミッチ、聞いてくれ」

聞くまでもない。ラングが口を割ったのなら、相当のことをされたということだ。「おまえ、大丈夫か？」

ラングが苦しげな声で早口に言った。「あいつらが家に来て、おまえの居場所を知りたがった。しゃべるつもりはなかった。逃げようとしたけど――」

「いいんだ、わかってる」ミッチは虚空を見つめ、頭をフル回転させた。そしておだやかな声で尋ねた。「けがをしただろう？」

「あばらが二本折れて、血だらけに……どっかのばあちゃんが倒れてるおれを見つけてくれた。そこから病院に運ばれて、やっと電話ができるようになったんだ」

「あいつが来たのはいつのことだ？」

今すぐにブローディーたちから離れれば間に合うかもしれない。みんなを危険な目に遭わせるわけにはいかない。

沈黙のあと、ラングが言った。「もうそっちにいると思う。ここからそんなに遠くないし」

たしかに遠くない。

「あいつは何が望みか言ってたか？」

「おまえ自身だよ」ラングがつばをのんだ。「すげえ剣幕だった。想像がつくだろう？」

いやというほど。ミッチはうつむいて吐き気をこらえた。

「おまえ、本当に大丈夫なのか？」

「あばらも鼻も治るさ」

「鼻もやられたのか？」

「それで出血がすごかったんだ。マリアなんて、おれが死ぬと思ったらしい」ラングは言葉を切ったあと、叫んだ。「ちくしょう！　どうして我慢できなかったんだろう？　どうしてしゃべっちまったんだ！」

「そうしなきゃ死んでた」決して大げさではない。ニューマンはそういう男だ。

心の奥が冷たくなったあと、静かな憤りが湧いてくる。「おまえがしゃべらなきゃ、あいつはもっとひどいことをしただろう」何かというとすぐにナイフをふりまわすような男だ。

「でも――」

「おまえは正しい選択をした。ニューマンの狙いはおれであって、おまえじゃない」

すぐうしろでブローディーの声がした。「そしておまえを狙うやつはおれの敵だ」

ミッチはふり返った。あろうことかクルーズ家の全員が聞き耳を立てている。

シャーロットも含めて。

「切るぞ、ラング。ちゃんと傷を治せよ」ミッチは息苦しさを覚えながら電話を切った。

それからブローディーの目を見て言う。「あんたたちには関係ないことだ」

ジャックが首をふった。「家族は運命共同体だ」

ブローディーがうなずく。「だから何が起きたのか話してくれ」

ミッチは一歩前に出た。「悪いが、それはできない。今回ばかりはおれにかかわるな」

シャーロットに目をやると、さっきまでのくつろいだ表情が一変していた。

目を閉じて大きく息を吸う。もう一度。

「すまない」

それだけ言って車へ向かう。シャーロットのもとを去るのはこれまで経験した何よりもつらい経験だった。それでも彼女のためだ。

車に向かうミッチのあとをブルートがついてくる。

ブローディーたちはついてこなかった。

シャーロットは心配でたまらなかった。昨日の夜、ミッチはなんの説明もなく家を出ていってしまった。あれきり音沙汰がない。朝が来て、あっという間に昼になり、ランチタイムも終わった。

ミッチはどこにいるのだろう？

ブローディーとジャックはミッチに考える時間をやれというけれど、シャーロットとロザリンはすぐにさがしたほうがいいという意見だった。ひとりぼっちで悩んでいるミッチを想像すると居ても立ってもいられない。彼に孤独を感じてほしくなかった。もうひとりではないのだから。

それがわからないのだろうか？

おそらくミッチには、自分がクルーズ家に完全に受け入れられていることがまだわからないのだ。一週間では無理もない。

一カ月先ならどうだったろう？　一年では？

過酷な環境で育ったせいで、心から人を信じることができないのかもしれない。そうだとしても責められない。

亡くなった両親はわたしを愛し、かわいがってくれた。両親を失ったあとはクルーズ一家がいて、孤独を感じないようにあらゆる努力をしてくれた。みんなすばらしい人たちだ。

ミッチのような人こそ彼らの愛情を受けるにふさわしい。

でも本人がその機会を捨ててしまったら？

鼓動の音とシンクロして、頭がずきずきと痛んだ。やっと家族と会えたのに。新しい関係がスタートしたばかりだというのに……。

昨日の夜にわかったのは、亡くなったお母さんのボーイフレンドがミッチをさがしているということ。

〝ニューマンの狙いはおれだ〟とミッチは言った。ニューマンという男は目的のためなら手段を選ばないのだろう。ミッチには助けが必要だ。それなのにどこにいるのかもわからないなんて……。

シャーロットはその日、何度か町に出てミッチをさがした。一度目は事務用品を買いに行く名目で、二度目は契約書を届けると言い訳した。

通りをくまなくまわってみたが、ミッチのマスタングはどこにも見あたらなかった。町の人に訊《き》いてまわってもなんの成果もなかった。

もう町を出たのだろうか？

二度と会えないのだろうか？

ブローディーが事務所にやってきて、憔悴《しょうすい》した様子のシャーロットを二度見した。眉間にしわを寄せ、シャーロットの肩を抱く。

「ホテルで訊いてみたんだが、あいつが泊まっているという情報はなかった」

自分も同じことをしたのは言わないでおく。「ホテルにいなかったらどこにいるっていうのかしら」

レッドオークは観光地ではないので宿泊施設はその一軒しかない。

「そんな顔をするな。ぜったい戻ってくるから」

ブローディーは確信しているようだ。「どうしてそう思うの」

ブローディーがかすかに笑う。「おまえがいるからさ」

「わたし?」驚いて椅子から落ちそうになる。「どうしてわたし?」

「恋愛経験が少なくたってそのくらいはわかるだろう」

シャーロットは思わず首をふった。

「マリーに会う前のおれだったら気づかなかった可能性はある。でも今はわかるんだ。あいつは戻ってくる」

シャーロットは泣きそうになって鼻にしわを寄せた。「戻ってこなかったら?」

「ジャックとおれでさがしだす。あいつに二日だけ時間をやろう。おまえは安心して待っていればいい」ブローディーが顎で電話を示す。「ほら、鳴ってるぞ」

シャーロットはあわてて受話器をとった。

夕方になるにつれて忙しくなって、ミッチのことを考えている余裕もなくなった。

ところが業務が片づいてくるとふたたび彼のことが心配でたまらなくなる。急に現れて日常をひっかきまわしておいて、いきなり姿を消すなんてふざけてる。シャーロットは怒りを奮いたたせようとした。めそめそしているよりも怒っているほうがましだ。

わたしに興味があるようなことを言ったくせに。

そもそもどうして彼のことがそんなに気になるのだろう？　ブローディーやジャックのような男性とはつきあいたくないと思っていたはずなのに……。

クルーズ兄弟と同じ父親を持つミッチは、外見はもちろん中身も兄たちに似ている。たとえば動物をかわいがるところ。

今回の一件で、頑固で人に頼りたがらない性格だということもわかった。

心配ばかりしている自分にうんざりして、シャーロットはパソコンを閉じ、手つかずだった書類をまとめて棚にしまった。

もう事務所には誰も残っていない。ブローディーは泊まりがけの配達に出かけているし、ジャックは帰りが遅い。ロザリンは美容院へ行った。戸締まりをして家へ帰ろう。いなくなった男のことを考えるのはやめるべきだ。

コーヒーメーカーのスイッチを切って食器を洗い、電気を消したあと、バッグを持って玄関へ向かう。ドアの外に三人の男がいることに気づいたのはそのときだった。

事務所が街中にあるなら終業時間に新規の客がふらりと立ち寄ることもあるかもしれない。だが〈マスタング・トランスポート〉は丘の上にあって主要な道路からは見えないし、周囲を森に囲まれているので、ほとんどの客は事前に連絡してからやってくる。

背筋を冷たいものでなでられるような感覚に襲われ、膝が震えはじめた。

シャーロットはとっさにほほえんで、ドアの外にいる男たちに〝ちょっと待ってて〟というように片手を挙げた。それから震える手で閉めたばかりの事務所の鍵を開ける。急いでオフィスに入って鍵をかけたとき、玄関のドアが開く音がした。

部屋の入り口からなるべく離れようと暗闇のなかをあとずさりするうち、机にぶつかった。鼓動が速すぎて心臓が壊れそうだ。これからどうすればいいかわからない。

オフィスのドアが鋭くノックされる。

「おい、ここを開けろ」

人影が窓から部屋のなかをのぞこうとしている。

電気を消しておいてよかった。シャーロットは部屋の隅へ移動して、物陰で携帯をとりだした。

「お嬢さん」別の男が甘ったるい声で呼びかける。「ドアを開けて出てきな」

怖がらせて楽しんでいるような言い方が、逆に恐ろしかった。勘ちがいかもしれないがとにかく警察に電話をする。

「〈マスタング・トランスポート〉のシャーロット・パリッシュです」電話に向かって小さな声で告げる。「帰宅しようとしていたら男が三人やってきて、勝手に建物のなかに入ってきたんです。いやな予感がしたので事務所に引き返し、部屋に入って内側から鍵を閉めたんですが、男たちはさっきから出てこいと言って部屋のドアをノックしています。ぜんぜん知らない人たちだから怖くて」

「シャーロット」電話の向こうから落ち着いた男性の声がした。「グラント・コルヴィンだ」

グラントはベテランの警察官で、家族の友人でもある。公平で論理的で、言ったことは必ず実行する人だ。

「グラント、こんな時間にごめんなさい」

「脅迫されているのか？」

「そういうわけじゃないけど」

夜とはいえまだ七時半だ。日も完全に沈んではいない。事務所は丘の上にあるものの二分も走れば大通りに出られる。車までたどりつくことができれば――だが。

「誰か来てもらえる？」

「すぐに行く」鍵がぶつかる音がして、グラントが行動を開始したことがわかった。「事務所から出るように言ってみてくれ」

シャーロットは眉をひそめたあと、顔をあげ、大きな声で言った。

「今日はもうおしまいなの。明日の午前中に出直してもらえますか？」

ドアノブががちゃがちゃと音をたてる。

「開けろ。少し質問したいだけだ」

シャーロットは浅く息を吸って携帯にささやいた。「出ていってと言ってみたけど立ち去る気配はないわ」

「じっとしているんだ。すぐに行く」

「サイレンを鳴らさないで。もしただのお客さんだったら……」

「巡回の途中でたまたま立ち寄ったふうにする」

電話が切れた。

シャーロットは壁に寄りかかり、自分の体に腕をまわした。警察署からここまでどのくらいかかるだろう。

男たちがドアを蹴破るよりも早く来てくれるだろうか？

9

警官が立つと同時にミッチも立ちあがった。通話が始まって二秒も経《た》たないうちに心臓が喉もとまでせりあがった。

「電話でシャーロットと言ったな」

グラントは横目でミッチを見た。「ああ」

レッドオークのような小さな町にシャーロットが何人もいるとも思えない。

「シャーロット・パリッシュか？　ブローディーとジャックのところで働いてる？」

「そうだ」

グラントがそれ以上言わずに机を離れる。

ミッチは二歩でグラントに追いついた。「何があったんだ？」

「きみには関係ない」グラントはそう言いつつも、ミッチにも聞こえるよう若い警官に声をかけた。「〈マスタング・トランスポート〉の事務所に気味の悪い客が来たらしい。ちょっと行って異常がないか確かめてくる。すぐに戻る」

「わかりました」警官がパソコンのキーを打ちながら答える。

「気味の悪い客?」ミッチはグラントのあとについて外へ出た。

ミッチが警察へ来たのは、ニューマンとその仲間がこの町で問題を起こそうとしていることを伝えるためだ。実際にニューマンがこの町にいるのかどうかはわからないし、何をするつもりなのかもわからないが、万が一のために警察に通報しておくべきだと思った。そうしなければ家族を――クルーズ一家やシャーロットを守れない。

自分に前科があることも話した。

グラントはブローディーたちほど無頓着ではなかったが、前科者だからといって態度を変えることもなかった。

「情報をありがとう。注意しておく」

そう言われたところでシャーロットから電話がかかってきたのだ。

グラントがパトカーに乗りこんでエンジンをかける。

「ちくしょう」ミッチも自分の車に走った。パトカーのあとを追うのに一時停止を無視するわけにはいかない。

運転しながら、おかしな客が来たからといってニューマンとはかぎらないと自分に言い聞かせた。彼女の身に危険が迫っていると決めつけるのは早いと。

ブローディーとジャックはどこにいるんだ?

ニューマンが彼女に何かしたら……いや、あいつじゃない。きっとちがう。たとえやつがこの町にいたとしても、自分とクルーズ家を結びつけるはずがない。〈マスタング・トランスポート〉へ出向いてシャーロットに嫌がらせをする理由がないのだ。パトカーのうしろにぴたりとついてカーブ続きの上り坂を走る。ようやく事務所が見えてきた。

グラントがエンジンを切るよりも早く、ミッチは入り口めがけてダッシュした。勢いよくドアを開ける。

事務所のなかは暗く、なんの音もしなかった。

「シャーロット？」ミッチはおそるおそる声をかけた。

すべてが停止したような静寂が落ちたあと、オフィスのなかからかすれた声が返ってきた。「ミ、ミッチ？」

ほっとして膝から力が抜ける。

「そうだよ」オフィスのドアを開けようとしたが鍵がかかっている。「大丈夫なのか？」

ドアが開いてシャーロットの顔がのぞいた。ミッチを確認すると、シャーロットは大きくドアを開けた。「あなた、いったいどこにいたのよ！」

いきなり怒鳴られるとは思わず、ミッチはのけぞった。

背後でグラントが咳払《せきばら》いをする。

そういえば第三者がいたことを思い出して、ミッチはふり返った。

グラントは事務所の入り口に立って、興味深げな表情を浮かべていた。

グラントに気づいたシャーロットが、ミッチを押しのけて前に出る。

「すぐに来てくれてありがとう」

「仕事だからね。大丈夫なのか？」

「部屋に閉じこもっていたら、あきらめて帰ったみたい」シャーロットが戸口から駐車場を眺める。

「三人組だったわ。ひとりがこの部屋のドアノブをがちゃがちゃやっていたけど、警察を呼んだと言ったらやめたわ。そのあとも話し声と笑い声がして、でも内容までは聞きとれなかった。しばらくして静かになったんだけど、怖くてドアを開けられなかったの」

「それが正解だ」グラントがシャーロットと一緒に外に出る。

ミッチもいらだちを抑えながらついていった。

シャーロットが片手をおでこにあてて周囲を見渡した。

「日が暮れてからこんなところまで来て、勝手に事務所に入ってきて、警察を呼ぶまで居座るなんてふつうじゃないもの」

「人相はわかるかい？」

シャーロットが唇を噛《か》んだ。「最初にちらりと見ただけだから自信がないわ」

口を挟むとまた怒らせそうなので、ミッチは黙って聞いていた。シャーロットがグラントに状況を説明する。話を聞くうち、ミッチのなかに新たな怒りが湧いてきた。そんなことをするのはニューマンしかいない。

五十代前半くらいで茶色い髪をうしろで縛っていることや、前髪が薄くなりかけているという特徴で確信を持った。

食いしばった歯のあいだから言葉を絞りだす。「あいつだ」感情を抑えようとすると顎がぴくぴくと動いた。「ニューマンがここへ来たなら、用心してもしすぎることはない」

シャーロットが身を硬くする。

ミッチはシャーロットを見なかった。彼女の不安そうな顔を見たら腕をつかんで抱き寄せてしまいそうだった。体にふれて、けがしていないことを確かめたい。だが今はニューマンの問題に集中しないといけない。シャーロットにふれたらそれどころではなくなる。

グラントは眉を上下させながら、ミッチとシャーロットを交互に見た。「周辺の聞き込みをすると同時にホテルの宿泊記録を確認してみる。大きな町じゃないからすぐ見つかるさ」

「そうよね」シャーロットがわざと甘ったるい声で言う。「ミッチがいなくなったときも同じことをしたけど、見つからなかったわ」

「いなくなったって、たった一日じゃないか。片づけなきゃならない問題があったんだ」

シャーロットは鼻をつんと上に向け、グラントに向かって言った。「何かわかったら教えてもらえる？」

グラントは笑いをこらえてうなずいた。「もちろんだ」シャーロットの手をぽんぽんとたたく。「でも、犯人が捕まるまではひとりでここにいちゃいけない。それとブローディーとジャックには、必ず今日のことを伝えるんだ。わかったね？」

シャーロットはとびきりの笑顔になった。「ちゃんと伝えます」

ミッチは鼻のつけ根に手をやった。激しい怒りで頭が割れそうに痛んだ。どうすれば警察より早くニューマンを見つけられるだろう？

ニューマンは卑怯《ひきょう》な男だ。こそこそと攻撃を仕掛けて不安を煽《あお》り、獲物を弱らせてからとどめを刺すのが常套《じょうとう》手段なのだ。

シャーロットたちと会ってわずか一週間で、自分は彼らのもとへ災いを呼び寄せてしまった。

グラントがふり返る。「失礼しても大丈夫かな？」

ミッチは両腕を組んでしかめ面をする。

「大丈夫よ。心配しないで。ミッチはすぐに……姿を消すんでしょうし」シャーロットが警官の腕をたたく。

ミッチは渋い顔をした。

延々と責めるつもりだろうか。おれが黙って耐えるとでも思っているのか？　しかし我慢するほかなかった。彼女をひとりにするわけにはいかないからだ。無事に家に帰るところを見届けなければ気がすまない。

ミッチに逃げ場はなかった。

わざわざ出向いた甲斐《かい》があった。セクシーなヒップを揺らしながら歩くシャーロットの姿を思い出して、ニューマンは悦に入った。

警戒しやがって。ちょっと話がしたかっただけだというのに。ミッチの居場所を知らないか質問したかっただけだ。

「あの女、気絶しそうな顔をしてたな」リッチーがげらげら笑い、咳《せ》きこむ。

ニューマンもにんまりしてうなずいた。怯《おび》えた女の顔ほどそそられるものはない。

ホテルの前に車をとめて、リーが言った。「ミッチが手を出すタイプに見えなかった」

「たしかに。かわいい子ちゃんすぎる」

バーニーを見つけるのは難しくなかった。いつもバーにいるし、町の人なら誰でもそのことを知っているからだ。ニューマンが自己紹介をして、ミッチに金を貸していると言うと、バーニーはすっかり気を許してべらべらしゃべった。その途中でシャーロットの名前が出た。

「それにしても、ひとりでいるとは思わなかった」わかっていればもうちょっとうまく立ちまわったのに。親戚のふりをしてミッチのことを尋ねるとか。

ところがシャーロットはこちらをひと目見るなり逃げた。さすがのニューマンも最初は相手の意図がわからなかったほどだ。忘れものか何かをとりに戻ったのかと思った。ところがシャーロットは真っ暗な部屋に鍵をかけて閉じこもった。おれたちに怯えていたのだろうか？　おそらくそうなのだろう。

シャーロットの反応を思い出すと笑いがもれる。リッチーも笑った。いつも仏頂面のリーが車のエンジンを切った。「で、どうする？」

ニューマンは目尻の涙をぬぐってもっともらしく言った。「明日もさがす」

ようやく手がかりがつかめたのだ。なかなかおもしろくなってきた。

車を降りるとむっとする空気が肌にまとわりついてきた。町に一軒しかないホテルに入る。こんな退屈な町に長居をするつもりはないが、目下、ミッチを見つけるのが最優先だ。そのついでにシャーロットと遊べれば言うことはない。次は簡単に逃げられると思うなよ。

パトカーが行ってしまうとすぐ、シャーロットは踵《きびす》を返して事務所に戻っていった。オフィスの電気がつく。

野良猫に近づくときのような慎重さで部屋をのぞくと、シャーロットは受話器を耳にあて、まっすぐ前を見ていた。空いているほうの手はせわしなく太ももをたたいている。

ミッチはおそるおそるなかに入った。「大丈夫なのか？」

「当たり前でしょう」

とげとげした口調からして大丈夫ではなさそうだ。隠そうとしても肩が小刻みに震えている。

「もしもしブローディー、今、話していい？　電話をとるまでに時間がかかったわね。ああ、なるほど、彼にかけ直してって言ってくれる？」

どうやらブローディーは誰かと電話をしていたらしい。ミッチは壁に寄りかかった。

電話の途中でシャーロットが眉間にしわを寄せる。「そんなに興奮しないでよ。わたしは大丈夫だから……ほら、興奮してるじゃない！」

シャーロットは電話をスピーカーにして机に置き、怒鳴った。「ジャックに電話すればよかった！」

「どっちにしろおれから電話する。その前に何があったか具体的に教えてくれ」ブローディーが言った。

「おれが説明しよう」ミッチは口を挟んだ。

居心地の悪い沈黙のあと、ブローディーの声が響いた。「ミッチ？　そこにいるのか？」

ミッチは壁から背中を離した。「いるよ。少し前に三人の男が現れて、事務所に押し入ろうとした。シャーロットはひとりだった」落ち着いた声で事実だけを話す。「シャーロットは無事だ。男たちの正体を確かめるよりも早く、オフィスに閉じこもってなかから鍵をかけたから」

「男どもの正体がわかるのか？」

最悪の連中だ。

「ニューマンと手下にちがいない。シャーロットが警察に通報した。グラントがやってきて状況を確認したあと、ホテルをはじめ周辺に聞き込みをしてくれると言っていた。こんなことになってすまない。だがニューマンが現れたとなると油断はできない」

「今運転中だから要点を絞って尋ねる。まずはシャーロットだ。どうして危険だとわかった？ 夜に客が現れることはめずらしくないだろう」

シャーロットがもじもじしたあと首をふった。「理由なんてわからない。ただそう感じたの。いやな雰囲気だった。外見で決めつけることはできないけど、でもやばい連中だと思った」

「勘が冴《さ》えてるな。よくやった」

「ニューマンは悪意の塊みたいなやつなんだ。見るからにやばそうな顔つきをしてる」

「想像がつくよ」ブローディーが言った。「ところでミッチ、おまえはどうしてその場に居合わせた？」

その質問は予想していた。ブローディーの口調に怒りはなく、純粋に不思議がっているようだ。怒りを表に出さないタイプなのだろうか。首筋の筋肉がこわばり、顎に力が入る。

「グラントと話しているときに通報があったからパトカーのあとをついてきたんだ」

シャーロットが回転椅子をくるりとまわす。「グラントと話していたって、どうして？」

「おれもそれが訊《き》きたい」

ふたりがミッチの答えに神経を集中する。

こんなふうに質問攻めにされることには慣れていない。子どものころでさえめったに質問されたことなどなかった。記憶にあるかぎり、誰も自分のことなど気にかけなかったからだ。

そのほうが気楽でもあった。今はふたりに見つめられて居心地が悪い。だが逃げることもできない。このやりとりに意味があるかどうかわからないが、この機会に賭けてみたかった。

結局、ニューマンのせいで台なしになったのはわかっているが……。

緊張をほぐすために、ミッチは首を左右に倒した。「前にも言ったとおり、ニューマンは厄介だ。何か理由があっておれをさがしているらしい」肩を何度かまわしてから言葉を継ぐ。「それがなんなのかはおれにもわからないんだが、ダチのラングを――おれがここにいることを知っている唯一の人物をぼこぼこにするほど切羽詰まっているのはわかっている」怒りと不安に喉が詰まる。シャーロットと家族のことが心配だった。

「あいつはラングをぶちのめして、おれの居場所を訊きだしたんだ」

シャーロットの顔からゆっくりと怒りが消える。

怖くなったのだろうし、それは当然の反応だった。できるだけ早くニューマンをこの町から追いはらわなければならない。そしてそれを可能にする方法はただひとつしかない。

ブローディーが言った。「昨日の電話はその件だったのか？」

「そうだ。なんとかしないといけないと思ったから警察へ行った。グラントに事情を話していたときにシャーロットから通報があった。こんなことになって残念だが、おかげでグラントも本気になってくれたようだ」鼻にかかった笑い声をあげる。

「おまえの友だちは大丈夫なのか？」ブローディーが尋ねる。

予想もしていなかった問いかけに、ミッチは言葉を失った。見ず知らずの人間がどんな目に遭ったかよりも、自分たちの身にふりかかった問題について考えるべきだ。

だが、その常識はブローディーたちには通用しないようだった。

「大丈夫……だと思う」

「どのくらいひどくやられたんだ？」

シャーロットも返事を待っているのに気づいて、ミッチは片手をふった。「鼻とあばらの骨が折れたらしい」

ラングを痛めつけるのは仔犬《こいぬ》をいじめるのも同じだ。ひょろひょろして頼りない。だからミッチがいつも守っていた。

そのせいでニューマンに目をつけられたのだから、ラングには大きな借りができてしまった。この借りは必ず返すつもりだ。あとで。

今はシャーロットに迫る危機をどう乗り越えるかに神経を集中しないといけない。

「何度も言うが、ニューマンは危険なんだ」

「わかってる。電話を切ったらすぐジャックに連絡する。ジャックは今夜じゅうにそっちへ戻れるし、おれも明日には戻る。マリーとハウラーはおれと一緒だから大丈夫だが、ロニーにはバスターしかいないからジャックから連絡させる。ジャックが戻るまでシャーロットのそばにいてもらえるか?」

シャーロットの反応を見るのが怖くて、ミッチはポケットに手をつっこんだまま携帯を見おろした。「もちろんだ。数時間のことだろう」

女性を傷つけるやつは許さない。だが自分がそばにいては悪い連中を引きつけてしまう。

「最終的にはおれがこの町を出るのがいちばんだと思う。そうすればニューマンがあんたたちにちょっかいを出すこともなくなる」

「おまえを追っていくからか」

「ああ。おれひとりならなんとでもなる」

シャーロットが息をのんで立ちあがる。

反射的にふり返ると、シャーロットが両手を握りこぶしにして、射るような目でこちらをにらんでいた。

「ニューマンのことはそれで片づくかもしれないが――」ブローディーが低い声で警告する。「おれがおまえを許さない」

ミッチは眉をひそめた。「どういう意味だ？」

ブローディーが声をあげて笑う。「言葉どおりの意味だ。おまえがどこへ行っても見つけだすし、力ずくでも連れ戻す」

思わず電話のほうへ足を踏みだす。「なんのために？」

シャーロットが非難するようにこちらを見ているのがわかった。彼女はおれに何を期待しているんだろう。説明か？

「これ以上、あんたたちの生活をひっかきまわしたくない。そのためならおれは……」ミッチは目を閉じ、歯を食いしばった。「ここへ来たのはあんたたちに迷惑をかけるためじゃない」

「わかってるさ。家族をさがしに来て、見つけたんだろう。ニューマンが何をしようとその事実は変わらない。いいときも悪いときも家族は一緒にいるものだ。それはいくつになっても変わらないし、自分の都合で抜けられるものでもない」

ミッチは電話を見つめたまま首をふった。「おれは、自分が正しいと思うことをする」

「お互いにそこは一緒だな。ところでシャーロット、さっきから静かすぎて心配になってきたんだが？」

こんな話には加わりたくもないのだろう。いかにも不愉快そうな顔をしている。

シャーロットは目を細め、顔をそむけた。「心配しないで。家に帰る準備はとっくにできているわ」

「怒ってるのはわかるけどおれのせいにするなよ」ブローディーが言う。

顔を見て話しているわけでもいないのに、どうして彼女が怒っているのがわかるのだろう？

「ミッチに少し時間をやれ。ジャックが帰るまで、ミッチと一緒にいるんだぞ。そのほうがおれも安心だから。いいな？」

「心配しないで。そのくらいの分別はある」

「その調子だ」

「いったん家に寄ってブルートを連れてこないといけない。警察に行くから置いてきたんだ。歓迎されるとは思わなかったから」

「ここから遠いの？」

「いや、数分のまわり道ですむ」

「だったら問題ないわね。車でついていくから」

ミッチは眉根を寄せてシャーロットを見たが、彼女は電話を見つめていた。

「何かあったらグラントのところへ行け。じゃあ電話を切るぞ。ジャックに知らせてやらないといけないからな。車も鍵をかけろよ。ブルートを拾ったらまっすぐ母さんのところへ行くんだ」

電話が切れた。

ミッチはこれからどうすべきか混乱したままその場に立ちつくした。ブローディーの言いなりになるつもりはない。他人に指図されるのはまっぴらだ。

自分がいちばんいいと思ったことをするだけ。

「やめて」

ミッチはどきりとしてシャーロットを見た。あれこれ考えているあいだに、シャーロットは帰り支度を整えてそばに立っていた。近すぎるほどそばに。

「何をやめるんだ?」ミッチはその場を動かなかった。距離を詰めてきたのはシャーロットのほうなのだから、さがるならシャーロットがさがるべきだ。眉間のしわを深くして彼女を見おろす。

「きみの準備ができるのを待っていただけだ」

「嘘ばっかり」シャーロットがさらに距離を詰める。「お見通しなんだから」

「おれのことなど何も知らないくせに」

いつまでも事務所にいるつもりはないのでドアを開け、シャーロットを先に通そうと脇に寄る。

シャーロットは小さな竜巻のような勢いで外へ出た。

ミッチもあわててあとに続く。そして彼女が戸締まりをするあいだ、周囲の安全を確かめた。

事務所を囲むように道が走っている。ブローディーたちが整備した車の試運転をするために設けたのかもしれない。その向こうは森で、身を隠す場所はいくらでもあった。

危険な立地だ。

平屋の事務所の横に車の整備をするためのガレージがついていて、反対側が居住スペースになっている。ブローディーが家を建てるあいだ、マリーとここに住んでいたという。

居住スペースの向こう側は斜面になっていて、レッドオークの街並みを一望できた。今は砂利が山積みになっていてひどく殺風景だ。手を入れればもっと見栄えがするだろうに。

手を入れるといっても、敷地が広いので、維持管理がしやすいように考えて整備しないといけないが……。

ミッチはそんなことを考えている自分にあきれて首をふった。なるべく早いうちに町を出るつもりだというのに。

シャーロットのほうを見ると不安そうに木陰に目を凝らしている。

「誰もいない」ミッチはそう言ったあとで、ふたりきりだということを強く意識した。危険が迫っていないのはいいとしても、シャーロットのそばにいると下心がうずきだす。

シャーロットが目を細めてミッチをにらみ、自分の車のほうへ歩きだした。

「どうして？」

ミッチは彼女のあとを追いかけながら尋ねた。「どうしてって何が？」

「どうしてここを出ることにしたの？」

ミッチは答えに詰まった。グラントから連絡があるまで待ってもいいかもしれない。ニューマンと手下の居場所がわかれば追いはらうこともできる。うまく行くとはかぎらないが試すのは自由だ。

実はホテルへはとっくに行ってみたのだが、当然のことながら見ず知らずの男に宿泊客の情報を教えてはくれなかった。

自分がよそ者だということを改めて思い知らされる。ここに根をおろすつもりだったのに。造園業をやろうと決めて必要な資材を注文したし、従業員と面接までした。

シャーロットが車のエンジンをかけ、エアコンを入れて車を降りる。

車の近くをうろついたあとで、彼女が向きを変えてミッチの前に来た。「あなたには家族がいるのよ」

「それは――」シャーロットの勢いに負けそうになる。

ミッチとしてもやっと手に入れた家族を失いたくはなかった。それでもほかに方法がない。

シャーロットが人さし指でミッチの胸を押した。「ブローディーも言っていたけど、都合が悪くなったからって、ふてくされて放りだすなんてできないの」

それだけ言うと、シャーロットは車に戻っていった。

さすがのミッチもむっとして、シャーロットを追いかけて運転席のドアをつかんだ。

「ふてくされてなんていない」

「そうかしら？」シャーロットはひるまなかった。「だったら明日もここに来てよ。その次の日も、その次の日も。ブローディーとジャックを信じてよ」そう言って大きく息を吸い、ミッチの目を見あげる。「チャンスをちょうだい」

「チャンス？」

「わたしたちにチャンスをちょうだいって言ってるの」そう言ったあとで口の端をあげる。

「ほら、そんなに怖い顔をしないで」

ミッチはシャーロットをにらんだ。やはり彼女は強い。ブローディーやジャックと対等に言い合いをしているだけのことはある。

「この町にいればいいじゃない。あいつらが怖いの？」

まったく！　思ったことをそのまま口にする人だ。ミッチはあきれる一方で感心していた。

ニューマンを怖がるなんてとんでもない。

怖いのはむしろ、ニューマンと会ったときに自分が何をするかだ。怒りをコントロールする自信がない。

ミッチは唇を引き結んで運転席のドアを閉めた。シャーロットのペースに乗せられてはだめだ。大股で自分の車へ向かう。

ニューマンにまた人生を壊されるのだと思うと腹立たしかった。いつか決着をつけなければいけないが、レッドオークでそれをするわけにはいかない。ここの人たちを巻きこんではいけない。

駐車場から車を出すと、シャーロットがすぐうしろをついてきた。信号やほかの車で互いを見失わないように注意して運転する。

いつニューマンが現れるかと警戒していたけれど、町はずれに購入した土地に到着するまで何も起きなかった。実家を売った金で買った土地だ。レッドオークはミッチが育った場所より土地が安くて助かった。

職場兼住居はまだ修繕の途中で見られたものではない。それでもミッチは気にしなかった。テントで眠れないときは網戸張りのポーチで寝ている。キッチンがあり、ささやかなバスルームがあり、広々とした庭がある。

それで充分だった。

ここに住みつづけられるのなら。

過去からやってきた悪魔に、ホームを奪われずにすむのなら。

10

ポーチのなかで留守番をしていたブルートがミッチを見て大喜びし、網戸に鼻を押しつけて体をくねくねさせた。

シャーロットにはブルートの気持ちがよくわかった。ミッチが助けに来てくれたとき、心のなかではブルートと同じくらいうれしかったからだ。

それなのにひどい態度ばかりとって……短いドライブのあいだに自分の言ったことを思い返して恥ずかしくなった。

ニューマンのようなやつにつきまとわれたら逃げたくなって当然だ。ミッチも被害者なのに責めるようなことを言うなんて、どうかしていた。

ミッチはこれまで誰にも頼ることができず、ひとりで生きてきた。それをいきなり家族の絆《きずな》だの信頼だのと言われても、困惑するに決まっている。

戸惑っているミッチを責めた自分が悪いのだ。そもそも自分はブローディーたちとは血縁でもなんでもない。ミッチが信じなければいけないのはブローディーとジャックであって、わたしではないのに。

　わたしは……彼にとって何者でもない。友だちになれたらいいとは思った。いや正直なところ、それ以上の関係になれたらいいと思っていたけれど、だからといってこの状況で彼に何かを期待するのは身勝手だ。これ以上、彼に負担をかけてはいけない。

　そう自分に言い聞かせて、車を降りた。いかにも農家ふうの母屋はペンキがはがれていたり、鎧戸《よろいど》が外れていたりするものの、古い建物だけあって太い木を使って頑丈につくってあるようだ。周囲は大きな木々に囲まれていて、池のほとりには草花が風にそよいでいる。

　母屋の横に大きな納屋があった。両開きのドアに頑丈な鍵がついている。なかに何が入っているのだろう？

　ミッチがブルートを自由にする。近くの草むらから鳥が飛びたち、ブルートがそちらへ向かって駆けだした。ブルートは途中で追いかけるのをやめ、細いしっぽをふりながらシャーロットのほうへやってきた。

　ブルートをなでながら、シャーロットはミッチに声をかけた。「静かでいいところね」

　ポーチに置かれたぼろぼろの長椅子や、その上にのったシーツや毛布をじろじろ見ないように心がける。

　庭にはテントも張ってあった。入り口のファスナーは閉まっていたが、なかをのぞいてみたい気持ちにかられる。

ミッチは何も言わなかった。両手を尻のポケットに入れ、肩をこわばらせてあらぬほうを見ている。

無視するつもりだろうか。ブローディーはどんなときも黙りこんだりはしない。むしろ言葉を尽くしてこちらを言い負かそうとする。ジャックのほうがおだやかではあるが、本質は同じだ。

「わたしと話したくないの？」

ミッチがさっと顔をあげた。「え？」

シャーロットは肩をすくめた。「わたしに腹を立てているみたいだから。家まで送らせる手間をかけてごめんなさい」

ミッチが困惑したように眉根を寄せた。しばらくシャーロットの顔を見つめたあとで首をふる。「きみのことが心配なだけで、腹なんて立ててない」

それはよかった。だったら質問しよう。

「ここはあなたの土地？」

ミッチがしぶしぶといった様子でうなずいた。「時間がなくてあまり補修作業ができていないんだ。壁に塗るペンキは買ったんだが」

土地を買ったということはレッドオークに落ち着くつもりだったのだ。シャーロットの心は躍った。「何色のペンキ？」

ミッチは両手を握りしめたあと、シャーロットのほうを見た。「グレイがかった青と白」

「いいチョイスね」

ミッチはうなるような声を出した。「ペンキでも塗らないと、今のままじゃ廃屋同然だから」

「家は、住む人が手を入れてよくなるっていうものね」人と同じだ。「時間はかかるかもしれないけど、この家はきっとすてきになるわ」

なんといっても立地が最高だ。

「どこまでがあなたの土地なの？」

ミッチが指さした。「あそこの木立が濃くなっているところから――」反対側を指さす。「あっち側にうっすらと見える柵までだ。隣の牧場の柵で、朝は牛の声が聞こえる。ここへ来るときに舗装道路から砂利道になったところがあるだろう。あそこから敷地で、裏は線路まで続いてる」そう言ってにこっと笑う。

ミッチの笑顔に、シャーロットは体の芯がとろけそうになった。彼が幸せそうに話してくれたからか、笑うことでハンサムな顔がいっそう引きたったからか、その両方かもしれない。

「レッドオークはどこにいても牛の鳴き声が聞こえるわ。汽車が走るときは汽笛も聞こえるし。わたしはどっちの音も好きよ」

「おれもだ」

「でも……」シャーロットは周囲を見まわした。こんなところにひとりでいたら、いざというときに助けを求めることができない。ニューマンに見つかったら、さらに手下を連れていたら、ミッチはひとりぼっちで戦わなくてはいけない。

「でも、なんだ?」そう言ったあと、ミッチが眉根を寄せる。「震えてる。寒いのか?」

「いいえ」シャーロットは嘘をついた。ミッチが痛めつけられるところを想像してぞっとしたのだ。「ブローディーが言ったことだけど……」

「いろいろ言われた」ミッチの顎がぴくぴくと動く。

たしかにそうだ。そのあとわたしもあれこれ言った。

「その……あなたがどこにいても見つけるってところ。ブローディーならやると思う。もちろん殴るためじゃないわ」

ミッチがおおいかぶさるように身をかがめ、シャーロットの顎に手をかけた。「簡単に殴られたりしないさ」

彼の顔があまりに近いので、心臓が壊れそうなほど高鳴った。キスされるかもしれないと身構えたのに、ミッチは体を離し、ブルートを呼んだ。

まるで子ども扱いだ。

シャーロットはミッチの後頭部をにらみつけて、やっぱりこの人はブローディーとジャックの弟だと思った。ひと筋縄ではいかない。

あくまで傲慢に、ミッチが言った。「もう行こう」

シャーロットはしぶしぶうなずき、周囲を警戒しながら車のほうへ小走りで移動した。

「びくびくしなくても大丈夫だ。ここには誰もいないから」ミッチが憐《あわ》れむように言った。

「どうしてわかるの?」

両手を握ったり開いたりしたあと、ミッチがシャーロットを見た。「刑務所にいると第六感みたいなものが身につくんだ。怪しいやつが近くをうろついていたらぜったいにわかる」

どんな経験をしたらそうなるのだろう。

ミッチが声をやわらげた。「ブローディーがみんなに知らせたなら、早く帰らないときみの家族が心配する」

「わたしの?」シャーロットは運転席のドアを開けた。「あなたの家族でしょう」ミッチの返事を待たずにエンジンをかける。

ミッチがやれやれというように首をふった。「今度はおれがあとをついてく」

車を発進させたシャーロットは、自宅へ向かいながらふたたび悶々《もんもん》とした。家の前まで来て、ポーチの揺り椅子に座っているロニーに気づく。ロニーはチュニックにブラックジーンズというつもの姿だった。まっすぐな髪が夕日に輝いている。

こちらに気づいたロニーが立ちあがってドアを開け、なかに向かって何か言った。すぐにロザリンが出てくる。

ふたりはポーチに並んでシャーロットとミッチが車から降りてくるのを待っていた。

「ジャックが電話をくれたの」ロザリンが言った。「外出中だったからロニーを拾って帰ってきたのよ」

「外に出ていちゃだめだ」赤い夕日に目を細めながらミッチが首をふる。「ニューマンがいたら――」

「襲ってくればいいのよ。ナイフをお見舞いしてやるから」ロニーが不敵な笑みを浮かべる。

ミッチはびっくりして足をとめた。「まさかここでニューマンを待っていたわけじゃないだろうな？」

ロニーが肩をすくめる。「あなたたちが帰ってくるのと、どっちが早いかなと思っていたところ」

ミッチはふたたび口を開いたが、言葉が出てこなかった。歯を食いしばってシャーロットを見る。

シャーロットは肩をすくめた。ロニーのナイフの腕前を知っていたらそこまで心配はしないだろう。彼女を怒らせたら怖いのだ。

「ロニーはすごく強いから平気よ。あなたは知らないでしょうけど——」ロザリンが息を吐いた。「ロニーが強いのは否定しないけど、今はナイフの出番じゃないわ。そんな台詞《せりふ》をジャックが聞いたらたいへんよ」

「なんと言われようと知ったことじゃない」ロニーがミッチを正面から見る。「で、シャーロットを怖がらせたやつのことをできるだけ詳しく教えて」

シャーロットは恥ずかしくなった。自分にはロニーの半分の度胸もない。そばにいたらミッチの足をひっぱるだけだ。

ロニーが低い声で続ける。「なんでそいつをのさばらせておくの？　あなたなら始末できるでしょう」

ミッチが表情をゆるめた。「ニューマンに勝てると認めてくれるんだな。シャーロットなんて、おれが怯《おび》えてると思っているんだぜ」

「そういう意味じゃ——」

「シャーロット、それは失礼よ」ロザリンもたしなめる。

「だからわたしは——」

「この人は馬鹿じゃないわ。警察に目をつけられないようにするだけの知恵がある」ロニーが言う。

「まあね」ミッチがうなずく。

「だからわたしは――」

「だいいち、相手が誰でも怖がるはずないじゃない。ブローディーとジャックの弟なのよ」

「ふたりの弟なら度胸があって当然ってことか？」ミッチはあきれて首をふった。「とにかく話はなかでしよう」

「どうぞ入って」ロニーが言った。「わたしはここで見張りを――ちょっと！」

ロザリンがロニーの腕をつかんで強引になかへ入れる。

「いくつになってもジャックはわたしのかわいい息子なの」ロザリンはおだやかだがきっぱりとした口調で言った。「あの子が帰ってきてあなたが外にいるのを見たら怒り狂うでしょうし、そうしたらあなたもかっとなって、お互いに後悔することを言うでしょう」ロザリンがロニーをにらんだ。「あの子を悲しませたくないの」

「それに、あなたとミッチの両方がいてくれたほうがわたしも安心だし」シャーロットは助け舟を出した。

「おれも安心するね」ミッチが感情のこもらない声で言う。

シャーロットはミッチをにらんだ。ロニーは小柄だがそこらの男には負けない。ブローディーとジャックがそうだったように、ミッチもじきに理解するはずだ。

ロニーは鼻を鳴らした。

全員なかに入ったところで、シャーロットは説明しておかなくてはと思った。

「ミッチがニューマンを怖がってるなんて思ったことはないわ」

「でも、さっき言ったじゃないか」

「そうじゃなくて――」

言い終わる前にバスターがわんわん吠《ほ》えながら廊下を走ってきた。ブルートを発見して耳を立て、ますますはしゃいで突進してくる。

ブルートはいつもどおり逃げようとしたが、バスターはあきらめなかった。

ミッチは笑いながら床に座り、ブルートを膝に抱えた。ブルートとバスターの首輪を持って二匹を引き合わせる。

「バスター」ロニーが叱ってもバスターはまったく聞いていない。「ごめんなさい。ブルートと遊ぶことしか頭にないみたい」

「大丈夫」ミッチはバスターを座らせて落ち着かせた。ブルートがバスターのにおいをかぐ。

バスターがキッチンへ行こうと誘うと、ブルートはあとをついていった。

シャーロットは胸の前で腕を組んだ。「さっきの続きだけど、誤解しないでね」誰かに遮られる前に急いで言う。「怖がっているって言ったのは――」

ロザリンが咳払《せきばら》いをした。

「あれは、あなたが家族の存在に慣れていないから不安なんじゃないかと思ったの。誰かに頼るとか――」

「ありえない」

「頼られるとかね」小さな声で締めくくる。

「頼られる？」ミッチが驚いたようにシャーロットを見た。

「そうよ」

「誰がおれに頼るんだ？」ミッチがすくっと立ちあがる。「きみか？」

「それは……」

「彼らか？」ミッチはロニーたちのほうを顎で示した。ロニーは自分のナイフをほれぼれと見つめている。ロザリンはにこにこしながらこちらを見ていた。

「そうよ」シャーロットは顎をあげた。「ブローディーやジャックもね。だって家族でしょう。頼ることもあれば頼られることもある。心配したり励ましたりする」

「そのとおり」ロザリンが笑顔のままうなずいた。「今日だってブローディーはあなたにシャーロットを送ってくれと頼んだでしょう。ジャックだって自分が帰るまであなたがここにいてくれるから安心していられるんだし」ロザリンがいかにも息子に言い聞かせる母親らしい表情をする。「わたしたちみんな、あなたに頼っているのよ」

ミッチは何か言いかけて口を閉じた。母親に諭された経験がなかったのだろう。いいことだ、とシャーロットは思った。相手のことが大事ならお節介を焼くこともある。それが相手のためになると思っているから。

ミッチがロニーを見た。「ジャックはいつ帰ってくる？」

「もうすぐ帰ると思う」ロニーがナイフをブーツにしまった。「それまで座ってのんびりしてて。ニューマンについて洗いざらい話をしてよ」

一時間後、ロザリンが食事の時間を告げ、ミッチは胸をなでおろした。ロニーの尋問が予想以上に厳しかったからだ。みんなでキッチンのテーブルを囲んで、グリルドチーズサンドイッチとポテトチップスとピクルスを食べ、紅茶を飲んだ。

女性陣はサンドイッチを一切れずつしか食べなかったが、ミッチは二切れ食べ、さらにシャーロットがつくったケーキの残りをもらった。

クルーズ家の人々は機会があるとテーブルを囲み、おしゃべりをしながら食事をするらしい。料理はうまいし咀嚼《そしゃく》しているあいだは話さなくてすむので気が楽だった。

ケーキの最後のひとかけを食べてコーヒーを飲んだところで、ジャックが帰ってきた。

まず妻のロニーとキスをして、バスターとブルートに声をかけてから状況を確認する。

ミッチはシャーロットに説明を任せて、食事の片づけをするロザリンの手伝いをした。

早く片づけばそれだけ早く帰れるというものだ。

皿洗いが終わったところで改めて食事の礼を言い、ブルートを呼び寄せて、みなに別れを告げる。

シャーロットが不満そうに眉根を寄せた。またしても彼女の期待を裏切ったのかもしれない。

みな不安そうにしているが、今夜、できることはもうない。農場に帰ったら対策を練らなくては。

ブルートを連れて家を出たところでジャックが追いかけてきた。「車まで送る」断っても承知しそうにないので送ってもらった。半分血のつながった兄たちはかなり押しが強い。

そういえば、こんな状況になってもロザリンの態度はまったく変わらなかった。シャーロットもそうだ。会うたびに彼女に惹《ひ》かれる気持ちが強くなる。

気味が悪いほどおだやかな夜だった。周囲を警戒しながら車に向かう。

ロザリンの家の周囲は明るく照らされていて、人が隠れられるような暗がりはない。

「外灯は自分たちで設置したのか？」

「ああ。セキュリティーも最新のを入れてある」ジャックがにっこりする。「家族の安全は最優先事項だから」

そこに自分も含まれていることがわかって、ミッチは居心地が悪くなった。そうまでしてもらう価値が自分にあるだろうか。

「今夜はロザリンの家に泊まるのか？」

「そのつもりだ。おまえはどうする？」

「それを考えているところだ」

「当分、町を出ないでもらいたい」

ミッチは片眉をあげた。「命令か？」

ジャックの口もとがぴくりと動く。「いや、お願いだ」さてはブローディーが高圧的な言い方をしたんだろう。

「まあな。シャーロットがとりなして――」

「ブローディーに悪気はないんだ」ジャックはパンツのポケットに手を入れて、道の向こうに目をやった。「家族を大事にしているだけさ。もちろん、ぼくにとっても家族はいちばん大事だ。でもブローディーとはやり方がちがう」

「そのようだ」

ジャックがにっこりした。「知ってのとおり、父親がちゃんとしていなかったから、ブローディーは一家の大黒柱を自認しているんだ。父親の代わりにみんなを守らなければと思っているし、そのためなら力の及ぶかぎりのことをする」

「ロザリンみたいな母親がいれば子どもの出る幕はないようにも思うが」

「ある意味、そうなんだが、ぼくらは母のことも守らなきゃいけないと思ってる。父のせいでひどく苦労したからね」ジャックは額のしわをのばすように瞬《まばた》きした。「ブローディーは母の助言に従って、ありのままの父を受け入れた。でもぼくは——」ジャックは首をふった。「今でも許せない。父は今でもたまにやってきて、短期間だけ町にいるんだ。いつもブローディーが相手をする。ぼくはごめんだから」

ジャックの気持ちはよくわかる。だが、ミッチにとってエリオットの来訪はつらい日々に耐えたご褒美のようなものだった。ろくに祝ってもらえないクリスマスよりも誕生日よりも楽しみだった。エリオットは話を聞いてくれるし、食事に連れていってくれる。だから次はいつ会えるかと、いつも心待ちにしていた。

「エリオットはそういう人間だから、こちらが受け入れるしかないのかもしれない」ミッチは言った。

ミッチの母親が麻薬や男に頼り切りだったように。生まれつき心が弱い人間もいる。あの人はいろいろなものをほしがったけれど、息子には執着しなかった。妊娠したから仕方なく産んだだけだ。

「ぼくは母さんみたいにはなれない」ジャックがつぶやく。

「たしかにロザリンは特別な人だ」

自分がレッドオークに留《とど》まれば、そのロザリンが危険な目に遭うかもしれない。シャーロットだって、機転を利かせたから助かったものの、歩まちがえばどうなっていたことか。ニューマンはその気になればどんな残酷なことでもする。

ミッチはジャックを正面から見た。「おれがこの町を出るのがみんなのためだ」

「ぼくとブローディーには別の案がある」

ドアが開いてシャーロットが外に出てきた。「グラントが電話をしてきて、〈フレディーズ〉にいるニューマンを見つけたそうよ。ホテルに滞在しているって。事務所でわたしを脅しただろうと問いつめたら〝そんなつもりはなかった、彼女が部屋に閉じこもったから、何かあったのか心配になっただけだ〟と答えたんですって」

「あいつめ！」ミッチはうなった。

シャーロットが肩をすくめる。「腹は立つけど、何もしていないというのも本当だから」

ミッチはシャーロットのほうへ足を踏みだした。

シャーロットが一歩さがる。

「ニューマンのペースに乗せられちゃだめだ。きみが感じたことが真実なんだから」

シャーロットがかすかにほほえむ。「どちらにせよ、グラントが二度と事務所に近づくなと警告してくれたわ」両手を組んで続ける。「そうしたらニューマンはあなたに貸しがあると答えたんですって」

「そうだろうさ」ミッチは両手で顔をこすった。ニューマンと対決するなら、ここからできるだけ遠く離れた場所にしたいと思っていたのに。「今からバーへ行くよ」

誰にも迷惑をかけたくない。

「だめ」

ミッチとジャックは同時にシャーロットを見た。

シャーロットが気丈に顎をあげる。「グラントが波風を立てるなと言っていたわ。あなたのほうからちょっかいを出さないように伝えてくれって」

「向こうが先に手を出したんだ。きみを怖がらせた」

「ニューマンは子どもだったあなたにひどいことをした。だからといってまたあいつのペースに巻きこまれることはないでしょう」

ミッチはぎこちない笑みを浮かべた。「バーで騒ぎは起こさない。おれの家に招待して――」

「ぜったいにやめて」シャーロットはポーチの階段をおりて、腰に手をあてた。「グラントの見立てでは、ニューマンはすぐに町を出るわ。そうさせるのがいちばんなのよ」

「本気でそう思っているんだったら、グラントもきみも甘すぎる」

シャーロットの目が燃えあがる。「甘い、ですって？」

「あとはぼくに任せてくれ」ジャックが割って入る。

「ジャック・クルーズ！　わたしをのけ者にしたら承知しないから」シャーロットはすぐさまミッチを指さす。「あなたもよ。どうしてそんなに頑固なの？」

「――シャーロット」ミッチはどうしていいかわからなかった。

「町を出るなんて言葉は聞きたくないわ」

ミッチは黙りこんだ。

シャーロットは悲しそうな顔をして踵《きびす》を返した。

沈黙のなか、シャーロットが家に戻ってドアを閉める音が響く。

ミッチは今度こそ終わりだと思った。世界から色が失われたような気がした。

ジャックが口を開いた。「ふだんのシャーロットはあんなふうに声を荒らげたりしないんだが……」そう言ってミッチを観察する。「きみは特別なんだな」

そうだったとしても、今はちがう。

「とにかく今からバーへ行ってニューマンと――」

「きみはぼくらが世間知らずだと思っているのかもしれない。だが、それはまちがいだ。職業柄、ろくでなしや異常者や殺人者とだってやり合ったことがある。ニューマンくらいなんとでもなるさ」ジャックがミッチの肩に手を置く。「問題は、おまえが差しだされた手をとれるかどうかだ」

シャーロットを巻きこまずにすむなら藁《わら》にもすがりたい気分だ。だが、ブローディーたちとシャーロットを分けて話を進めることはできない。シャーロットはクルーズ家の一員だ。

ニューマンがシャーロットに目をつけたというだけでも血が凍る思いがしたのに、思いやり深くて姉御肌のロザリンにも迷惑をかけることになったら耐えられない。

「ぼくらはそんなに弱くない」

「おれだって弱くない」

「知ってるさ。でもきみはひとりだ。家族がいるのにひとりぼっちになろうとしている」

胸がずきりとする。これまでずっとひとりだった。子ども時代でさえそうだった。そのほうが楽しいとは言わないが、楽ではある。

誰かに助けてもらう？

自分にそんなことができるのだろうか？　考えるだけでむずむずする。刑務所に入る前も孤立していた。刑務所を出たあとは自分だけを信じてやってきた。

「人に頼るのはおれのやり方じゃない」ミッチは感情のこもらない声で言った。

「ここへ来たのは新しい自分になるためじゃないのか」ジャックが問いかける。

たしかにそうだ。そして兄たちに会った。シャーロットとロザリンにも。

「おれはニューマンを知ってるが、あんたたちは知らない。だからおれが対処しなきゃならない」

「ニューマンについて教えてくれればいいじゃないか。ともかく今日対決するのはなしだ」ジャックがミッチの肩をたたいた。「しばらく町にいてくれ。みんなで対策を考えよう」

「みんなで?」

待ちくたびれたブルートは草の上に寝そべっていびきをかいている。

「そうだ。明日、ブローディーも一緒に」

本気でそんなことをするつもりか? 余計に面倒なことになるかもしれない。ニューマンは予測不能だ。

「ぼくらの能力を疑っているんだろう。だったら証明するチャンスをくれよ」

町を出るのがいちばんだとわかっていたが、ジャックの提案は魅力的すぎた。家族と、そしてシャーロットと一緒にいられる。

どうして拒むことができるだろう。

「わかった。だが、あんたたちに危険が及ぶ提案はぜったいに受け入れられない」

「ほら、きみだって家族を守ろうとしてるじゃないか」

目が覚めたとき、ミッチは全身にうっすら汗をかいていた。片肘をついて体を起こし、耳を澄ます。

大気は湿っていて重い。テントの生地を通して弱い朝日が差しこんでいた。足もとでブルートが眠っている。なんの夢を見ているのか、足がぴくぴくと動き、ときどきこもった鳴き声があがった。

その鳴き声で目が覚めたのかもしれない。

上体を起こしてのびをする。テントのメッシュ部分からのぞくと、緑の大地が見えた。空の下上部に通気口があるので空気はこもっていないが、本当は外で寝るほうが好きだ。空の下で木々に囲まれて眠るほうがずっと呼吸しやすい。だが森のなかなので虫の餌食になってしまう。

ブルートが目を開け、四肢をのばした。

「夢のなかでウサギでも追いかけてたのか？　邪魔して悪かったな」

ブルートがしっぽをシートに打ちつけ、舌をだらりと出してあくびをした。

「そうか、そうか」ミッチは耳をかいてやった。「さあ、用足しに行くぞ」入り口のファスナーをあげて外へ出る。

ブルートもすぐあとをついてくる。ミッチは素早くあたりを見まわした。

異常はなさそうだ。少なくとも今のところは。

森は薄明かりに照らされていて、あちこちから鳥のさえずりが聞こえてきた。いつもなら朝の光景に心を和ませるところだ。新しい生活を――今までよりもいい生活を手に入れたことを実感できる、自由を噛《か》みしめられる時間だ。

だがニューマンのことを思うと明るい気持ちにはなれなかった。

ブルートもミッチもそれぞれの場所で用を足した。人間用のトイレは家のなかにあるし、寝室だってある。

ただ今のミッチには、やわらかなマットレスよりも新鮮な空気と広々した空間のほうが心地よかった。周囲に家はないので、外でホースの水を浴びながら体を洗うことだってできる。湯のほうがいいので実際はやらないが。

造園業をスタートさせたらそんな生活はできなくなる。

ミッチは朝の空気を胸いっぱいに吸いこんだ。木々や土の香りに混じって、じっとりした風が嵐の来訪を告げている。空を見あげると、西のほうに黒くて厚い雲が広がっていた。今夜は家のなかで寝ることになるかもしれない。寝室は狭く、窓があるとはいえ刑務所を思い出すので苦手だった。

テントに戻って携帯を充電器に差した。口笛を吹いてブルートを呼ぶ。まずはコーヒーを淹《い》れて、ブルートの飯を用意して、それからシャワーを浴びよう。

〈マスタング・トランスポート〉の敷地に砂利をまく手伝いをすると言っておきながら、まだ何もしていない。ニューマンが現れて、それどころではなくなったからだ。

ジャックの話では、ブローディーは砂利をまくのを延期したらしい。先に庭全体をどうしたいか考えることにしたとか。きっとシャーロットの提案があったからだろう。シャーロットはあの事務所で一定の発言権がある。アシスタントとはいえ、事務所の要で、なくてはならない人物だ。

シャーロットが事務所のまわりに低木や花壇がほしいというなら、希望をかなえたかった。なんなら維持管理は自分がやってもいい。体を動かして働くのはちっとも苦にならない。むしろ庭仕事は喜びそのものだ。

とにかく今は何もできないので、ブローディーが帰ってくるまで自分の土地の整備をしよう。

ニューマンに関して、ブローディーとジャックがどんな作戦を考えているのかはわからない。だが弟として、兄の話に耳を傾けるくらいはするのが道理だ。

少なくともジャックはそう考えているようだった。

とりあえず肉体作業をすれば気を紛らわせることもできる。ニューマンのことは一時、保留にしよう。

露に濡《ぬ》れた草の上に裸足《はだし》で立ち、自分の土地を見渡す。やらなければならないことが山積みで、とりあえず一週間はぼうっとする暇などなさそうだった。

家に入ろうとしたときエンジン音が聞こえた。ブルートが耳を倒し、全身を緊張させる。

ポーチの階段に服を置いて、ブルートの首輪をつかむ。

ニューマンがやってきたのならブルートを家に入れるつもりだった。危険にさらしたくないからだ。あの男がブルートに暴力をふるうようなことは死んでも阻止しなければならない。

最悪の事態を予測して私道の先に目を凝らす。

青いフォードが砂ぼこりをあげながら近づいてくるのが見えたときは自分の目を疑った。車体に反射する太陽がまぶしい。

いったいどうして？

混乱して、うまく考えられない。シャーロットが現れるといつもそうだ。

「大丈夫だよ、ブルート。シャーロットだ」

ブルートを落ち着かせようとおだやかな声を出したが、内心はミッチも焦っていた。シャーロットに関して大丈夫なことはひとつもない。

服を着ていないことも忘れてポーチを離れる。肋骨《ろっこつ》の奥で心臓が暴れているのがわかった。顎に力が入る。シャーロットがひとりだとわかって体温がいっきに上昇した。

あまりにわかりやすい反応に、自分でもあきれてしまう。だが、顔を見られてうれしいのは否定できない。

シャーロットがフロントガラス越しにこちらを見て眉をひそめるのが見えた。車をとめてエンジンを切り、わざとらしいほど明るい笑顔で手をふる。「おはよう」

おはようだって？　こっちは必死で欲望をコントロールしようとしているのに。平静を保つのが精一杯だというのに。

ブルートは当然ながらシャーロットを見て大興奮だった。彼女のまわりをくるくるまわり、しつけのできていない仔犬《こいぬ》のようにわんわんと吠える。

シャーロットがこれ以上ないほどやさしくブルートをなでるのを見て胸が震えた。

「何をしに来たんだ？」感動を態度に出さないように、わざと不愛想な声を出す。

シャーロットの笑顔が揺らいだ。「何をって――」

「こんなところにひとりで来ちゃだめじゃないか！」われながらきつい言い方だと思った。男の家を――それも下心のある男の家をひとりで訪れるなんて無防備にもほどがある。ニューマンのことがあって、シャーロットを守りたいという気持ちはいよいよ高まっていた。

ただその一方でそばにいてほしいとも思う。おしゃべりしたいし、抱きしめたいし、ずっと見つめていたい。

こんなにも何かを求めるのは初めてだ。

くそっ。ミッチは片手で顔をこすった。

カールした長い髪を風になびかせ、顔や首筋の肌をほんのりと染めて、シャーロットはこちらを見つめていた。

十代の少女のように純真に見える。ニューマンにつけられていたらどうするつもりだったのだろう？　ひとけのない通りで尾行されて、襲われでもしたら？　悪い想像はつきない。

ミッチは一歩距離を詰めた。「危険だってことがわからないのか？」

ただごとではない気配にブルートが耳をぴくりとさせ、ミッチの横に戻ってきてお座りをした。

「ブルートが怖がっているわ」

シャーロットに指摘されて、ブルートの首筋に手を置き、やさしくなでる。

シャーロットが目を細めて一歩前に出た。「わたしに何を期待しているの？　家にこもっていろと？　仕事に行くのは許されるの？　買い物は？」

そういった場所なら少なくとも町中で、周囲に人がいる。だが、ミッチとしては正直なところ、いざこざが片づくまで家にこもっていてほしかった。やはり昨日のうちになんとかするべきだったのだ。シャーロットが不用心なことをすると知っていたら、ブローディーたちに何を言われようとバーへ行っただろう。

「きみは仕事でも買い物でもなく、ここへ来た」

シャーロットはうなずき、咳払いをした。「そうね。あの……あなた下着姿よ」

ミッチは仕方がないだろうというように両腕を開いた。「やっと日がのぼったところだし、これからシャワーを浴びようと思っていたんだ」

シャーロットの視線がむきだしの胸から肩、平らな腹部、筋肉質な太ももへ移動する。

ふいにミッチは下着さえ身につけていないような無防備な気分になった。

シャーロットがなんともいえない目つきでこちらを見つめている。

ミッチはもう一歩前へ出た。

「どうして外で寝るの？」

質問されてはっとする。どうやらシャーロットはミッチのプライベートをさぐるのに忙しくて、別の危険には気づいていないようだ。

ブルートがミッチとシャーロットを交互に見たあと、安心したように茂みのほうへ行った。

ミッチはため息をついた。「それよりどうしてここへ？」

「何かわたしたちにできることはないかと思って」

うなじの毛が逆立つ。「わたしたちって――」

言い終わらないうちにエンジン音が聞こえた。「まさか――」

あわててジーンズを拾って足を入れたとき、赤いマスタングが見えた。

なんてこった。

「ブローディーも連れてきたのか」

シャーロットが肩をすくめる。「どこに住んでるか知っているかって訊《き》かれたから教えただけ」無邪気な笑顔でつけくわえる。「わたしはジーンズなしのほうが好きだけど、ロザリンもいるからさっさと服を着たほうがいいわね」

ミッチはぽかんと口を開けた。今のはどういう意味だ？

すぐに口を閉じて怖い顔をする。

シャーロットはミッチのほうへ顔を寄せてささやいた。「あなたにはもう家族がいるの。妥協しなきゃ」

家族がいるのはよくわかった。だが妥協とは何を意味するのだろう？

11

すっかりきれいになったカントリー調の広いキッチンを、シャーロットは満足げに見まわした。長く使われていなかったので埃《ほこり》が何層にも積もっていたし、クモの巣や虫の死骸があちこちにあって、カビも生えていた。だが掃除してみるとなかなかすてきなキッチンだ。陶製のシンクは磨いたおかげで輝くばかりの白さをとりもどした。使いこまれた黒と白のフロアタイルが、窓から差しこむ陽《ひ》ざしにつやつやと輝いている。カエデ材のキャビネットも丁寧に磨きあげた。

掃除を始めてから数時間。朝方の空をおおっていた黒い雲は消え、天気と連動するようにミッチの表情も明るくなっていた。

ロザリンが清潔なシーツやタオルを、ブローディーが工具箱を手にして車を降りたとき、ミッチは驚きのあまり言葉が出ないようだった。彼の家を住みよくするために家族が手伝いに来たことが信じられなかったのだろう。ミッチは人に助けられることに慣れていない。レッドオークに留《とど》まってくれれば、いつか家族に頼ることが当たり前になるだろうに。

驚きから立ち直ったミッチは、手伝いなどしなくていいと繰り返したが、ロザリンは聞く耳を持たなかった。そのときのミッチの表情を思い出して、シャーロットは忍び笑いをもらした。

家の外ではブルートとハウラーがにぎやかに遊んでいる。

開け放った窓から吹きこむあたたかな風に乗って、釘《くぎ》を打つ音、やすりをかける音、低い話し声が聞こえてくる。

ペンキを塗る前の下準備としてミッチが外壁の一部を磨いていたので、ブローディーが助《すけ》っ人《と》に入って残りの部分を磨きあげた。ペンキ塗りはまた別の日にやることにする。雨予報ということもあるが、今度、ジャックにも手伝わせていっきに片づけようとブローディーが提案したのだ。

ポーチへあがる階段の踏み板も外れそうなところは釘を打ち直した。廊下に目をやると、寝室とバスルームの掃除をしているロザリンの姿が見える。

好奇心をくすぐられたシャーロットは、キッチンを出て廊下を進んだ。ロザリンが小さく鼻歌を歌いながら、持参したシーツやキルトでベッドメイクをしている。

「とっても寝心地がよさそう」

「そうでしょう」ロザリンが腰に手をあてて寝室を見まわした。「窓にカーテンかブラインドをかけたほうがいいわね。バスルームの窓にも」

「そう？」白で統一されたバスルームをのぞくと、あまり広くないが、洗面台とトイレの向こうに年代物の脚のついたバスタブがあった。バスタブは塗装のはげている箇所もあるものの、清潔そうだ。床はタイル張りだった。たしかにあの窓の位置からいって、シャワーを浴びたら外から丸見えだ。裸のミッチが。

下着姿のミッチを見たあとだけに裸体を想像するのは難しくなかった。彼はすばらしい肉体の持ち主だ。肩幅が広く、胸板が厚く、二の腕の筋肉も硬く盛りあがっている。腹部は真っ平らで、胸もとから続く体毛が矢印のように細くなってボクサーパンツのなかへ消えていた。

あんな格好を見たあとでふつうに話すのは至難の業だ。われを忘れなかった自分をほめてやりたい。

「どこか掃除をし忘れてる？」

ロザリンに声をかけられて、シャーロットはどきりとした。

「ううん、ぴかぴかよ」ふり返ってほほえむ。

「床にラグを敷いたほうがいいわね。忘れていたらまた言ってくれる？」

「わかった」

シャーロットたちが到着してしばらくして、ミッチがバスルームに歯を磨きに入ってきた。自分たちがいなければシャワーを浴びてひげを剃《そ》っただろう。

洗面台の横に洗面用具がきちんと並んでいる。ひびの入った鏡を新しいものに変えるなら、収納スペースのあるものがよさそうだ。

シャーロットは、バスタオルを腰に巻いただけの姿でひげを剃るミッチを想像した。香水は使うだろうか。改めて見まわしたけれど石鹸《せっけん》とシャンプーしかない。あとは歯磨き道具とシェイビングクリームに剃刀《かみそり》だけ。

おそらく必要最低限のもので満足する人なのだ。もともとそういう主義なのか、刑務所暮らしで身についた習慣なのかはわからない。

ミッチに会ってからというもの、シャーロットは彼のことばかり考えていた。

「ここまでしてくれなくてもいいのに」

背後でミッチの声がして、シャーロットは飛びあがりそうになった。

「この部屋では一度も眠ったことがないんだ」

卑猥《ひわい》な想像を見透かされたような気がしてシャーロットは赤くなったが、実際のところミッチはロザリンに向かって話していた。

「でもこうしておけば、ベッドで寝たくなったらいつでも寝られるでしょう」ロザリンが椅子の上のリネン類を手にとる。「ポーチの長椅子も寝られるようにしておくけど、よくあんな狭いところで平気ね」

おそらく長椅子でも寝ていないのだろうとシャーロットは思った。テントのことは誰も質問しようとしない。みんなそれとなく気を遣っているのだ。

ロザリンが鼻歌を歌いながら部屋を出ていく。

ミッチと寝室にふたりきりだ。

ロザリンはわかっていて出ていったのだろうか。恋のキューピッド役のつもりだったとしても驚かない。

ミッチとふたたび視線が合った。彼とは何度も目が合うが、そこに意味があると思いたかった。ミッチも自分を意識してくれていると。

「むさくるしい格好が似合ってるわね」

ミッチがきょとんとしたあと首をふり、声をあげて笑う。ダークブロンドの髪が跳ねているのはしょっちゅう手でかきあげるせいもあるが、何よりもシャワーを浴びる時間がなかったからだ。濃いひげのせいでいつもよりワイルドな雰囲気がある。そして金色がかった茶色の瞳ときたら！　目が合っただけで吸いこまれそうだった。

鎮まれ、わたしの心臓！

密室に閉じこめられたように息が苦しくなった。ロザリンみたいに気軽にミッチの横をすり抜けることもできない。たくましい体が入り口をふさいでいるし、さっきから心臓が狂ったように脈打っている。

すれちがうときに体がふれ合うことを想像しただけで、全身に電流が流れたような興奮が走った。ずっと眠っていた女としての本能が目覚めて、注目を集めようと飛び跳ねている。

シャーロットは思わず唇をなめた。

ミッチの視線が舌先に移り、鼻腔《びこう》がふくらんだ。

期待したのもつかの間、ふいにミッチが踵《きびす》を返し、廊下を遠ざかっていってしまった。ひと言もなしに。

シャーロットはこわばった表情で彼のうしろ姿を見つめた。ミッチがキッチンへ消える。勝手口から外に出るつもりなのだろう。

苦しくなるまで、自分が息を詰めていたことさえ気づかなかった。よろけるようにベッドの端に座る。

これからどうすればいいの？

男女の駆け引きに慣れていればどうするべきかわかるのだろうし、たった今、ミッチが無言で部屋を出ていった理由も見当がついたかもしれない。

しかし悲しいほど経験不足のシャーロットは途方に暮れるしかなかった。彼が自分に興味を持っているのはまちがいないと思う。だが、そんなことにたいした意味はないのかもしれない。自分がブローディーやジャックにとって妹同然の存在だから〝手を出してはいけない相手〟だと思われたのかもしれない。

そもそも最初から手を出すつもりなどなかったのかもしれない。ミッチは半分血のつながった兄たちに会って、新しい町に根をおろそうとしている。恋愛をして人間関係を複雑にしている場合ではないのかもしれない。

もしかすると自分はミッチを助けているつもりで、実際は足をひっぱっているのではないだろうか？　彼を怒らせたことも一度や二度ではすまないし、プライベートに踏みこむような質問もした。そんなつもりはなかったけれど、図々《ずうずう》しかったのでは？

これ以上、何もしないほうがいいような気がしてくる。ミッチと距離を置いたほうが安全だ。ロザリンに相談してみよう。

だからといって彼から逃げたり隠れたりするつもりはなかった。ロニーのようなガッツもマリーのような細やかさもないが、臆病者と呼ばれたくはない。

シャーロットは立ちあがってキッチンへ向かった。外からミッチたちの声がする。ブローディーと、もうひとり誰かの声がする。

まさかニューマン？

心配になってポーチへ飛びだすと、そこにいたのはグラントだった。胸をなでおろしたあとで、今日のグラントが制服ではなくポロシャツにジーンズ姿だということに気づいた。隣にロザリンがいて、話題はニューマンだ。

鼻をつっこむのはよそうと思ったばかりなのに、シャーロットは話が聞きたくてみんなのほうへ近づいた。

「あの男を見かけたんだ」グラントが言う。「ダイナーにいたから、この町で問題を起こしたらただじゃおかないと警告した。あの男は誤解だと言い、自分はミッチに用があるだけだと言った」

「ただじゃ会わせないぜ」ブローディーが指の関節をばきばき鳴らす。

「おれは構わない」ミッチはそう言ってブローディーを見た。「ひとりで会うなら望むところだ。なんなら今すぐダイナーへ行って――」

グラントが首をふった。「残念だが、無理だ。きみに連絡をとってみればいいと言ったら、仕事でしばらく町を離れると言っていた。ホテルもチェックアウトしたそうだ。ミッチの住所を教えてくれと言われたが、知らないと言っておいた。まあ知っていたとしても教えるつもりはなかったけれど」

ミッチが小さな声で悪態をつく。「つまり、また居場所がわからなくなったんだな。やっぱり昨日のうちに――」

「ミッチにどんな用があるか言っていなかったか?」ブローディーが遮る。

「言わなかった。ニューマンと話しているとき、隣にいた貧相な男が声をあげて笑っていた」

「たぶんリッチーだ。ニューマンはいつも手下を連れている。ひとりじゃ何もできない卑《ひ》怯者《きょうもの》だ」

「たいした戦力にならなそうな手下だったが？」

「平気で人の背中にナイフをつきたてるクズ野郎だ」ミッチが肩をいからせる。

グラントの表情が険しくなった。「あの場で逮捕できたらよかった」

ロザリンがグラントの腕に手を置いた。グラントの体に緊張が走る。

シャーロットは眉をあげたが、ブローディーやミッチは気づいていないようだった。

改めて見るとグラントはハンサムだ。ロザリンと同年代だろうか。黒っぽい髪はこめかみに白いものがまじっていて、瞳は抜けるようなブルー。角ばった顎のラインが野性的で、年齢を重ねても引き締まった体型をしている。ブローディーやジャックほど長身ではないものの、ロザリンよりはまちがいなく背が高い。

ふたりは……お似合いだ！

「警察に目をつけられていると思わせるだけで充分よ」ロザリンがふだんより何割増しかの笑顔を見せた。

「何かあったらすぐに電話してくれ」グラントはロザリンの手に自分の手を重ねたあと、みんなを見まわした。「すぐに駆けつけるから」

「ありがとう」ブローディーは礼を言ったが、おそらく通報するつもりはないだろう。警察があいだに入るとわずらわしいと思っている節がある。

ミッチは黙りこんだまま、どちらにも味方しようとしなかった。

ロザリンがグラントのほうへ体を寄せる。「いい考えがあるの」

「母さん」ブローディーがたしなめる。

ロザリンは構わず続けた。

「ブローディーが知人に頼んで見張ってもらっていたところ、ニューマンは毎日決まった時間に〈フレディーズ〉へ来ることがわかったの。みんなで待ち伏せして――」

「やめてくれ」ミッチが大きくうしろへさがった。「だめだ。そんなことはさせられない」

「悪くないと思うけどな」ブローディーが言う。

「ぜんぜんよくない」ミッチがしかめ面でみんなを見渡した。「おれは子どもじゃない。誰かに守ってもらう必要なんてないんだ。ニューマンのことを話したのは、あんたたち自身に危険が及ばないようにするためだ」

「でも、あなたに味方がいることを教えればニューマンだって軽々しく手を出せなくなるでしょう」シャーロットは言った。

「おれは知られたくない！　ひとりだと思われたほうがいい」

「でも――」ロザリンが口を開く。

「おれがあいつを見つけて、自分で話をしたい」ミッチはさらに一歩さがった。「ちゃんとケリをつけるから」

「おまえの能力を疑ってるわけじゃない」ブローディーが言った。「だが、あいつをこの町から追いだしたいのはおれたちも同じなんだ。シャーロットが言ったとおり、おまえがひとりじゃないことを見せつけなきゃいけない」

ミッチが首を横にふった。「問題を複雑にしないでくれ」

「一対一ならきみひとりでも大丈夫だろう」グラントが言った。「だが相手は手下を連れているし、平気で汚い手を使うやつなんだろう。みんなの力を借りたほうがいい」

「あいつが何か企《たくら》んでいるのはわかってる。そういうやつなんだ。町を出ると言いだしたのも裏があるにちがいない。だからこそおれたちの関係は――」

「知られないほうがいいの？」

ミッチににらまれて、シャーロットはひるんだ。締めだされたようで胸が痛むが、彼がみずからを犠牲にしてでも自分たちを守ろうとしていることはわかっていた。

ため息をついて両手をあげる。「あなたの気持ちはわかるけど、家族じゃない」

ミッチが悔しそうな顔をする。「くそっ！　ここへ来たのは、あんたたちを危険な目に遭わせるためじゃない。こんなことなら来るんじゃなかった」

グラントが有無を言わせない態度で一歩前に出た。「落ち着いて。レディの前で汚い言葉を使っちゃいけない」

ミッチが乾いた笑い声をあげた。「子ども扱いしないでくれ。おれはひとりでやれる」

そこで言葉を切ってシャーロットをにらむ。「どうしてみんなを連れてきた?」

シャーロットは言葉に詰まった。

「シャーロットを責めるな」ブローディーが冷静に言う。

ミッチが両手を上にあげた。

「たしかにおれを筆頭にうちの家族は押しつけがましい。遠慮ってものを知らないからイノシシみたいに突進してしまう。でもそれがおまえの家族なんだから慣れてもらうしかない。それから、おまえはひとりでやるのに慣れているんだろうが、うちの一員になった以上、これまでと同じようにはいかない。家族は常に一緒だ。この先ずっと。いいときも、悪いときもな。それがうっとうしいことだってあるだろう。だが家族っていうのはそういうものなんだ」

ミッチが目を見開き、ふたたび細めた。

ブローディーは胸の前で腕を組んだまま、瞬《まばた》きもしない。「こうなった以上、おまえの希望より優先すべきものがある」

ミッチが髪をかきあげて顔をそむけた。言い合う声に驚いたブルートがそばに戻ってきて、心配そうにミッチを見あげている。ハウラーも反対側で、ミッチの脚にべったりと寄りかかっていた。

ブローディーは構わず続けた。「おれもジャックも、弟がいると知ったからにはもう知らないふりはできない。おまえがどう思おうと、何をしようと、おれたちはおまえの心配をする。だったら一緒にいたほうがいい」

ミッチはいっそう体をこわばらせたが、片方の手でブルートを、もう一方の手でハウラーの頭をなでた。

ブローディーがシャーロットに向かって小さくほほえみ、ウィンクしてから、ミッチに向かって続けた。「シャーロットも母さんもとびきり心が広い。おまえはまだ日が浅いからわからないだろうが、ふたりは誰が来ても歓迎するんだ。みんな力になりたいんだよ」

「そのとおりだ」グラントが言った。「この町の人は困ったことがあるとロザリンのところへ行く。よく話を聞いてくれるからね」

「わたしのところへ来れば、もれなくシャーロットも手伝ってくれるしね」ロザリンが笑う。

ミッチは深く息を吸い、ゆっくりと吐いた。「みんなの気持ちには感謝してる。本当だ。でもおれなんかのためにそこまでする価値はない」視線を家に向ける。「あの家を直して、いずれはここで仕事も始めるつもりでいた。でも急いでないから、無理に――」

ブローディーが鼻を鳴らした。「おまえはおれの弟なんだぞ。こんなの手伝ううちにも入らない」

「あきらめないで。新しい場所で、新しい家族と生活を始めるチャンスじゃない」ロザリンの口もとが弧を描く。だがそれは〝笑み〟とは少しちがった。「言っておくけど、この先、何があろうとわたしはあなたの世話を焼くし、あなたが何をしようとわたしをとめることはできないわ」

グラントがロザリンに賞賛のまなざしを向ける。

「ちょっとみんな落ち着いて。そんな立て続けに言ったらミッチが困っちゃうでしょう」

シャーロットの言葉に、ミッチが礼を言うようにうなずいた。

だがシャーロットにも彼に訊《き》いておきたいことがあった。家をふり返って尋ねる。「それで、あなたはどんな仕事を始めるつもりだったの？」

ミッチが両眉をあげる。〝おまえもか〟と言いたげだ。

「何よ？　人には言えない仕事とか？　最初に仕事のことを持ちだしたのはあなたじゃないの」

ブローディーたちも返事を待っているので、ミッチは仕方がないというように口を開いた。「造園業だ」

ブローディーがふたたび鼻を鳴らした。「立派な仕事じゃないか。もったいぶって」

「口に出したらまたお節介を焼かれそうだったから」ミッチが言い返す。

ブローディーはにやりとした。「おれのお節介は壁塗りまでにしておくよ。ペンキだってておまえに買わせてやる」

「ペンキならもう買ってある」

シャーロットは一歩前に出た。「わたしたちに手を出されるのがそんなにいやなの?」そうだと言われたらどうしようかと不安だった。でも本気でいやがっているなら、みんなを説得するつもりでもあった。

とりあえず今日のところは引きさがろうと。

その前にミッチを懐柔にかかる。「ここまでひとりでやったんだもの。わたしたちにも少しくらい手伝わせてくれたっていいと思うけど」

「おれは手伝ってもらったぜ。自分の家を買ったときはな」ブローディーが言う。

ロザリンが敷地を見渡した。「この家のもとの持ち主も造園業をやっていたわよね?たしか庭に植える花を買ったことがあるわ」

話題が変わったことにほっとして、ミッチがうなずいた。「四年前にオーナーが亡くなったそうだ。母の家を売った金と、これまでの貯金を合わせたら手が届く額だった」そう言って納屋を指さす。「道具とか機械類もぜんぶ買いとったんだ。大型の機械は修理しないと使えないけど」ブローディーが口を開く前に釘を刺す。「修理の手伝いがほしいときはそう言うから」

ミッチがもう怒っていないので、シャーロットはうれしくなった。「ブローディーはプロの整備士並みに詳しいのよ。ジャックもね」

ミッチがあきらめたように笑う。

「ああ、楽しみだわ」シャーロットはそう言ったあとで、ミッチににらまれて居心地が悪くなった。みんなが自分を見ている。「ここはきっとすてきな場所になる」

ミッチがうなずく。「だといいんだが」そう言ったあとでつけくわえる。「手伝ってくれてありがとう」

「造園業ね。そういえば植物や砂利についていろいろ知っているみたいだけど、経験があるの？」

ミッチは敷地を見渡しながらうなずいた。「刑務所に入る前は、ガーデンデザイナーのところで働いていたんだ。木を植えたり、生け垣を整えたり、そういう仕事をしていた。去年もそういう仕事をしてた。刑務所を出てからここに来るまでのあいだってことだが。外で、体を動かして働くのが好きだし、植物の生長を見守るのも楽しいから……」それ以上、言葉が続かないようで、ブルートを見る。

ブルートもハウラーもうとうとしはじめている。

「ここが売りに出されたのも運命なのよ」ロザリンがささやく。

その言葉で、ミッチがここに定住すること、そして家族の一員になることが定まった気がして、シャーロットは胸が熱くなった。

これからもミッチがそばにいてくれる。もちろん自分の存在は彼の決定になんの影響も及ぼしていないだろうけれど。

「それで砂利の話を知っていたんだな」ブローディーが納得したようにうなずく。「シャーロットは低木を植えたいと言っていたから――」

「植えたいわ」すぐに言う。

「おまえに選んでもらおうかな」

「その前に、ホテルへ行ってくるよ」ミッチがブローディーからジャック、そしてロザリンへと視線を移す。シャーロットのほうは見ようともしない。「フロントに電話番号を伝えてくる。ニューマンと連絡をとって、問題を解決できるかどうか話してみる。ここで商売ができるかどうかは、その結果しだいだ」

「なるほど」ブローディーがうなずく。「だがあいつが卑怯な真似《まね》をしたら――その可能性が高いと思うが――おれの計画で行こう。いいな」

かなり迷ったあと、いかにもしぶしぶという様子でミッチがうなずいた。「わかった。でもあとで文句を言うなよ」

「言うもんか」

兄弟が歩み寄ったことがうれしくて、シャーロットはほほえんだ。

グラントがロザリンのほうを向く。「彼らはまだ話があるようだし、よければ送っていきますよ」

ロザリンが顔を赤らめる。「ありがとう。助かるわ」それから怖い顔をしてブローディーとミッチをふり返る。「ふたりとも、けんかはなしよ」それからシャーロットを軽く抱きしめた。「先に帰っているわね」

グラントが助手席のドアを開け、ロザリンの手をとって導く。ブローディーかジャックが同じことをしたら、女性を馬鹿にしているのかと小突かれたにちがいない。

ブローディーがようやく気づいて眉をあげ、小さくなる車を見送った。それからシャーロットとミッチをふり返り、半分口を開けて首をかしげる。「ひょっとして母さんにボーイフレンドができたのか？」

緊張から解放されたこともあって、シャーロットは笑いがとまらなくなった。ブローディーのぽかんとした表情を見てますますおかしくなる。笑いはミッチにも伝染した。ブルートとハウラーがわんわんと吠《ほ》えながら周囲を駆けまわる。それがまたブローディーの呆《ほう》けた表情をおもしろくしていた。

シャーロットとミッチはお互いに支えるようにしながらいつまでも笑いつづけた。

「おい、いい加減にしろ」ブローディーが命令する。

「だって……あなたの顔が……」笑いのあいだに説明しようとするがうまくいかない。

「よっぽどショックだったんだな」ミッチは目尻ににじんだ涙をぬぐった。

ブローディーもにやりとした。「ジャックにはおれから言うからな」

「サツに目をつけられるなんて最悪だ」

ニューマンは怒りを抑えて笑った。「おまわりににらまれるくらい、痛くもかゆくもないさ」

買収できるかどうかは目を見ればわかる。ダイナーで話しかけてきた警官は典型的な堅物タイプだった。だが、こんな田舎では犯罪といってもせいぜい駐車違反くらいしかないだろう。バッジをつけているからといって怖がることはない。

荷物はほとんどないのでホテルを出るのは簡単だった。逃げるわけではないが、警官に町を離れると言った以上、ホテルに留まりつづけるわけにもいかない。

「うるさいなら始末しちまえばいい」

「ここは都会じゃないんだぞ」ニューマンは窓の外を流れる景色を見ながら言った。「警官が消えたら大さわぎになる。どうせ町にひとりかふたりしかいないんだろう」

「もう少し多かったぜ」町に着いた当日に警察署を偵察したリーが言う。「まあ、こんなところだからそんなに何人も必要ないだろうが」

「ミッチのことも、おまわりの裏をかいてやるほうがおもしろい」ニューマンは言った。

「そうかもな」リッチーの声が明るくなる。「でも、どうやって?」

木々に囲まれた駐車場のいちばん端に車をとめて、リーが言った。「着いたぜ」

リッチーが困惑した表情で周囲を見渡す。「着いたってどこに？」

「いいから来い」ニューマンはあきれ声で言った。ここまで鈍くて、よく死なないものだと感心する。

ニューマンの声色から何かを察したのだろう。リッチーはそれ以上何も言わずあとをついて森へ分け入った。

木立のあいだに〈マスタング・トランスポート〉が見えてくる。

「ああ、なるほど！」リッチーがささやく。

事務所を囲むように砂利道が走っていて、そのまわりを低木の茂みが囲っていた。事務所に出入りする人影はない。

リーは午前中ずっとこのあたりをうろついてシャーロットを待ち伏せていた。シャーロットのあとをつけて家を特定するつもりだった。

ところがシャーロットは現れず、ニューマンはリーが見落としたのではないかと思いはじめていた。そのあとダイナーにいるところへあの警察官がやってきたのだった。

そういうわけでここへ戻ってきた。こうなったら持久戦だ。おれはぜったいに負けない。

それから一時間以上、むっとする暑さと虫の来襲に耐えて待った。ようやく青い車が坂道をのぼってくる。

シャーロットが車を降りて額に手をかざし、周囲を見渡した。彼女についてもっと詳しく調べようとしたのだが、田舎者は口が堅く、仲間意識も強い。おれたちはここだ。木の陰にいる。そっちからは見えなくても、おれにはあんたがよく見える。ニューマンは心のなかで話しかけた。

ふたたび事務所を訪れるつもりはないが、あの女には用がある。いろいろ考えてみて、ミッチの知り合いを捕まえたほうが本人をさがすよりも手っとり早いという結論に至った。ミッチはガキのころから、周囲と一線を置いていた。自分はこんなところにいるべき人間じゃないという顔をして。ラングとはつるんでいたが、あの男がいなかったらミッチの居場所は永遠にわからなかっただろう。

ラングはミッチに連絡をとっただろうか？　おれたちがラングをぶちのめしたことを、ミッチはすでに知っているのだろうか？

だとしたら愉快だ。ミッチはいつもラングの保護者みたいにふるまっていたのだから。

「ひとりだな」リーがめずらしく興奮した声で言う。

目的さえ果たしたら、あの女をリーにくれてやるのも悪くない。

しばらく見張っていると赤いマスタングが坂をのぼってきて、巨人のような男が降りてきた。ミッチと同じくらい背が高く、がっちりしている。男が周囲を見まわしたので三人はあわててしゃがんだ。

「おれたちを警戒しているんだろうか」リッチーがささやく。

「だとしても構わん」ニューマンは強がった。

シャーロットと男が並んで事務所へ入っていく。

「あの男だって二十四時間、女のそばにいるわけにもいかないだろう」

リーが薄ら笑いをする。「誰がついていようと、必ずあの女の家をつきとめてやる」

「無茶《むちゃ》するなよ」ニューマンは警告した。「あの女には大事な使い道があるんだから」

おれのやり方は誰よりもミッチがよく知っているはずだ。今にミッチは金を差しだし、お願いだから町を出ていってくれと懇願することになるだろう。

12

なんの動きもないまま一週間が過ぎた。ホテルの受付によれば、ニューマンたちはグラントがダイナーで声をかけたその日にチェックアウトしたという。どこへ行ったのかはわからない。ただミッチは、近くに潜伏しているはずだと思っていた。問題はどこで寝泊まりしているかだ。

ミッチはふたつの世界のはざまに立っていた。一方の世界は可能性に満ちていて、名誉や道徳が重んじられる。だがもう一方を支配するのは闇で、苦痛に満ちた醜い過去のしがらみから抜けだせない。

自分は明るい世界に留《とど》まれるのだろうかと思いながら棚を運ぶ。納屋のなかは蒸し風呂のように暑く、作業をしていると首筋に汗が流れた。

ブローディーとジャックのおかげで家のペンキ塗りは終わり、造園用の重機も修理できた。レッドオークでの新たな生活基盤が整いつつある。

家族の助けを借りることに対する抵抗もだんだん薄れてきた。ブローディーたちもあれやこれやと頼みごとをしてくるからだ。事務所の周囲に低木を植え、ブローディーたちが仕事で留守のときはロザリンに頼まれてシェルターに迷子の猫を届けた。

さらにシャーロットが二度と事務所でひとりきりにならないよう、交替でエスコートしている。

家族の一員として頼ったり頼られたりするうち、同情されているのではなく、対等のパートナーとして扱われていることがわかってきた。

正確にはパートナーではなく、本物の兄弟として。

ようやく手に入れた人間らしい生活をニューマンに台なしにされるつもりはない。しかしどこかで時限爆弾がカウントダウンをしているような危機感はぬぐえなかった。

ため息をついて納屋の壁に工具用の棚を固定する。これで明日は工具類の整理ができる。ブローディーたちは出張なので、今日は久しぶりにひとりだ。

この隙に頭のなかを整理しなければ。

手伝ってもらうのはありがたいが、そもそも肉体労働は苦にならない。シャツが汗で背中にはりつき、肩の筋肉が張る感覚が好きなのだ。余計なことを考えずにすむ。

唯一、シャーロットに会えないことがつらかった。彼女がいれば、先のことを考えて暗い気分になってもうまく気を紛らわせることができる。そばにいるだけで幸せな気分になる。

ブローディーたちとの約束も、そう長くは守れないだろう。

だんだん納屋のなかが暗くなって作業がしづらくなってきた。早く電気を引かないといけないが、当面は電池式のランタンで我慢するしかない。どちらにしてもそろそろ仕事を切りあげる時間だ。

ブルートが草花の種が入った袋に顎をのせて昼寝をしている。あとで土がむきだしのところにまくつもりで買った種だ。

ブローディーたちに何か頼まれたときは必ずブルートを連れていくので、ブルートもすっかりクルーズ家の一員になっていた。ブルートの楽しそうな様子を思い出すだけで自然と口角があがる。

クルーズ一家を知るまで、仲よし家族なんてテレビのなかにしか存在しないと思っていた。レッドオークへ来たときも、ふたりの兄にあいさつできれば充分だと割り切っていたのだ。もちろん、ときどき会って話せれば言うことはないが、その程度の期待しかしていなかった。

まさかここまで深いつきあいをしてくれるとは。すばらしすぎて現実とは思えない。

悲惨な子ども時代を送ったせいで、いつの間にかうまい話を警戒する癖がついていた。しかし今はちがう。半分血のつながった兄たちが、これまで知り合ったなかで最高の男たちだとわかったからだ。ブローディーとジャックは望みうるかぎり最高の兄貴だ。お節介なところはあるものの、あくまで相手のためによかれと思ってやっている。おどけたことを言って場を和ませてくれるし、誰に対しても公平だ。

そんなふたりを家族と呼べることが誇らしかったし、ふたりが自分に対して同じ思いでいてくれるとわかって感激した。

そしてシャーロット。彼女を見るたびに生きている喜びを感じる。最初は血を分けた兄弟に会いたいというだけだったのに、今は自分の家と呼べる場所がほしいし、自分の家族をつくりたいと思っている。

シャーロットを妻にしたい。

いつだって彼女のことを考えている。

性的に惹《ひ》かれているのはもちろんだが、それ以上に彼女の心がほしかった。女性に対してこれほど強い気持ちを抱くのは初めてだ。

シャーロットもブローディーたちに負けず劣らずお節介で、ふつうの人なら遠慮するところに平気で踏みこんでくる。好奇心のままに質問を繰りだす。おれがブローディーたちと何かをするたびにうれしそうな顔をして……。

他人の幸せを自分のことのように喜べるのだ。

そんな人は初めてだった。

いつもなら気になった女性がいれば積極的にアプローチするミッチだが、今回ばかりはそうはいかなかった。

ブローディーたちとの約束を無視するわけにはいかない。

あとどのくらい待てばいいのだろう。あとどのくらい我慢できるだろうか。

シャーロットは家を訪ねてくるとき、必ず食べ物を差し入れしてくれる。広い敷地のあちらこちらで即席のピクニックを何度もやった。ふたりで食べるときもあれば、ブローディーやジャックが一緒のときも、ロザリンがまざることもあった。

そのうちジャックがピクニックテーブルを持ってきてくれた。

ロザリンはポーチに置くロッキングチェアをプレゼントしてくれた。

うれしいサプライズはつきることがない。

作業のあと片づけをしてブルートを呼ぶ。ブルートは低い声をあげ、ぐんと四肢をのばしてからやってきた。そろって納屋を出てドアに鍵をかける。

今日という日と別れを惜しむように、地平線が赤く染まっている。昼にくらべて気温がさがったとはいえ、夜も蒸し暑かった。

携帯が鳴ったとき、とっさにニューマンではないかと緊張した。ニューマンが現れるまで目に見えない脅威と闘う日々は続く。このまま終わるはずがないからだ。

ミッチはランタンをポーチに置いてブルートを網戸のなかに入れ、ポケットの携帯を出した。

ジャックだ。

ニューマンでなかったとがっかりしたらバチがあたる。家族から電話があるなんて、以前の自分には考えられないことだ。

階段に座って通話ボタンを押しながら、ミッチの口もとはゆるんでいた。「もしもし、ジャック？」

「今、忙しいか？」

また頼みごとだろうか？　いいさ、家族のための時間ならいつでもある。

「作業が終わってシャワーを浴びようとしていたところだ。どうかしたのか？」

「バーに見慣れない男がやってきて、ぼくらのことを訊《き》きまわっているらしい」

ミッチの頭のなかがふたたびニューマンのことでいっぱいになった。「いつの話だ？」

「せいぜい十分ほど前だ。シャワーを浴びてからでいいからバーへ来い。ぼくも行くから」

ミッチは立ちあがって家に入った。「シャワーなんてあとでも――」

「焦る必要はない」

ミッチは足をとめた。「どうしてわかる」

「〈フレディーズ〉に新しく雇われた男に金をやって、情報を流してもらっているんだ」

「そういうことはおれに言ってくれたらよかったのに」ミッチはタオルをとってバスルー

ムに入り、ジーンズのボタンに手をかけた。「で、問題の男が長居をすることがどうしてわかる？」

「ナンパするのに忙しそうだっていうからさ。給仕係の女の子に目をつけたらしくて食事の注文もしたそうだ」

ニューマンだとしたらその女性のことが心配だ。「汗を流したらすぐに行く。それとジャック」

「なんだ？」

「ありがとう」

ミッチは記録的な速さでシャワーを浴び、手早く体を拭いてボクサーパンツをはいた。まだ湿った肌にTシャツをはおり、引き出しからジーンズをひっぱりだす。電話を切って十分後には出かける準備が整った。

財布と鍵と携帯を持って廊下に出たところで、首をかしげてこちらを見あげているブルートと出くわした。

「おまえは連れていけないんだ。すまん」

ブルートが耳をぺたりと頭につけて鼻を鳴らす。

「そんな悲しい声を出すなよ」片膝をついてブルートを抱きしめる。「ときどき留守番してもらわなきゃならないが、すぐに帰ってくるから」

純粋な瞳に理解の色が浮かんだように思えてほっとする。

「おやつを食べるか？」

ブルートの耳がぴんと立った。

「食べたいんだな。ほら、おいで」太ももをたたいて合図しながらキッチンへ向かう。ビーフ味の硬いおやつなら三十分以上はかじって楽しめるだろう。食べ終わるころには寂しさも薄れているかもしれない。

「さあ、食べな」

お座りをして、しっぽで床を掃くようにしながら、ブルートがおやつを受けとった。

「いい子だ」

骨型のおやつを前肢《まえあし》で押さえてかじるブルートを残して、ミッチは家を出て鍵をかけた。

今度こそニューマンを捕まえるのだと決意して車に急ぐ。

運転中に頭のなかを整理しようとした。ニューマンに怒りをぶつけても仕方がない。もっと冷静に向き合わないとだめだ。

バーの横の通りに入って車をとめたとき、ロザリンとシャーロットが車を降りるのを目撃した。必死でかき集めた冷静さが吹き飛ぶ。

ジャックはいったいどこにいるんだ？

「ちょうどよかったわ」ロザリンがほほえむ。「待ってたのよ」

なんと言えばいいかわからないまま、笑顔のロザリンとさぐるような目をしたシャーロットを見くらべる。「どうしてここに?」

ロザリンがミッチの腕に手をまわした。「あなたのために来たのよ、もちろん」

ロザリンに腕をひっぱられたミッチは足を踏んばった。体重差があるので造作もないことだ。ロザリンをたきつけた犯人に目を向ける。「きみが連れてきたんだろう」

口を開きかけたシャーロットをロザリンが遮った。「シャーロットが拒否したら、ひとりでも運転してきたわ」

どうやらシャーロットだけが悪いわけでもなさそうだ。それにしてもこんな危険なところに出てくるなんて軽率すぎる。

「ジャックが許可したんですか?」

「許可なんて必要ない」ロザリンがミッチの腕から手を離し、丸みを帯びた腰に手をあてる。「覚えておいて。わたしは誰の指示も受けません。それが息子ならなおさらよ」

ミッチは息をのんだ。いつもの明るくてやさしいロザリンとは大ちがいだ。そもそもミッチには親から叱られた記憶がなかった。母親は常に薬で朦朧《もうろう》としていて、何を訊いても薄ら笑いを浮かべるくらいしか反応がなかった。叱るほど子どものことを気にかけてはいなかったのだ。

怒ったロザリンを見るのは初めてだが、生々しい感情をぶつけられて喜んでいる自分もいた。本音で接するべき相手だと思ってくれている証拠だ。

「おれが言いたいのは――」

「わたしの話はまだ終わってないわ」ロザリンがミッチの腕に手をかけてぎゅっとつかんだ。「何があってもあなたをひとりにはしないから」

そのままロザリンがミッチをひっぱって三歩進む。

ミッチはふたたび足を踏んばった。「ジャックはどこに？」

「いるよ」背後から声がした。「ブローディーもね」

視線をあげると、通りを渡ってくるブローディーの姿が見えた。

一家勢ぞろいだ。

「まさか嫁まで連れてきてないだろうな？」

ジャックが申し訳なさそうな顔で、ドラッグストアの駐車場にとめられた黄色いマスタングをふり返る。「ロニーは車のなかだ」

車のある一角が外灯で明るく照らされているのがせめてもの救いだった。

「ニューマンが逃げようとしたときのために裏口を見張ってくれと説得したんだ」

「本当に裏口から逃げたらどうするんだ？」ブローディーがおもしろそうに尋ねる。

「ぼくに電話する約束なんだ。ひとりでやっつけようとしないことを祈るしかない」

それを訊いたロザリンが不安そうに眉根を寄せ、ミッチの腕をさらにきつくつかんだ。

「マリーはハウラーとバスターとピーナッツを見ているよ」ブローディーは首を左右に倒し、肩をまわした。「説得に二十分はかかったけどな」

「そろそろ行きましょうよ」シャーロットが胸の前で両手を組む。

「そうね」ロザリンが歩きはじめる。

仲よし家族がそろってバーへ繰りだす構図に、ミッチは途方に暮れた。どうしてロザリンやシャーロットが来るんだ？　ふたりに話す必要はなかったはずだ。いや、話したのではなく聞こえたのかもしれない。

この家族に秘密はないのか？

角を曲がって入り口へ近づく。そのとき〈フレディーズ〉のドアが開き、音楽や笑い声がもれてきた。長身で肩幅の広い男の影が入り口をふさいでいる。ミッチたちがいるのと反対側を見てから、男が通りにおりた。背後でドアが閉まり、男がこちらを向く。ミッチの口がぽかんと開いた。

そんなはずはない。そんなはずは……。

だが現実だ。

「あなた……」ロザリンの口から声がもれ、その顔がみるみる赤黒くなった。「よくものこのこと！」

ロザリンがミッチを突きとばすようにして男のほうへ突進する。

元夫のほうへ。

ブローディーとジャック、そしてミッチの父親めがけて。

そこにいたのはエリオット・クルーズだった。

あまりのショックに、シャーロットは言葉を失った。よりによってこんなときにエリオットが現れるとは。だがこれは現実だ。

エリオットは相変わらず背が高くてハンサムだったが、一方のロザリンは今にも殴りかかりそうな顔をしている。

ジャックが小さく悪態をつきながら母親に駆け寄った。ブローディーが大きなため息をついてあとに従う。

ミッチは……何を考えているのかよくわからなかった。彫像のように身を硬くしている。その顔からはどんな表情もうかがうことができない。眉間にしわが寄っているわけでもなければ、喜びに目を輝かせているわけでもない。

だが、父との再会に複雑な思いを抱くのは当然かもしれない。ミッチは過酷な子ども時代を送った。元凶はニューマンだが、エリオットはミッチを見捨てたのだ。

ミッチの支えになりたくてさりげなく距離を詰め、偶然を装って腕に軽く手をふれる。

「大丈夫？」

ミッチはこちらを見なかったが小さくうなずいた。

エリオットに殴りかかろうとしたロザリンを、ブローディーとジャックがぎりぎりでとめる。ロザリンがふりあげた手は平手ではなく拳になっていた。

ぎりぎりで殴られずにすんだエリオットが手をのばした。「ロザリン、ハニー、いったいどうしたんだ」

ロザリンが全力で息子たちの手をふりほどこうとした。怒りのあまり声が出ないようだが、殺意のこもったまなざしだけでエリオットをあとずさらせる。

ジャックが冷たい声で尋ねた。「そういうあなたはここで何をしている？」

「ちょっと近くまで来たものだから」エリオットの視線がみんなのあいだを泳いでミッチにとまる。そのまま三秒見つめてから、ゆっくり瞬《まばた》きをして、長いため息をついた。「ミッチか！　大きくなったな」

シャーロットはいっそうミッチに近づいた。手の甲がぶつかる。

ミッチが大きくて熱い手をシャーロットの腰にあて、一緒に前に進みでた。

「エリオット」たいした熱のこもらない声で言う。投げやりではなかったが、感激しているわけでもない。

シャーロットはミッチが自分にふれてくれたことがうれしかった。無意識の行動かもしれないが、それでもいい。鋼のような腕やてのひらから伝わってくる熱に神経が集中する。

「元気そうだな」エリオットが控えめな誇らしさを声ににじませる。「強くて立派な男になった」

「あなたに似ていると言われる」

エリオットがにっこりする。「そっくりだ」

ロザリンが息子たちの手を払ってバッグを肩にかけ直し、ポニーテールからこぼれた長い髪をなでつけた。さっきと同じ怒りをたたえて、一度は結婚するほど愛していた男を見あげる。すばらしい息子たちを授けてくれた男を。ロザリンがそんなふうに言うのをシャーロットは聞いたことがあった。欠点はあるけれど、離婚したからといって息子たちの父親であることは変わらないと。

これまでロザリンはエリオットの無責任な行動を責めることなく、寛大に接してきた。しかし今日はちがうようだ。

「エリオット・クルーズ、あなたみたいに身勝手で無責任な人間は見たことがないわ」

エリオットが困惑しきってロザリンを見る。五十八になるのに、エリオットは今でも男性として魅力的だし、堂々としていた。肩の筋肉も硬く盛りあがっている。金色がかった茶色の髪が無造作に乱れているのがかえってセクシーに見える。

生涯根なし草なのだろうが、ロザリンのことを本気で愛しているのは見ればわかった。エリオットが変われるとすれば、それはロザリンのためにちがいない。

「ミッチのことで怒っているのか？」

あまりの質問に、シャーロットも唖然《あぜん》とした。この人は、自分がどういう状況に置かれているのかまったくわかっていないのだろうか。

ロザリンがエリオットの肩を拳で殴った。

エリオットが顔をしかめたのは痛かったからというよりも驚いたからだろう。ロザリンが唇を噛《か》み、手をふる。

「痛めたのか？」エリオットがまたしても場ちがいな質問をする。

ロザリンはエリオットをにらみつけた。「あなたはわたしを傷つけた。わたしたちみんなを傷つけたのよ！」殴った手をミッチのほうへつきだす。「どうしてそんなことができたの？」

ミッチが両手をあげてのけぞる。「なんのことだ？」

ブローディーが両親のあいだに割って入った。「本当にわからないのか？　母さんが怒るのは当然だ。みんな怒ってるんだ」

父親のこととなるといつもの冷静さを失うジャックが口を開いた。「あなたに何も期待していないぼくでも驚きましたよ。そこまで堕《お》ちたとはね」

エリオットが心外だと言いたげにミッチを見る。「おまえのことだな？　おまえのことでみんな怒っているんだな？」

ミッチはあいまいに肩をすくめた。「たぶんそうだ。すまない。おれがここへ来たのは――」

みんながいっせいにしゃべりだす。

シャーロットもミッチのシャツをつかんで彼の注意を引いた。「あなたは何も悪くないんだから謝らないで」

ミッチが、金色の入った茶色の瞳でシャーロットを見おろす。どこかおもしろがっているような表情だ。大きくてあたたかな手がその手を包んだ。「おれは悪くないのか?」

「当たり前だ」ブローディーが言う。

「この件に関しては一ミリも悪くない」ジャックもきっぱりと言った。

ふたりの言葉が聞こえなかったかのようにミッチはシャーロットだけを見つめていた。

「そんなこと、とっくにわかってると思っていたのに」どぎまぎしながら言う。

ミッチは小さくうなずいた。「ただあの人が現れて、少し状況が変わったから」

「みんなの言うとおりだ」

エリオットの声に、ミッチの視線があがった。

「おまえはここにいるべきだ。正直、おれはほっとした。おまえをさがして前の住所に行ってみたら、家がきれいさっぱりなくなって、更地に重機が置いてあった。あれでおまえが行き場を失ったんじゃないかと心配していたんだ」

「あなたがそこに息子を置き去りにしたんじゃない。ほかに頼る人もいなかったのに」ロザリンの怒りが再燃する。

エリオットは首をふった。「おれは――」

「身勝手にもほどがあるわ」ロザリンがそっぽを向いた。

「ロザリン、ハニー」エリオットが彼女の腕をつかむ。

ロザリンがその手をふり払った。

「誤解だよ。置き去りになんてしてない」

その言葉にミッチは両眉をあげた。何か言いかけて、思い直したように口を閉じる。

シャーロットは許せないと思った。ミッチにちゃんと謝ってほしい。ブローディーもジャックも父親に対する不満を遠慮なくぶつけるのだから、ミッチだってそうするべきなのだ。

エリオットが周囲の期待を裏切ったのは今に始まったことではないとはいえ、息子を置き去りにするなど、クルーズ家の道徳観ではありえないことだ。

「おれはたびたびへまをする。そこは認める」エリオットがいらだったように言う。

みんなの目つきが厳しくなった。ミッチだけは感情を押し殺していた。精神的にも物理的にも周囲から距離を置こうとしていた。

シャーロットはミッチのほうへ体を寄せた。ミッチがそうしたいならみんなと距離を置いてもいいが、自分だけは押しのけないでほしかった。

背中にまわされたミッチの腕に力がこもる。そばにいることを許されたのだ。

「おれを憎むのは仕方ない。これまでやさしくしてもらっていたことのほうが驚きだった」

「この先はそうはいかないわね」

ロザリンの言葉にエリオットが唇を引き結んだ。「おまえはおれという人間を誰よりも知っているはずだ。おれが好んでミッチを置き去りにしたと思うのか?」

「ぼくらのことは躊躇《ちゅうちょ》なく置き去りにしたじゃないか」ジャックが淡々と言う。

「彼女がいたからだ」エリオットがロザリンを示した。「ちゃんと世話をしてもらえるのがわかっていた」

「あんたが言うことじゃないだろう」ブローディーが指摘する。

「わかってる。おれは最低の父親だ。でもミッチのときは……」エリオットが口もとに手をやる。「ニューマンが、これ以上うろついたらミッチと母親を痛い目に遭わせると脅迫したんだ。それがいやなら二度と顔を出すなと」

「結局は置き去りにしたんじゃない」ロザリンが言う。

「ちがう」エリオットはみんなの顔を見まわした。「ぜんぜんちがうんだ、くそっ」

「女性の前なんだから言葉に気をつけろ」ジャックとブローディーが同時に言う。

ミッチはクルーズ家の面々を見まわしてやれやれと首をふった。

ミッチが小さく笑うのを見て、彼にもようやく味方になってくれる家族を持ったという実感が湧いたのかもしれないとシャーロットは思った。無条件で自分の味方をしてくれる人ができることの意味を理解したのかもしれない。そうだとしたらこれ以上の喜びはない。

ミッチは笑みを浮かべたまま、シャーロットの腰にあてた手をゆっくりと動かしはじめた。大きな手が愛撫《あいぶ》するように円を描く。無意識なのかもしれないがすてきな感触だ。自分にふれることで彼の心が落ち着くならうれしいと思った。もっとふれたいと思ってほしかった。

「仕方ないさ」ミッチがぽつりと言った。「ニューマンは誰でも脅迫するし、言ったことは本当にやる。去勢するって脅されたんだろう?」

エリオットが目を見開く。「聞いていたのか」

ミッチは肩をすくめた。「だから会いに来なくなった」

「わかってくれ」エリオットがミッチのほうへ歩きだした。ブローディーとジャックがあいだに入る。エリオットは顔をしかめた。「ニューマンはおれのことが気に食わなかった。実際にそう言ってた。おれは何を言われてもいいが、おまえとヴェルマが痛い思いをするとなると話は別だ。たとえ警察に通報しても、仲間に仕返しをさせると言っていた」

ミッチはエリオットを見つめた。「あいつの仲間は似たり寄ったりの最低野郎ばっかりだからな」

　エリオットは視線をそらしたあと、ふたたびミッチを見た。「ヴェルマに、どこか安全なところへ逃げたらどうかと提案したんだ。だが彼女は行きたがらなかった。ニューマンのことを愛しているし、彼が必要なんだと繰り返すばかりだった。ニューマンの脅しを伝えても……」エリオットの声が小さくなる。「変わらなかった」

　シャーロットが感じた絶望は、ロザリンやブローディー、そしてジャックの目にも現れていた。

　当のミッチは気丈に言った。「あの人は麻薬中毒だったから」

　それですべて説明がつくとでもいうように。母親に愛し、守ってもらえなかった悲しみを、ミッチが隠そうとしているのは明らかだった。

「クスリをくれるニューマンは、母にとってこの世でいちばん大事な存在だった」

　つらい現実を、ミッチはずっと前に受け入れたのだろう。それでも彼の悲しみを感じないわけにはいかない。シャーロットは涙をこらえて目を瞬《しばたた》いた。

　エリオットがそっと言う。「そうだな。おれはどうすればそんな現実を変えられるのかわからなかった。だからあいつに近寄らないようにした。それでこっそり様子を見に行くようになった」

　ミッチが眉をひそめた。「あいつはあなたが逃げたって……」

「去勢されたくなくて？　あいつの脅しなんて怖くなかったし、あいつもそれをわかっていたからおまえやヴェルマに矛先を変えたんだ」

エリオットが一歩前に出る。ブローディーとジャックが道を空けた。

「おまえのことが心配だった。ヴェルマに連絡して、年に何度か金も送った。おまえは立派にやってると聞いたが、ヴェルマの言うことなんて信じられない。ニューマンの脅し文句を使って自分たちに近づくなと念を押していたし」

「会いに来たとか、金をくれたとか、母さんはひと言も言ってなかった」

「くそっ」エリオットは目をつぶった。「嘘じゃない。本当に――」

「信じるよ」

シャーロットは遠慮がちに尋ねた。「ミッチが刑務所に入れられた話は聞いた？」

エリオットがはっと顔をあげる。大きく息を吸って首をふる。「聞いてない。ぜんぜん」

エリオットとミッチは黙って見つめ合った。驚きと後悔と悲しみがふたりのあいだを行き交った。

「ニューマンの取り引きに巻きこまれたんだろう？」エリオットが歯ぎしりをする。「生死にかかわるようなことを言われたんじゃないのか？」

「ああ。実際、母さんにとっては死活問題だったから」

エリオットの視線を感じて、シャーロットはミッチから聞いたことをそのまま話した。

「ヴェルマはそんなこと、ひと言も言っていなかった。それどころかここ一年は電話にも出なくて――」

「死んだんだ」ミッチが遮る。そして表情を変えずにつけたした。「麻薬の過剰摂取で」

「なんてことだ」エリオットはミッチのほうへ向かいかけたが、彫像のように硬い息子の表情を見て、動きをとめた。

この親子は一度でもハグをしたことがあるのだろうか？　本人たちの希望はさておき、エリオットがブローディーとジャックを抱きしめるのは何度も見た。心の広いロザリンが、父親なのだから好きに甘えればいいと言いつづけたおかげだ。欠点は多いけれどエリオットはエリオットなりに息子たちを愛しているのだといつも言っていた。

一方のミッチにはロザリンがいなかった。

守ってくれる母親はいなかったのだ。

「知らなかったこととはいえすまなかった」エリオットが絞りだすように言う。

「母さんは――」

「わかってる。欠点もあったが必死で生きた」

ミッチがうなずく。

エリオットはロザリンのほうを顎で示した。「おれがほめられた親じゃないことは彼女がよく知ってる。でもヴェルマにその気があったら、新しいスタートを応援するつもりだった」

　ミッチは父親の顔をさぐり見たあと、うなずいた。肩や首のラインがゆるむ。「おれもやってみたけど……だめだった。ニューマンが何をしても、母さんはあいつから離れようとしなかった」

「執着と愛情をとりちがえていたんだな」

　ミッチがうなずく。

　ロザリンが怒りのにじむ声で言う。「あなたはそれを知っていた。ニューマンがどういう男かわかっていたし、ミッチの母親が麻薬から抜けだせないことも承知だった。それなのにミッチから離れた。ニューマンが彼の人生を台なしにするのを許した」

「ロザリン」ミッチは静かだが、強い決意のにじむ声で言った。「それはちがう。だいいちおれだってあの家を出た」

「おまえは未成年だったじゃないか。家を出て、どこへ行った？」

「あちこち」ミッチが顎をつきだす。「そんなことは重要じゃない」

〝あちこち〟というのはおそらく路上で生活していたということだろう。ミッチは隠したいのだろうが、家族としては無視できない。

「あの野郎！　やっぱり殺しておけばよかった」エリオットが歯を食いしばる。

「そのとおりね」ロザリンがぴしゃりと言った。「今からでも遅くないわよ。この町に出没しているから」

エリオットがまさかというようにロザリンを見る。ロザリンがうなずくとゆっくりと笑った。「あいつをぶちのめしたら最高にすっきりするだろうな」

ミッチが短く笑う。「その傲慢なまでの自信は――」そう言ってブローディーとジャックを見る。「さすが親子だ」

「あなただって同じでしょう」ロザリンが指摘する。

ジャックがにやりとした。「エリオットに似たのがそこだけでよかったよ」

「車好きなのもおれに似たんだろう。ロザリンのはずがない」エリオットが得意そうに言う。

車のドアがばたんと閉まり、誰かの声が響いた。

エリオットがうしろをふり返る。

そういえばここは歩道で、町の人も通る。しかも今はバーがもっとも繁盛する時間だ。通りの向こうに若い男女が歩いているし、表で煙草《たばこ》を吸っている男たちもいる。ちょうど車に乗りこもうとしている母親と子どもたちもいた。

レッドオークは小さな町だ。バーの外でもめていたら、翌日の朝食の話題を独占してしまう。

「とんだ見世物になるところだ」エリオットがぶつぶつ不満を言う。

「誰のせいだと思っているの」ロザリンがたしなめる。『わたしたちはまっとうな商売をやって人の役に立っているんだから、邪魔しないでちょうだいね」

「おれにどうしろっていうんだ」エリオットがぼやく。

その質問を待っていたように、ロザリンがつま先立ちになってエリオットの顔面に向かって言った。「最初っから、この子をわたしのところへ連れてくるべきだったのよ！」

13

ミッチは耳を疑った。だがブローディーとジャックは当然のようにうなずいている。腕にまわされたシャーロットの手に力がこもるのがわかった。ミッチにとってロザリンの発言は突拍子もないものに思えたが、自分以外は誰も驚いていないようだ。あまりのことに笑いがもれた。

シャーロットがわかっているというようにこちらを見あげる。彼女が隣にいてくれたからどうにか自分を保つことができた。ブローディーたちにどう思われようと、彼女と離れたくない。

ロザリンが続きを言う前に、ミッチは口を開いた。「なんて言ったらいいか……」子どものころでさえ自分のために怒ってくれる人などいなかったし、自分の代わりに権利を主張してくれる人もいなかった。ところがクルース家の面々ときたら、こちらが癇《かん》癪《しゃく》を起こしても距離を置こうとしても、あきらめる気配がない。

「そんなふうに言ってくれてうれしいし、感謝してる」

「あなたをうれしがらせるために言ったわけじゃないわ」ロザリンがふたたびエリオットをにらんだ。「心からそうするべきだったと思っているし、そうしなかったこの人に怒っているのよ」

「でもそんなの無理だ」ミッチは笑い話にしようとした。「〝ハニー、愛人の子を連れてきたから面倒をみてやってくれ〟なんて言えるわけがない」

「それは母さんを知らないからだ」

「ロザリンを知らないからよ」

ブローディー、ジャック、シャーロットが声をそろえる。

たしかにそうだ。ロザリン・クルーズのような人には会ったことがない。

「おれは……エリオットを憎んじゃいない。だからみんなもおれのことで彼を責めないでくれ。もう終わったことだ」こういう状況に慣れていないので、うまく言葉が出てこなかった。

しぶしぶといった様子でロザリンがうなずく。おそらくあとでエリオットを捕まえて説教するつもりだろう。離婚したとはいえ、夫婦の関係は当事者にしかわからないものだ。

「そういえば、さっきバーから出てきただろう？　なかにニューマンはいなかったか？」

ミッチはエリオットに尋ねた。

「残念だがいなかった」エリオットが目を細める。「どこで寝泊まりしているかわからないのか?」

ミッチは首をふった。「近くに身をひそめているのはまちがいないと思う。クルーズ家のことを訊《き》きまわっている客がいると聞いてきたんだが、あなただったんだな」

エリオットがへこんだ顔をした。「また、おまえたちをがっかりさせたってことか」

誰も笑わない。

「本当にすまなかったと思っているんだ。おれにできることはないか」エリオットがみんなの顔を見まわす。

「もうこれ以上問題を起こさないで」ロザリンが言う。

「わかった」エリオットはジーンズのポケットに手をつっこみ、踵《かかと》に体重をかけた。「じゃあ、おれは行くよ」

沈黙が重かった。誰もエリオットに泊まっていけとは言わない。ミッチも言いだせなかった。すべてが悪いほうへ向かっているような気がする。迷惑をかけたくなかったのに、自分がこの町に来たせいで問題ばかり起こる。

申し訳なく思う一方で、どんなときも味方をしてくれる家族ができたのだという事実がじわじわと心に染みこんできた。言葉では何度も言ってもらったが、あれは本心だったのだ。

みんなが自分をかばってくれたことが、恥ずかしいようなうれしいような、妙な気分だった。こういう扱いに慣れるには時間がかかるだろう。それでも味方になってくれる人がいると思うと勇気が湧く。ひとりで生きていけると思っていたのに、心のどこかで励ましや慰めを必要としていたようだ。

ミッチは子どものころから自分の力を信じてきた。どんなときもひとりで切り抜けてきた。自分を信じる気持ちは少しも変わらないが、いつでも家族が支えてくれると思うと心強い。

「ところで――」エリオットが、シャーロットの背中にまわされたミッチの手を意味ありげに示す。「ふたりはそういうことになっているのか?」

みんなの視線がミッチとシャーロットに注がれる。怒っているのではなく、単純に好奇心にかられているようだ。

そうなんだ、とミッチは心のなかで返事をした。もう我慢したくない。

シャーロットの優美な背中がこわばるのがわかったが、ミッチは腰にあてた手を離さなかった。

見たいなら見ればいい。腰の手をさりげなく肩に移動させる。「まあね」

ミッチはそう言ってブローディーとジャックを見た。約束を破るつもりはなかった。ふたりに認められるまでシャーロットに手を出さないつもりでいた。しかしニューマンが現れ、続いて十年も会っていなかった父親が登場して、状況が変わった。

ロザリンが目をきらきらさせてミッチにほほえみかける。

祝福しているのだろうか？

こういう場合、ふつうの親がどんな反応を示すのかよくわからなかったし、そもそもロザリンはふつうではない。

ジャックが咳払《せきばら》いをして半分血のつながった弟と、血のつながりはないが妹のように思っている女性から目をそらした。

気まずい沈黙が落ちる。

ジャックのなかでシャーロットはまだ子どもだし、ミッチは妹のボーイフレンドとして理想的な相手とは言いがたい。前科もあるし、虐げられた過去もあるし……。

「もう遅いから続きは明日にしよう」ブローディーが提案する。ミッチがシャーロットの腰に手をまわしていることにはふれない。

つまりブローディーはおれとシャーロットの仲を認めたのだろうか。

「わたしはグラントともう少しおしゃべりしたいからバーへ入るわ」

ロザリンは小悪魔的なほほえみを浮かべた。彼女の視線がエリオットに移動したのを見て、ミッチもその理由を悟る。

「いいでしょう、シャーロット？　帰る準備ができたら呼びに来て」ロザリンがシャーロットに向かって言い、軽やかな足どりでバーに向かった。

エリオットが怪訝《けげん》そうに息子たちの顔を見まわす。「グラントだって？　それは誰だ？」

「警官だよ。グラント・コルヴィン巡査だ」ジャックが満足げに説明した。「覚えてないの？　いい人だよ。立派な仕事についているし、町の人たちから信頼されてる」

エリオットの表情を見て、ミッチはなんだか気の毒になった。自分でまいた種にはちがいないし、ロザリンに根なし草の元夫を待つだけの人生など送ってほしくはないが……。

エリオットが何か言いかけてやめ、また口を開けて閉じ、ようやくかすれ声を出した。

「彼氏ができたってことか？」

「ぼくも驚いたけど、母さんのためにはよかったと思う」ジャックがにやりとする。

ブローディーは父親の肩に手をあてた。「母さんは美人だからほかの野郎どもが放っておくはずがないんだ。今までひとりだったのが不思議なだけさ」

「でも……」

「そろそろロニーがしびれを切らしているはずだから、ぼくは車に戻るよ」ジャックは右手をあげた。「じゃあね」

「おれもマリーが待ちくたびれているだろうから帰らないと」ブローディーがそう言って、ミッチとシャーロットのほうへ視線をさまよわせる。非難がましい目つきではなく、単純に見ずにいられないという感じだった。「シャーロットはバーへ行けばグラントが送ってくれるはずだから、よろしくな」

「わかった」こちらとしてもシャーロットを危険な目に遭わせるつもりなどない。ブローディーが右手で愛《いと》おしそうにシャーロットの頬をなでた。「ミッチを責めるんじゃないぞ」

「わたしはただ――」

「ミッチにとってもたいへんな夜だったんだ」

「わかってる」シャーロットはブローディーを抱きしめた。「でも、あなたに対しては容赦しないわよ」

ブローディーが笑いながらシャーロットの頭越しにミッチを見た。「またな」

エリオットにはひと言もなしに、ブローディーはその場を離れた。

シャーロットがエリオットとミッチを見くらべる。「わたしもそろそろバーへ入るわ」

「待った」ミッチはシャーロットを自分のそばに寄せ、顎に手を添えて上向かせた。

シャーロットがほしかった。今も、これから先も。

一秒ごとに彼女の存在が大きくなっていく。彼女なしの人生など想像できない。

ミッチの熱い視線を受けて、シャーロットが息を詰めた。

いったい何を期待しているんだろう？　道路の脇で、エリオットの前でキスをしろと？

ミッチはほほえんだ。

「きみに話があるんだ」過去について。そして未来について。

出会う前の自分たちにはもう戻れない。ロザリンがなんと言おうと、物騒なことが起きたのは自分のせいだ。この先もクルーズ家の面々と一緒にいたいならなんとかしなければならない。シャーロットのためにも、自分自身のためにも。

その第一歩として、ミッチは彼女と話がしたいと思った。血のつながっていないシャーロットと最初に話すのも奇妙といえば奇妙だが、むしろ血のつながりがなかったことに感謝しなければならない。

シャーロットが瞬《まばた》きもせずにこちらを見つめていることに気づいて、ミッチはささやいた。「息を吸って」

シャーロットが素直に深呼吸をして、笑顔を見せる。

しみひとつない肌、すっと通った鼻筋、夢にまで出てくるふっくらとした唇。シャーロットのそばにいると生まれ変わったような気がする。善良な人間になれる。世間や自分自身に対して常に抱えてきた怒りが薄れ、明るい将来を思い描くことができる。

どんな困難も乗り越えられそうに思えてくる。

「大丈夫なの?」シャーロットがエリオットをちらりと見て言った。当のエリオットは〈フレディーズ〉の屋根を見あげ、こちらの話を聞いていないふりをしている。

「大丈夫だ」嘘ではなかった。彼女といると今まで見えなかったものが見えてくるような不思議な感覚があった。だが、感情に流されてはいけない。ブローディーとジャックの信頼をつぶすわけにはいかないからだ。それにシャーロットはおれを守ろうとしてくれた。それがどれほどうれしかったかを最初に伝えなくては。

彼女の気持ちも確認したかった。恋愛感情に疎いほうではない。シャーロットは明らかに気のあるそぶりを見せている。ただ、危険な目に遭ったせいで誰かに寄りかかりたいだけかもしれないし、孤独な身の上に同情しているだけという可能性もある。

そうした疑問を素直にぶつけるとともに、自分が今、そして将来に、何を求めているかを伝えたかった。

今夜はふたりにとって始まりの日だ。

「少し話していいかな」

シャーロットがうなずいた。「もちろんよ」

「じゃあ――」エリオットが所在なさげに周囲を見まわした。「おれはそろそろ行こうかな」

ミッチは気の利いた別れの台詞《せりふ》を言おうとしたが、何を言えばいいかわからなかった。

耳が痛くなるような沈黙が落ちる。

「会えてよかった、ミッチ。本当だ」エリオットはそう言ったあと、シャーロットにほほえみかけた。ふたたびミッチを見て、右手を差しだしかけてやめ、首をふる。それから踵《きびす》を返してすたすたと通りを渡っていった。

ミッチはエリオットを呼びとめようとした。いろいろな感情が込みあげてくる。父親に対する愛情と新しい家族に対する愛情のあいだで心が揺れた。

シャーロットがミッチの腕につかまったままささやく。「ホテルだってあるんだから大丈夫でしょう」

「それはそうだが……」そもそも宿代の持ち合わせがないかもしれない。

「自業自得よ」

ミッチはうなずいた。そのとおりだ。

シャーロットがミッチの胸にふれ、目が合うとほほえんだ。「でも、あなたのしたいようにすればいい。わたしも、みんなも理解するから」

自分のことすら理解できないでいるのに、他人に理解してもらえるのだろうか？

「本当に？」

「もちろんよ」シャーロットがミッチの背中を軽く押す。「さあ」

ミッチは彼女を信じた。シャーロットはやさしくて思いやりがあるが、その場しのぎの気やすめは言わない。

そしてどんなことがあっても味方でいてくれる。精神的にも、物理的にも。

ミッチは彼女の肩をつかんだ。「ここを動かないでくれ」

シャーロットが笑顔でうなずく。

「見えるところにいてくれよ」ニューマンはまだ近くにいるはずだし、警戒を解くわけにはいかない。

シャーロットが胸の前で十字を切った。「ここであなたを待つわ」

〝あなたを待つ〟なんて言われたのは初めてだ。ミッチは思わず彼女のほうへ顔を寄せ、額に唇を押しあてた。「ありがとう」

びっくりしているシャーロットを置いて走りだす。

通りを渡って角を曲がったところでエリオットに追いついた。

「待ってくれ」

エリオットが立ちどまった。肩の力を抜き、ゆっくりと顔だけふり返る。

エリオットが何を期待しているのかわからないが、がっかりさせたくなかった。「泊まるところはあるのか？」

二秒ほど間があって、エリオットがいつもの無頓着な笑顔を見せた。「今夜は車だな。言っとくが、車で寝るのは初めてじゃないから心配するな。明日はどこか泊まるところをさがすよ」

「明日？」このまま町を出るつもりはないということか。

「しばらくここにいるつもりだ。最低でも二、三日は」

ミッチは腹をくくった。「おれのところに来てもいい」

「おまえのところって、おまえが泊まっているホテルってことか？」

「いや、家を買ったんだ」言葉にならない誇らしさを覚えながら宣言する。クルーズ家の面々があれこれ手を加える前だったら、泊まっていけなど、恥ずかしくて言いだせなかったかもしれない。

たまに顔を見せるだけの父親の前でいい格好をしたいと思う自分が情けなくもあった。落ちこみそうになる気持ちを立て直して、ミッチは続けた。「古い家だが部屋はいくらでもある」

「家を買った？　そりゃあすごい！」エリオットが心からうれしそうな顔になり、ミッチの肩に手を置いた。子どものころから何度となく見たしぐさだ。

もちろん子どものころとは感じ方がちがう。ミッチはもうやせっぽっちの少年ではない。今やふたりの目線は同じ高さだ。

「この町に落ち着くことにしたのか？　きっと気に入るぞ。静かでいいところだ。田舎の連中は何かとお節介だがな」

「ここに住むつもりだ」ニューマンが現れてめちゃくちゃにならなければ。

「それがいい。兄弟もいるし、それにロザリンもいる。その点は彼女の言うとおりだったな」

「シャーロットと話が終わったら案内するよ」

「家は見たいんだが今度にしてもいいか？」

車で寝るほうがいいというのか？　それはあんまりだ。しわがれた声で応じる。「ニューマンのことを心配しているのか？」

エリオットが苦笑いを浮かべる。「いや、ニューマンよりもロザリンのほうが怖い。おまえに迷惑をかけたら大事なところをちょんぎられそうだ。だいいち、おれみたいなろくでなしでも、子どもに面倒をかけちゃいけないってことくらいはわきまえている。おまえにはこれまでさんざん苦労をかけたしな」

つまり家に来ないのはロザリンに言われたことを守るため？

「おまえを利用することはしたくないんだ。また会えるさ。そのとき家を見せてくれ」

「利用なんてそんな……おれもひとりじゃないほうがいいから」

エリオットがさぐるような顔で尋ねる。「本気で言ってるのか？」

自分でも驚きだが本心だった。ここへ来たのは家族を増やすためであって、減らすためではない。エリオットが最初でもいいではないか。これがきっかけでエリオットとクルーズ家の溝を多少なりとも埋めることができるかもしれない。

迷惑をかけるのではなく、彼らのために何かできたらうれしい。

「本気だ。でもニューマンはあきらめてないし、いつ襲ってくるか――」

「放っておけ。おまえはもう守ってもらわなきゃならないガキじゃない。おれもようやくあいつと話がつけられる」エリオットが両手を握ったり開いたりする。

ミッチは思わず顔をほころばせた。ブローディーたちは文句を言うかもしれないが、やはり父と息子だけあってやることが似ている。「ロザリンがあなたのことを怖いもの知らずって言ってたけど、本当だな」

「おれが怖いのはロザリンを怒らせることだけさ」

「でもニューマンが現れたら自分で片をつける」たとえ父親でもその点は譲れなかった。

「だから余計な手出しはしないでくれ」

「おまえならうまくやるだろうから心配はしていない。だが、おれの前に現れたらおれがやる。あいつには借りがあるからな」

ミッチは肩をすくめた。「ちょっとシャーロットのところへ行ってくる」話しているあいだもシャーロットを視界の隅におさめていたが、彼女は言葉どおり、その場を動かないで待っていてくれた。

両手を背中にまわし、足をクロスさせてれんが塀に寄りかかっている。こちらを急《せ》かさないようにわざとくつろいだポーズをとっているのかもしれない。さっきから一度もこちらを見ようとしないのも意図的だろう。

シャーロットの気遣いが伝わってきて、ミッチの胸はあたたかくなった。

外灯の光がシャーロットの髪に天使の輪をつくっている。光がつくる体の陰影を、ひとつひとつ手でふれて確かめたいと思った。

最初に会った夜も、彼女はバーの外にいたっけ。あのときも心惹《ひ》かれたが、一緒に過ごした時間の分だけ彼女を求める気持ちは強くなっていた。美しい顔立ちや女性らしい体つきだけでなく、素直で思いやり深い性格を知ったせいだ。

たった一度でいい――抱き寄せてキスできたら。

エリオットがミッチのほうへ顔を寄せた。「秘密は守る」

「なんのことだ？」

「おまえがお預けをくらっている犬みたいな顔でシャーロットを見ていることさ」

ミッチは声をあげて笑った。そのとおりかもしれない。「まだ知り合ったばかりだけど」

「それがどうした？　ロザリンに会ったとき、おれはその場でこの人だと直感した。何度も失敗したけど、やっぱりおれにはロザリンしかいないし、これからもそうだ。おまえもシャーロットがほしいなら、あきらめるな」

エリオットに恋の助言をされるとは。

「ありがとう。だがブローディーたちが黙っていない」

「そりゃあそうだろうな」エリオットがミッチを小突く。「でも、おまえのことは認めてる。それはすぐにわかったよ。だから何か言われても気にすることはない」

息子たちに認められていないエリオットだからこそわかるのかもしれない。

「車はどこにとめてあるんだ？」ミッチは尋ねた。

「この道の先だ」

エリオットが指さしたほうには古ぼけたピックアップトラックしかとまっていない。

「先って？」

「あのおんぼろさ」エリオットが恥じるように言う。「一時的にあれに乗ってるんだ」

「おれの車は角を曲がった先なんだ。誕生日にもらった黒のマスタングだよ。すっかりきれいになったんだ。あとでとってくるから、トラックで待っててくれ」

シャッターの閉まった床屋の前の石段でエリオットが長い脚をのばす。「急ぐことはないさ。準備ができたら合図をくれ」そう言ってシャッターに寄りかかる。

シャーロットをふり返ったミッチは心を決めた。将来まで考えたつきあいができるかどうかはわからない。それでも今は、誰よりも彼女と一緒にいたかった。来週も、そのまた次の週も。彼女の存在が当たり前になる日が来るのかどうか、わからないこそ試してみたいのだ。

じっと見つめていると、シャーロットがこちらを向いて薄く唇を開いた。その瞬間、何かがふたりのあいだを流れた気がした。

強い欲望がつきあげてきて呼吸が深まり、首から肩の筋肉が硬くなる。

ミッチは通りを渡ってまっすぐ彼女のもとへ歩いた。シャーロットは目を見開いてこちらを見つめている。同じことを感じているにちがいない。その瞬間、エリオットのことも、ブローディーたちのことも、ニューマンのことさえミッチの頭から消えた。

シャーロットが壁から背中を起こす。

手をのばせばふれられるほどの距離まで来て、ミッチは立ちどまり、シャーロットも自分を欲していると確信した。頬はばら色に染まり、目がきらきらと輝いている。昼間よりも髪や肌の甘いにおいが際立つような気がした。

彼女を自分だけのものにしたい。自分のものだと世界に宣言したい。

家族よりも仕事よりも、シャーロットがほしかった。

シャーロットに出会って文字どおり世界がひっくり返った。

ミッチはそれがうれしかった。


古ぼけた家の裏で、ニューマンはデッキチェアに座り、缶ビールを手に虚空を見つめていた。さっきからどうやってミッチを痛めつけるかばかり考えている。それ以外にすることがないのだ。

待つしかできないことが癪だった。

何もかもミッチのせいだ。

ミッチのせいで田舎町のばあさんの家で息をひそめるはめになった。ホテルもしけていたが、あそこならまだバーやダイナーが近かった。しかしここはどうだ？

あらゆる家具が飾り布でおおわれていて、ちっぽけなテレビはケーブルテレビにも衛星放送にも対応していない。家じゅうが年寄りくさくて、呼吸しているだけで胃がむかむかする。

蚊を追いはらいながら、ニューマンはあたりを見まわした。それでも野宿したり、リーの車にぎゅうぎゅう詰めで寝たりするよりはましだった。

ビールを買おうと食料品店を訪れたとき、家主のばあさんが一カ月ほど留守にすると店員に話しているのを耳にした。病気の姉の見舞いがどうとか言っていた。

レジ係の若い女は〝ひとりであんなに不便なところに住んでいるから心配だ〟と言っていた。あとは支払いをするばあさんの小切手をのぞき見て住所を確認すればよかった。

ばあさんの家はまさに人里離れた森のなかにあって、隣近所もいない。ここにいれば当分は誰にも見つからないだろうし、ミッチに町を出たと思わせることができるにちがいない。

相手が油断したころに襲撃する計画だ。

リッチーとリーを町へやって情報収集をさせているが、田舎町なので怪しまれずに出入りできる場所は限られていた。これまでのところめぼしい情報はない。ミッチはあれ以来バーに顔を出していなかった。事務所にいた若い女を捕まえるチャンスもない。どこへ行くにも誰かが付き添っているからだ。眼光鋭い男たちが目を光らせているのでは、さすがのリーも尾行することができなかった。

だからこうして、ばあさんの家で腐っているというわけだ。

だるい体を持ちあげて庭を歩く。裏庭を照らすのは小さな電球だけで、月の光でさえ背の高い木々に遮られてしまう。どこかで虫の声がする。

ニューマンは衝動的にナイフをとりだし、木に狙いをつけて勢いよく投げた。幹にはじかれたナイフが露に濡《ぬ》れた草の上に落ちる。ニューマンは小声で悪態をつきながらナイフを拾い、刃先を確かめてからジーンズで注意深く水滴をぬぐった。

それから持ち手をぎゅっと握る。

本当はナイフ投げなどやりたくない。おれが得意なのは接近戦だ。敵の皮膚を切り裂き、骨に刃をつきたてる。子どものころからそういう技を磨いてきた。

その点はミッチも心得ているだろうが、近い将来、記憶を更新してやらないといけない。

携帯電話が鳴った。リーでもリッチーでもない。

「なんだ?」ぶっきらぼうに応じる。

バーニーが興奮した様子でまくしたてた。「バーに誰が現れたと思う?」

ミッチはレッドオークに来てそうそうバーニーともめたらしい。あのセクシーな若い女をひっかけようとして邪魔されたとか。おかげでこちらはバーニーという情報源を手に入れた。

ニューマンの体内を、音をたてて血液がめぐりはじめた。

「ミッチか」バーにいるということは車で行ったということだ。まずは車をぼこぼこにして――。

「いや、ロザリンだ」

ニューマンは歯ぎしりした。「そんな女に興味はねえ」

「グラントと話していたんだ。ほら、あんたに声をかけたあの警官だよ。それにロザリンが〝ミッチはエリオットの息子〟って言うのを聞いたんだ」

心臓がぴくりと跳ねる。携帯を握りしめて、できるだけなんでもない口調で問いかける。

「エリオットを知ってるのか？」

「知ってるとも。ロザリンの別れた旦那だからな」

ニューマンの体に電流が走った。エリオットの元妻が今、バーにいる。ということは、ミッチは家族に会いにレッドオークへ来たということか。とんだ笑い話だ。

「話がつながっただろう？」

はっきりつながった。うまくすればミッチとエリオットをいっぺんにたたけるということだ。ミッチがまだガキだったころ、エリオットは何度も訪ねてきてミッチを連れだそうとした。ヴェルマまで連れていこうとしたこともある。当時の怒りがよみがえる。

「そのロザリンって女についてもっと教えてくれ」

「ロザリンにはブローディーとジャックという息子がいる。ミッチと半分血のつながった兄弟ってことになるな。だからロザリンたちを見張っていればミッチの居場所がわかるってわけさ」

それは都合がいい。うまくすればロザリンを味方に引き入れることができるかもしれない。その場面を想像するとニューマンの顔に笑みが浮かんだ。「夫の浮気相手の子どもが現れて、さぞ怒っているんだろうな」

「ロザリンか？　いや、彼女は誰に対しても親切なんだ。エリオットには腹を立てても、ミッチのことは息子と同じように受け入れているって話だぜ」

ニューマンの喉からひゅーと音をたてて息がもれる。「どういう意味だ？　浮気相手の子どもだろう？」ありえない。「くそエリオットが浮気した証拠じゃないか」

バーニーが黙りこむ。「あんた……エリオットを知ってるのか？」

ニューマンは深呼吸した。バーニーはミッチがどうなっても気にしないだろう。だがロザリンのこととなると別らしい。下手をすると大事な情報源を失いかねない。

「もう一度、家族構成を教えてもらえないか」

「ちょっと待ってくれ」

電話の向こうから人々の話し声や笑い声が聞こえる。ここまでだいぶ時間を無駄にした。

電話を切ってすぐに出たとして何分でバーに到着できるだろう。

「もしもし？ うるさくて聞こえなかったから便所へ移動したんだ」バーニーはクルーズ家のメンバーをひとりずつ挙げていった。

ニューマンは頭のなかでプレイヤーを整理した。つまりミッチは、兄たちを頼ってここへ来たわけだ。そして兄たちもミッチを追い返しはしなかった。やがてエリオットもやってきたが、ロザリンは受け入れない。おもしろい家族関係だ。

いろいろなシナリオが考えられる。

「それで、あんたはエリオットをどこで知ったんだい？」

庭を行ったり来たりしながら、ニューマンはふたたび深呼吸をした。ミッチのことは気に入らなくても、エリオットまで陥れたいとは思っていないかもしれない。ここはなるべく事実を伝えるようにする。「ミッチがガキのころ、よく訪ねてきたんだ」

「マジで？ 世間は狭いな」バーニーが笑い声をあげた。「エリオットのことは嫌いじゃないが、あいつのガキの面倒をみるのは勘弁だな」

「ああ」

「ロザリンと別れるなんてエリオットは大馬鹿野郎だ。すごくいい女だから。シャーロットもそうだ」

そんなことはどうでもいいと思ったが、いらだちを声に出さないようにした。「それで、ふたりはまだ――」

バーニーがふたたび待ったをかけた。トイレに行ったらもよおしたらしい。

用を足したバーニーが続けた。「ロザリン・クルーズのよさは会ってみなきゃわからねえよ。エリオットには本気で腹を立ててるみたいだけど、あの口ぶりだとミッチはもう家族の一員のようだ」

「そのロザリンはバーで誰かと待ち合わせをしているのか？」

「シャーロットだ。ロングヘアのべっぴんさんを覚えてるか？　シャーロットはクルーズ家で働いているんだ」

「妹ってことか？」

「妹みたいなものだが血縁関係はない。ミッチのくそったれがおれを殴ったとき、おれはシャーロットと話していたんだ」

ニューマンは目を見開き、にやりとした。「なるほど」

たしかに世間は狭い。ミッチを苦しめる新しい方法が次々に思いつく。

「まだそこにいるのか？」家に戻りながら尋ねる。

「誰が？」

「ロザリンと警官だ」

「ちょっと待ってくれ」バーの喧騒《けんそう》が戻ってくる。「ああ、いるよ。シャーロットを待ってる」

シャーロットとふたりをまとめて捕まえられたら最高だ。ふたりのあとをつければミッチの居場所もわかるだろう。ミッチを痛めつけるいちばんの方法は大事な人を傷つけることだ。それが女ならなおさらいい。

ニューマンは息を吸った。「いろいろ助かったよ、バーニー」

「ミッチ野郎のことはおれも気に食わないからな」

「ああ、そうみたいだな。この電話のことは誰にも言わないでくれよ」

「もちろんだ。で、これからどうするつもりだ?」

バーニーのわくわくした口調から、いずれ計画の邪魔になることが想像できた。ミッチに手出しをする前に、この男の口を封じておいたほうがよさそうだ。

「すぐにどうこうってことはない」ニューマンはうそぶいた。「とにかく知らせてくれてありがとう。また何かあったら教えてくれ」そう言って電話を切る。

すぐにリッチーに電話をした。この機会を逃さないようにリッチーとリーを先にバーへ向かわせる。ひとりはバーニーを引きとめ、もうひとりがミッチをさがすことになる。

ニューマンは不敵な笑みを浮かべた。ようやく退屈な夜が終わるのだ。

14

〈フレディーズ〉の前の通りは静まり返っていた。じっとりとした夜気を胸いっぱいに吸いこみながら、ミッチは青く美しい瞳に見入った。

ふたりのあいだで欲望が火花を散らしている。ミッチの体は沸騰寸前の湯のように熱くなっていた。こんな感覚は初めてだ。

「ミッチ？」

シャーロットのハスキーな声が耳をなでる。

「きみがほしい」

シャーロットがはにかんで、小さくうなずいた。「わたしに興味を持ってくれているんじゃないかって気がしたの。でも確信が持てなかったし、プレッシャーをかけたくなくて」

プレッシャーだって？　ミッチは笑いそうになった。

「きみは？」シャーロットのカールした長い髪をやさしく背中に払う。「きみもおれがほしい？」

「ええ、ほしいわ」シャーロットが早口で言い、唇を噛《か》む。

ミッチは小さく笑った。目の前の魅力的な女性が自分と同じ気持ちでいてくれることがたまらなくうれしかった。一方通行ではなかったのだ。ただ、シャーロットの声やまなざしには迷いも感じられた。

白い頬に手をあてると、ベルベットのような手ざわりとぬくもりが伝わってくる。「何か心配なんだろう？」

「心配ってほどでもないけど……わたしにはあまり経験が……」シャーロットが不安そうにミッチの顔を見あげて口ごもる。「その……男性経験がないの」

経験がない？　ミッチはシャーロットの発言を理解しようとした。

いや、きっと誤解にちがいない。

「ひょっとして処女なのか？」

「だめかしら？」

ミッチはこの場で彼女を抱き寄せて、自分だけのものだと宣言したかった。

一方で、抜けだせなくなる前に逃げだせと警告している自分もいた。

いや、もう手遅れだ。

そもそもこの時代に二十五歳のバージンが存在するとは。シャーロットは魅力的だし内気なわけでもない。どちらかといえば思ったことをはっきり口にするタイプだ。

シャーロットが一歩さがって胸の前で腕を組む。「面倒な女と関わり合いになったと思っているんでしょう？」

面倒？　むしろ問題は、自分のような前科者が、シャーロットほど純粋で魅力的な女性に手を出してもいいのかということだ。

ブローディーたちがやっきになってシャーロットを守ろうとする理由がよくわかった。初めてならもっと……ふさわしい相手がいるのではないか。

もちろんバーニーはありえない。この町にシャーロットと釣り合う男がいるかどうかはわからないが、自分がふさわしくないこともわかっている。

「このまま進んでいいのかどうか……」シャーロットというよりも自分に向かって、ミッチは言った。

シャーロットが腕をほどいて握りこぶしにした。「やっぱり処女が重いんでしょう」自分を卑下するように笑う。「あなたがそういう考えの人だって最初に知れてよかったわ」

「そういう意味じゃない」ミッチはシャーロットを傷つけたくなかった。

「じゃあどういう意味？」

シャーロットがミッチをにらむ。

「初めての相手がおれなんかじゃだめだと思う」

「そんなふうに言わないで」シャーロットがミッチのシャツをつかんだ。「わたしはあなたがいいの。男性経験がないって言ったのは、そのせいであなたをがっかりさせたくないから……」シャーロットが口ごもった。「ベッドで……」

シャーロットにがっかりするなどありえない。

ミッチは腹を決めて彼女の手首をつかんだ。シャーロットがどう思おうと、男としてまちがったことはしたくなかった。つかんだ手首の細さに驚きながらバーのほうへひっぱる。ところがシャーロットはつま先立ちになって、ミッチの唇に自分の唇を押しあてた。その瞬間、ミッチは敗北を悟った。全神経が唇に集中して何も考えられなくなる。彼女の手首をつかんでいた手が自然と肘へ移動した。

力いっぱい抱きしめたい気持ちを必死でこらえる。

頬にかかる吐息や、胸にあてがわれた手の感触に体が震えた。短く切りそろえられた爪が肌にあたり、愛らしい唇から小さな声がもれる。

ミッチの理性は吹き飛んだ。もう自分を制御できなかった。好きな女性に体を押しあてられて、冷静でいられるわけがない。

シャーロットがわずかに体を引き、背のびをやめた。まつげが頬に影を落としている。彼女は震えながら深く息を吸って、唇をなめた。

「何か言って」

何通りもの答えが頭をよぎったが、口をついたのはそのどれでもなかった。「きみの唇はすごくそそる。初めて会ったときからそのことばかり考えていた」

シャーロットがぱっちり目を開けた。「わたしの唇？」

本気で驚いているようだ。レッドオークの男どもはそろって目が見えないのだろうか？

そうでないなら、どうしてシャーロットが自分の魅力を自覚していないのだろう。

気づかせるのは自分なのだと思うと体の芯を興奮が貫いた。

ミッチはシャーロットの顎に手をあて、キスで湿った下唇を親指でなぞった。「この唇でしてほしいことを妄想して、眠れない夜を幾度も過ごした」

シャーロットの頰にさっと赤みが差す。口もとは弧を描いていた。「そんなことを言ってくれたのはあなたが初めてよ」

ミッチはくっくと笑った。「処女には聞かせられない妄想だぞ」

シャーロットの目がきらきらと光る。「聞きたいわ」

ミッチは彼女の額に自分の額を押しあてた。「おれは……」

自分の生い立ちを誰かに詳しく話したことはないし、話したいとも思わなかった。シャーロットのような女性は知る必要のない世界の出来事だ。だが彼女に嘘はつきたくない。

「おれの過去にはいろいろ醜いことが起きた。とくに刑務所に入っているあいだは最悪だった。それでいろんなことに対して怒りを感じていた」

話しながら、ミッチはシャーロットの長い髪に指を絡ませ、カールをもてあそんだ。

「家族が見つかったら何か変わるんじゃないかと思った。それでブローディーとジャックに会いたくなったんだ。自分のルーツみたいなものを確かめたかった」

シャーロットがのびあがってミッチと軽く唇を合わせた。慰めと愛情のこもったキスだった。「あなたはもうひとりじゃない」

ミッチは体をそらせて彼女を見た。初めて会った瞬間から彼女の虜《とりこ》だった。シャーロットは本人すら自覚していない感情までさぐりあててしまう。

「きみのおかげだ」

「わたしは何もしていないわ」シャーロットがシャツの前身頃をつかんで言う。「あなたはひとりじゃない。ブローディーもジャックも弟ができて喜んでるし、ロザリンだってそうよ」

ミッチは親指でシャーロットの唇を押さえた。「みんなのことはいい」

「どうして?」

「プレッシャーに感じてほしくないけど、きみと出会っておれの優先順位は変わったんだ」

シャーロットが共犯者めいた笑みを浮かべる。「うれしいわ。わたしは処女だけど、あなたがどんな妄想を描いたのかぜんぶ教えてほしい」

「怖くないのか?」

「わくわくするけど、怖くなんてないわ」

「怖がるべきだ」ミッチはなめらかな腕をなでた。「きみに夢中なのは否定しないけど、うせろと言われたらそうする」ひどくつらいだろうが、彼女のためならできる。「無理強いしたくない」

「うせろなんて言うわけがない」シャーロットは小さく息を吐いて、ミッチの唇を人さし指でなぞった。

「困らせないでくれ」

「いいじゃない」シャーロットがそっとミッチの胸を押し、そのまま上から下へなでおろした。真剣な顔つきだ。「あなたはすてきな男性よ」

「おれなんて……」

「あなたみたいな男性に出会えるなんて夢みたい」

ほめられることに慣れていないミッチは一歩さがった。

シャーロットが距離を詰める。「自分がどれほど魅力的かわかってないの? 一日じゅうだって眺めていられるのに」

信じられない思いで首をふる。

「本当よ。そのくらいハンサムだわ。勇敢だし」

「おれのどこが勇敢なんだ？」ミッチは思わず言った。

「自分の存在も知らない兄弟に会いに来たじゃない。とても勇敢な行為だわ。前科があっても堂々としてるし、一度はこの町で出直そうとしたのに、わたしたちのためにそれをあきらめようとした。自分よりも家族を思いやる強さがある」

「おれはそんなに立派な人間じゃ――」

「立派よ」シャーロットがきっぱりと言った。「わたしはもちろん、ブローディーたちだってそう思ってる」ミッチの胸に置いた手に力を込める。「だから過去の話をしてわたしたちを遠ざけようとしても無駄」

「そんな……」

「誰かが距離を詰めようとするたび、悪《わる》ぶって相手をおじけづかせようとしてきたのね」

ミッチは鼻を鳴らした。

「わたしにその手は通用しないわ。あなたが悪い人じゃないってことはわかってる。初めて会ったときにわかったもの」

シャーロットは人のよい面を見ようとする。ミッチが彼女に惹《ひ》かれた理由のひとつもそれだ。シャーロットのそばにいると、努力すればうまくいくと思えてくる。心が明るい光で満たされる。

「そういうふうに思ってくれてうれしいよ」ミッチは口ごもった。

エリオットが待っていることを忘れたわけではない。自分たちがバーの前にいることもわかっている。それでもシャーロットともう少し話したかった。

「それにしても、今まで本気でつきあった男がいなかったのか?」

シャーロットがくるりと目玉をまわす。「気づいてないなら教えるけど、この町には独身のかっこいい男の人がいないの。わたしはかなりの面食いなのよ」

ミッチは目を細めた。「ブローディーとジャックが言い寄る男どもを追いはらっていたんだろう? どうりでおれにも――」

「え?」急にシャーロットの目つきが険しくなる。「ブローディーたちに何か言われたの? もしそうならあのふたりを――」

ミッチはやさしいキスでシャーロットの唇をふさいだ。

「シャーロット」ミッチは少しだけ唇を離してささやいた。シャーロットはうっとりとした表情を浮かべている。兄たちとの約束が頭をよぎったが、シャーロットは挑戦する価値のある女性だ。

ミッチは顔の角度を変えて、ふたたび唇を合わせた。シャーロットが低い声をあげたので、じらすように唇を舌でなぞる。

ふいに遠くでガラスが割れるような音がした。

さっと身を翻して周囲を見まわすと、エリオットが走って通りを渡ってくるのが見えた。

「あっちから聞こえたぞ！」ミッチの車がとまっているあたりを指さす。

「彼女をロザリンのところへ連れていってくれ」エリオットに指示しながら、ミッチは走りだした。「急いで！」

シャーロットはエリオットにひっぱられるまでもなくバーの入り口へ走った。心臓が喉もとまでせりあがる。バーに飛びこんで店内を見まわすと、ろくでなしのバーニーがこちらに気づいて手をふってきた。あまり評判のよくないグループが、仲間の冗談に声をあげて笑っている。

エリオットが追いついてきてシャーロットの腕をつかみ、自分のうしろに引きよせた。

「ロザリンはどこだ？」

「あの奥にいるのがそうだと思う」シャーロットはのびをした。

「ロザリンと一緒にいろ。おれはミッチのところへ戻るから」

それがいい考えなのかどうかわからなかったが、シャーロットは素直にうなずいた。客をかき分け、奥まったブース席を目指す。顔を寄せて話しこんでいるロザリンとグラントが見えた。

ブース席にたどりついたシャーロットは、前置きなしで言った。「ミッチがたいへんなの！」

グラントが勢いよく立ちあがる。「どうした？」

「外でミッチと話していたらガラスが割れるような音がしたの。ミッチが自分の車のほうへ駆けていって――」

「彼はひとりか？」

「エリオットが追いかけていったわ」

グラントがロザリンを見る。「ふたりはここで――」

「待ってるわけがないでしょう」ロザリンがシャーロットの腕をつかんで出口へ向かう。

「ロザリン！」

「説得しても無駄よ」ロザリンが携帯をとりだしながら言った。「わたしに指図するつもりなら、これが最後のデートになるわ」

グラントはぶつぶつ言いながらも、先頭に立ってバーを飛びだした。

ロザリンが携帯に向かって早口で言う。「ミッチがトラブルに巻きこまれたかもしれない」

電話の相手はブローディーかジャックだろう。

「いいえ、まだ来なくていいわ。グラントもエリオットもいるから。ただ、万が一に備えてほしいだけ」

表へ出たシャーロットは、ミッチの車を指さした。「あっちから大きな音がしたの」

街灯がいくつか灯《とも》っているものの、通りはうす暗い。左右を気にしながらグラントを追いかけて細い路地を渡ったところで、カーブにとめてあるマスタングが見えた。

ミッチとエリオットが険しい表情で周囲を警戒している。

ロザリンが立ちどまった。「もう大丈夫よ。ミッチの姿が見えたわ」

「誰かがミッチの車に悪さしたのね」シャーロットはつぶやいた。

ミッチが車の周囲をまわってボディーを確認している。靴の下でじゃりじゃりと音をたてているのは割れたガラスだろう。

ロザリンが電話に向かって説明する。そしてさっきよりもゆっくりと車に近づいた。

「いいえ」電話に向かって言う。「エリオットとグラントはもめたりしないわ。そんなことをしたらわたしがキレるのは承知しているもの」

こんな状況でなければ笑ってしまったかもしれない。だが今のシャーロットはそれどころではなかった。

ロザリンのそばを離れてミッチに歩み寄る。

ミッチは顔をあげなかった。「おれがここに来たのを知っていたんだ」

淡々とした口調だが、怒りがにじんでいた。

「被害はガラスだけ？」

「ボディーに傷をつけて、窓ガラスを割って逃げやがった。臆病者め！」

ミッチの声ががらんとした通りに響く。それに応えるように、遠くで犬の鳴き声がした。

エリオットがミッチの隣に立った。「車なんて修理すればいいじゃないか。ブローディーたちがスペアガラスを持ってるんじゃないか？」そう言ってロザリンを見る。

ロザリンが肩をすくめ、電話に向かって質問してからうなずいた。「ブローディーが、黒い塗料はないけど、ガラスは交換できるって」

「心配ない」エリオットがミッチの肩をつかんだ。「みんながついてる。おれだって修理の腕は確かだぜ」

ミッチはまぶたを閉じて笑い声をあげる。まぶたが開いたとき、ミッチの目の奥には激しい怒りがあった。「窓なんかどうでもいい。むしろ被害に遭ったのが車でよかったよ」

そう言ってシャーロットを見てから、ブラントに向き直る。「問題はあいつらがおれの居場所を知っていたことだ。おれがここに来たことを知っているのは限られた人だけだから、ニューマンの手下が町をうろついているか、地元の誰かが情報を流しているかのどちらかってことになる」

「まだあいつらだと決まったわけでは――」

グラントの発言をミッチが遮った。「いや、あいつらだ」

「まちがいない」エリオットも言った。ミッチと顔を合わせたあとでみんなに向かって首をふる。「ミッチもおれも、あの男のやり口を知ってる。車に傷をつけるなんていかにもあいつがやりそうなことだ。おれもミッチを訪ねるたびに車を台なしにされた」

ミッチの眉があがる。「知らなかった」

「子どものおまえは知らなくていい話だった。おれが言いたいのは、ニューマンはこの種の嫌がらせが好きだってことだ」

ロザリンが胸の前で腕を組んだ。「それで、あなたは好き勝手にさせておいたの?」

「ハニー、おれがそういうタイプだと思うのか?」

親しげな呼びかけにロザリンとグラントが同時に顔をしかめる。

エリオットは気にせず続けた。「だがやり返したら、あの野郎はミッチに腹いせをしただろう。母親のヴェルマはあいつのそばを離れようとしなかった。だから車を近所にとめるのをやめた」

「総入れ歯にしてやればよかったのに」ミッチが言う。

「顔面を何発かは殴ってやったぜ」エリオットがにやりとする。「トウモロコシのまるかじりはできないだろうな」

「腕っぷし自慢はそのくらいにしてくれる?」ロザリンが電話をスピーカーにしてグラントのところへ行った。「警察は何かできないの?」

「証拠がないと動けないんだ」グラントが悔しそうに言う。「あいつが現れないか見張らせているんだが――」

「おれは明日から、決まった時間に決まったところへ行くようにする。ニューマンが待ち伏せしやすいように」ミッチが言った。

電話の向こうからブローディーの声がする。「罠《わな》にかかりるんだな」

「そうだ」

シャーロットは自分も話に入ろうとミッチの隣に立った。「それまでのあいだ、ひとりでいないほうがいいんじゃない？」

ミッチが乾いた笑い声をあげる。「おれは平気さ。あいつに会うのが待ちきれないくらいだ」

「でもこれまでの話からすると、ニューマンは卑怯《ひきょう》な手を使うんでしょう」

ミッチがシャーロットを見おろす。「おれがそうじゃないとでも？」

シャーロットは信頼に満ちたまなざしでミッチを見あげ、彼の手をとった。「わたしたちを守るために必要なら、なんでもすると思うわ」

ミッチが苦しそうな顔をする。

ロザリンがわざとらしく咳払《せきばら》いした。「エリオット、あなたはどうするの？　しばらく町にいるの？」

エリオットが居心地悪そうに右足から左足へ体重を移動させた。「それは……」

「いなきゃだめよ」ロザリンがミッチのほうを顎で示した。「郊外の家にミッチがひとりでいるのは物騒だもの」

ミッチが口を開くよりも早く、ロザリンがエリオットに向かって続けた。「根なし草なのは知っているけど、今はミッチから目を離さないでいてもらえる？」

エリオットがにやりとする。「きみの頼みなら喜んで」

ミッチが目玉をくるりとまわした。「もう遅い時間だ。どちらかロザリンとシャーロットを家まで送ってもらえないか？」

グラントとエリオットが同時に手を挙げる。

ロザリンが不敵な笑みを浮かべながらグラントを選ぶのを見て、シャーロットはこんな状況だというのに笑いそうになった。

「お互いにひとりで行動しないようにしましょう。エリオットはミッチと一緒にいて。グラントはわたしたちを家まで送ってね。家のなかも点検してくれるでしょう？」ロザリンが次々と指示を飛ばした。

グラントがにっこりする。「喜んで」

「ミッチと話をさせてくれ」携帯電話越しにブローディーが言った。

ロザリンがスピーカーを解除してミッチに携帯を渡す。

ミッチはみんなに背を向けて話しはじめた。「ニューマンの登場で状況が変わった」視線がシャーロットに移動する。その顔に笑みはなかったが満足そうな表情をしている。

「おれも同じ考えだ。……ああ、任せてくれ」

　通話が終わると、ミッチは携帯をロザリンに返して車のうしろへまわった。

　シャーロットはミッチに近づいた。「なんのこと？」

「ブローディーとの約束についてちょっとな」

　シャーロットの心臓がびくりと跳ねる。無意識に唇をなめたあとで、ミッチに見られていたことに気づいて赤くなった。「約束ってなんの？」

　ミッチの武骨な手が、意外なほどやさしくシャーロットの頬をなでる。「おれがこの町を出ていく――」

「だめよ」

「おれだって今さらそんなことはできそうもない。だから、今後はきみから目を離さないことにする」

　お目付役が増えるということ？

「わたし？」

　ミッチがゆっくりとうなずく。「ぴったりついてまわる。ストーカーみたいに」

　シャーロットは両腕をつきだしてほほえんだ。「ストーカーにはならないわ。わたしもあなたと一緒にいたいもの」

　ミッチがほかの人たちを見まわして声を落とした。「さっそく今からと言いたいところだけど、今日はやめておこう。ちゃんとしたいんだ」

いっきに鼓動が高まる。胃のなかで蝶《ちょう》がはためいているようだ。「ちゃんとって？」「段階的に進めるってことさ。まずはデートだ。食事をして、映画を観《み》て……」ミッチが肩をすくめる。「といってもレッドオークに映画館なんてないか。とにかくふつうの恋人同士がやることをしたい」

「賛成」

「よかった。さっそく明日の朝、仕事の前にコーヒーでもどう？」

シャーロットの笑みが大きくなる。「大丈夫、楽しみにしているわ。どこで待ち合わせ――」

「デートは迎えに行くところから始まるもんだ」ミッチが真剣な顔をする。「ひとりで動いちゃだめだぞ。必ずおれがエスコートする。ニューマンを寄せつけないためにも」

ロザリンたちが見ていることに気づいて、シャーロットはミッチの首に腕をまわし、つま先立ちになって唇に短いキスをした。「あなたみたいなボディーガードならいつでも大歓迎よ」

ミッチの手がシャーロットの腰にまわされた。「おれ以外のボディーガードなんて認めない」

翌朝、ミッチとの約束の時間まであと十五分というころ、シャーロットはキッチンを行ったり来たりしていた。夜じゅう彼のことを考えていた。エリオットとうまくやれただろうか？　何より、昨日はあれから危険なことがなかっただろうか。

この状況でテントに寝るのは無防備すぎる気がするし、エリオットがミッチにつきあって外で寝てくれるとも思えない。声の届く範囲にはいるだろうが……。

状況が状況だけに悪い想像ばかりが頭をめぐる。

敵の狙いが自分の大切な人なのだから、心配するなというほうが無理だ。

そんなことを考えつつ、いつもより少し念入りに身支度をする。暑さが厳しく湿度も高いと予報されているので髪はアップにした。ただし、適当にまとめただけのポニーテールではなく、時間をかけてきれいに結った。額とうなじに幾筋かおくれ毛を残すことも忘れなかった。

ゆったりしたTシャツとダメージ加工をしたジーンズという定番の組み合わせはやめて、クリーム色のキャミソールと、ふちに刺繍《ししゅう》の入ったデニムのショートパンツを合わせる。ヒールをはきたかったけれど、事務所のなかを動きまわるのには不便なのであきらめた。

やりすぎていないことを祈りながら、肩に垂れたおくれ毛にふれる。

「あらまあ、今日はすてきじゃない」ロザリンがそう言いながらコーヒーメーカーに直行した。

シャーロットはふりむいて眉をあげた。ロザリンもいつもよりおしゃれな格好をしていたからだ。

「そういうあなたもすてきだわ」

片手にマグカップを持ち、もう一方の手を腰にあててロザリンがふりむく。「このシャツは胸もとが開きすぎだと思う？　グラントにあからさまだと思われたくないの」

グラントではなくエリオットの目を意識したのではないかとシャーロットは思ったが、口には出さなかった。ロザリン自身も気づいていないのかもしれない。

「すごくきれいよ」

シャーロットのささやかな胸を補うように豊満なロザリンの胸がうらやましかった。ふだんのロザリンは胸もとの開いたシャツなど着ない。ただそれは慎み深いからというよりも、カジュアルな格好が好きだからだ。夏はTシャツ、冬はゆったりしたスウェット、ボトムスはジーンズが彼女の定番だ。それが今日は、花柄のトップスと白いカプリパンツを身につけている。とても五十代には見えない。

「ねえ、ちょっとおしゃべりしましょう」ロザリンがコーヒーを手にテーブルについた。

出かける準備はできているので、シャーロットも腰をおろした。

テーブルの上で手を組んで、ロザリンは単刀直入に切りだした。「ミッチとつきあってるんでしょう？」

シャーロットはにっこりした。

「ええ」

返事をすると同時にあることを思い出して顔をしかめる。

「そういえばブローディーとジャックがミッチを牽制《けんせい》していたのを知ってる？　昨日、ミッチがそんなことを言っていたから、気になってブローディーに電話しちゃったわ」

「ふたりともあなたのことがかわいくて仕方ないのよ」ロザリンがなんでもないことのように手をひらひらさせてマグカップを口に運ぶ。「あなただって、時間をかけて彼と知り合ったほうがいいことくらいわかっているでしょう？」

シャーロットは考えこんだ。「でも……出会った瞬間にミッチのことが理解できると感じたの。どう言えばいいかわからないけど、この人はちがうってわかった」

「これまで会った人たちとくらべて？」

シャーロットはうなずいた。「ほかの人のときは相手を理解しようとするよりもまず、自分がどうなりたいかを考えていたわ」いくらロザリンが相手でもこういう話題は気恥ずかしいが、第三者の意見がほしい。「人並みに彼氏がほしかったし、自分にも魅力があるんだって確認したかった」

ロザリンがコーヒーをもうひと口飲んでカップを置いた。「年頃の女ですもの、当然だわ」

「でもミッチと会ったときは……」

「そういう打算がなかったのね？」ロザリンがテーブル越しにシャーロットの手をつかむ。

「ほかの人がどう思うかも気にならなかった？」

ずばりと言い当てられて、シャーロットはうれしくなった。母親代わりであり親友でもあるロザリンが理解してくれたのだ。

「まだ出会って間もないことはわかってるけど、わたし、彼を愛していると思う」

ロザリンがうなずく。「これでも人を見る目には自信があるの。あなたたちふたりはお似合いよ」

認められたうれしさに、シャーロットは胸にひっかかっていた思いを口にした。

「ミッチの過去を想像すると胸が痛いの。家族のことはもちろん、彼が刑務所に入れられたことも……」シャーロットは喉に手をあてた。「お母さんを守ろうとしただけなのに、五年も刑務所にいたなんてひどすぎる」

ロザリンが音をたててカップを置いた。「そのことについてはわたしも腹が立って仕方がないわ。エリオットが――」

「ロザリン」シャーロットがやさしく言う。「エリオットを責めても仕方ないでしょう」

「そうだけど、腹が立つのよ」

「ミッチはエリオットのせいだと思っていないし、昨日だってエリオットが責められてつらそうにしてた。ミッチが求めているのは笑いと愛情に満ちた家族でしょう。自分が分断の原因になりたくないのよ」

ロザリンが鼻を鳴らした。「ミッチがいようといまいと、わたしとエリオットがやり直すなんてありえない」

「それはわかってるし、ミッチだってそんな期待はしていないと思う。もう子どもじゃないから」

「たしかにそうね。でも、子ども時代に守ってくれる人人がいなかったなんてひどすぎる」

「お願いだからエリオットにやさしくしてあげて。ミッチはそれを望んでいると思う。エリオットはあのとおりの性格だから、ミッチのことだっていつものように許してもらえると思っていたのよ。夫婦としてじゃなく、父親と母親としてうまくやってくれたら、それだけでミッチはうれしいんじゃないかしら」

「ミッチがわたしの子だったら命がけで守ったのに。それができなかったことが悔しいの」

「今からだって守ってあげられるじゃない」ロザリンの気持ちを想像しながら、シャーロットは言葉を選んだ。気丈に見えて、ロザリンは繊細で傷つきやすい人だ。

テーブルに肘をつき、頭に手をあてて、シャーロットは続けた。「本当の娘のように接してくれたこと、わたしはすごく感謝しているの。ミッチにも同じことをしてあげてほしい」

「シャーロット」ロザリンはコーヒーを飲みほしてから立ちあがり、シャーロットを抱きしめた。「あなたのことが大好きよ。あなたの母親役ができて光栄に思う。本当のお母様の代わりにはならないけれど、あなたはまちがいなくわたしの娘。血がつながっていなくても、大事な娘に変わりはないの」

控えめなノックの音に、ふたりは抱擁を解いた。そろって涙をぬぐってから、声をあげて笑い、もう一度ハグをする。

ドアのはめガラスにミッチの顔がのぞいている。やわらかな笑みを浮かべて、まるで何を話していたか知っているかのようだ。

ミッチのうしろにエリオットもいたが、ロザリンの追及を避けるように視線を泳がせていた。

ロザリンがまた怒りださないことを願いながら、シャーロットはドアを開けた。

「おはよう」

ミッチが親しげにキスをしてくる。おれのものだと宣言されたような気がして、シャーロットは単純にうれしくなった。ふたりはそういう関係になったのだ。

「おはよう」

体を離して、シャーロットの頭のてっぺんからつま先まで視線を走らせたミッチが、ほれぼれした表情を浮かべた。「今朝もきれいだ」

「いつもよりほんのちょっとおめかししちゃった」思わず正直に言う。

ミッチの笑みが大きくなった。「どうして？」

「あなたにきれいだと思われたいから」

ミッチが声をあげて笑った。「光栄だ」

背後でロザリンが音をたてて咳払いをした。

ミッチはうろたえることもなく、シャーロットの肩に手をまわして家のなかに入った。

「おはようございます」

「おはよう。コーヒーはいかが？」

「ありがとう、でもすぐに出かけるので」

ロザリンが秘密を打ち明けるようにミッチのほうへかがんだ。「あわてて出勤しなくていいわ。わたしが仕事をしておくから、好きなだけいちゃいちゃしてきなさい」

「ロザリン！」シャーロットが笑いながら首をふる。「五分、十分の遅刻ならまだしも、それ以上さぼったら、たまった仕事で首がまわらなくなっちゃう」

ミッチは何も言わず、愛《いと》おしげな目つきでこちらを見つめている。昨日まではちがって恋愛感情を隠そうとしない。

シャーロットはどぎまぎしてエリオットに声をかけた。「あなたは？　コーヒーを飲んでいかないの？」

ミッチと同じキャラメル色の瞳が、さぐるようにロザリンを見た。「飲みたいけど……ロザリンがつきってくれるなら」

ロザリンは硬い笑みを浮かべつつも、つっぱねはしなかった。「もちろんいいわ。コーヒーの好みは前と同じかしら？」

エリオットが意外そうな表情を浮かべつつ、キッチンに入ってテーブルについた。「熱いブラックコーヒーと話し相手がいれば文句なしだ」

「熱いブラックコーヒーだけで満足するのね」そう言ったあと、申し訳なさそうな顔でミッチを見る。「あなたたちふたりは気にせず出かけて。エリオットとコーヒーを飲んでいるあいだにグラントが来るでしょうから、そしたら事務所まで送ってもらうわ」

ミッチがエリオットを見たあと、ロザリンに目をやった。「本当にいいんですか？」

ロザリンにしてみればエリオットは招かれざる客だ。

「いいのよ。どっちらにせよ、この人とは話し合わなきゃならないことがあったから」ロザリンはシャーロットをハグしたあと、ミッチにも同じことをした。

最初のときは体をこわばらせたミッチだが、今回はロザリンの背中に手をまわして、二秒ほどハグを返した。

ロザリンがうれしそうに体を離し、ふたりを追いたてる。「さあもう行って。気をつけてね。でも楽しんで」

「仕事の帰りもおれが彼女を送ります。その、シャーロットがよければだけど」

「いいに決まってるじゃない」ロザリンが即答する。「夕食はうちで一緒に食べましょうよ。何かおいしいものをつくっておくから」

「ロザリンの料理はすごくうまいぞ」エリオットが請け合う。「断らないほうがいい」

ロザリンの笑みがこわばる。

「もうごちそうになったよ」ミッチはそう言ったあとで、ためらいがちに切りだした。「でも今日は、シャーロットをうちに招待しようと思っていたんだ」

シャーロットは急いで答えた。「すてきだわ」

エリオットが片目をつぶる。「そういうことならおれは邪魔をしないように席を外すよ」

ロザリンがゆっくりとエリオットに向き直った。「それはどういう意味？」

「えっと……」

「しばらくうちに泊まればっておれが誘ったんだ」ミッチが言うと、ロザリンが目を丸くした。「おれは寝室を使わないし、このあいだみんなに手伝ってもらったおかげで家のなかがすごくきれいになっているし」

「家のなかはロザリンが整えたのか？」エリオットが笑顔になる。「どうりでセンスがいいと思った」

「そういうことを言いたいんじゃ……」シャーロットとの約束を思い出して、ロザリンは続く言葉をのみこんだ。「あなたはうちで息子たちと食事をしない？」

エリオットがテーブルの上に身を乗りだす。「本当かい？　うれしいよ、ハニー」

ロザリンが歯を食いしばってシャーロットのほうを向く。「遠慮なく楽しんできてね」

ミッチとシャーロットは急いで外へ出た。マスタングの窓は、割れた部分だけプラスチック板で補強してある。

「ふたりきりにしたら流血騒ぎにならないかな？」ミッチが家のほうへ首をかしげる。

「平気、平気」ふたりともいい大人なのだから。エリオットは人を怒らせるのがうまいし、ロザリンは忍耐強いとは言えないけれど……。

「そうか」助手席のドアに両手をついて、ミッチがシャーロットのほうへ上体を近づける。

「よかった。今はきみだけに集中したいんだ」

シャーロットにも異論はなかった。

15

車のエンジン音が遠ざかるのを確認したとたん、エリオットが顔を守るように両手をあげた。

「どのくらい怒ってる？　今すぐ逃げたほうがいいかな？」

昨日のことを思えば当然の反応だ。棒か何か持っていたらロザリンはまちがいなく元夫をたたいただろう。

だがシャーロットにああ言われた以上、癇癪《かんしやく》を起こすわけにはいかない。それにエリオットが本気で怯《おび》えているのを見て、ロザリンは噴きだしそうになった。

どんな状況でも笑わせてくれる男を殴るのは難しい。

それがエリオットの強みだ。この男は自分を泣かせることもできるし、笑わせることもできる。そんなことができる男はほかにいなかった。彼ほど惜しみなく愛してくれた男もいない。そして裏切った男も……。いつもそばにいるわけではないのに、いざというときは駆けつけてくれる。

まう。

どんな手段を使っても助けてくれるのに、ピンチを切り抜けたらまたどこかへ行ってし

エリオットがそういうふうなのは彼自身の問題だとずいぶん前に学んだ。傷つきたくないなら期待してはいけない。悲しいことだが、どうしようもなかった。特定の人や場所に満足できないエリオットが真の幸せをつかむことは一生ないのかもしれない。

かわいそうな人なのだ。

「同情するような目つきだな。これからおれを殺すからか？　きみに手をあげるつもりはないが、黙って殺されるつもりもない」

ロザリンはため息をついた。今、感じていることを言葉で説明しても無駄だとわかっていた。さんざん試して、何も変わらなかった。

気分を切り替えて、ロザリンは笑いながらエリオットの肩をたたいた。「あなたは本当にどうしようもない男だけど、昨日の夜、ミッチについていてくれたことには感謝するわ」

「ついていたといえるかどうか……」エリオットはテーブルの上で腕を組んでロザリンをじっと見つめる。

セクシーな女になったような気持ちがするのと同時に、そんなふうに感じた自分がいやになって、ロザリンは視線をそらした。

「どういう意味？」自分のカップにコーヒーを注《つ》ぎ足して向かいに座る。テーブルの下で膝がふれ合わないように注意した。エリオットは何もかもが大きい。若いころはそんな彼に夢中だった。大きな体に包みこまれる感覚が病みつきになって、彼から離れられなかった。

「あいつはひとりで寝たからさ。外のテントで」エリオットがカップを両手で包む。「寝室で寝ろと何度も言ったんだが、外で犬と一緒に寝ると言ってきかないんだ」

「それであなたがベッドに寝たの？」

「さすがにそれは厚かましいと思ったから、パティオに置いてあるちっぽけなカウチで寝た。おかげで今日は体じゅうが痛いよ」

「テントのことはわたしも気になっていたの。刑務所にいたせいで寝室を使いたくないのかしら？」

「たぶんそうだろうな」大きな手を拳にする。「まったく、おれは父親として最低だ」

「まちがいないわ」そのことについて気休めを言うつもりはなかった。「わたしのところへ連れてくれればよかったのよ」

「わかってる」エリオットがうしろめたそうにロザリンを見る。「考えなかったわけじゃない。ヴェルマにも相談したんだ。でも断られた。彼女が何を考えているのかわけがわからなかった。子どもの面倒をみるわけでもないし、愛情をかけるわけでもないのに、ミッチを連れだしたらどこまでも追いかけていくと言われた。きみに面倒をかけるわけにはいかないから……」

「エリオット」似たような会話を何度繰り返したことだろう。「だったらあなたがあの子を育てるべきだった」

「わかってる」エリオットが悲しげな表情で椅子の背に体重を預ける。「これじゃあ、むかしと何も変わらないな。おれが馬鹿をやって、きみが怒る」

「あなたが四十歳になったとき、言っても無駄だとあきらめたの。それからは自分のストレス発散のために文句を言っていただけ」

「おれだってぜんぜん変わらなかったわけじゃないさ」エリオットが尻ポケットから財布を出して、なかから紙片をとりだした。しばらく手でもてあそんだあと、紙片を開いてロザリンのほうへ滑らせる。

「これは何？」ロザリンは眉をひそめて紙片を顔の前に掲げた。十二万ドルの小切手だ。背筋が寒くなった。「あなた何をしたの？　銀行強盗？」

エリオットが目を見開いたあとで、しわがれた笑い声をあげた。「そのほうがおれらしいな」

ロザリンは小切手をテーブルにたたきつけてエリオットをにらんだ。「冗談を言ってないで。本当のところはどうなのよ」

　エリオットが顎をこすり、耳のうしろをかいた。「つきあっていた女の近所にばあちゃんが住んでてさ、ある日、ひとりで庭の草刈りをしていたから、代わりにやってやったんだ。きつそうだったから。それが習慣になって、彼女と別れたあとも定期的にばあちゃんの様子を見に行った」

「草刈りを手伝ったのは信じるけど……」ロザリンが小切手をにらみながらテーブルをこつこつとたたいた。「そのあとも様子を見に行っていたっていうのは信じられない。義務とか責任が大嫌いなくせに」

　エリオットは反論しなかった。「顔を見せると喜んでくれたんだ。おれみたいなろくでなしでも、ありがたがってくれた。気の向いたときにひょっこり訪ねていっても夕食をごちそうしてくれたし、家の修繕をするおれのあとをついてまわってさ」

　ロザリンの眉は髪の生え際まで釣りあがった。「家の修繕までしたの？」

「たいした作業はしてないけどな。洗面所の水漏れを直したり、ポーチのロッキングチェアを直したり」エリオットは恥ずかしそうに顔を伏せた。「屋根の修理をしたこともある」

　ロザリンは言葉を失った。

「買い物に連れていくとおれの腕につかまって〝あなたみたいにいい青年はいない〟なんて言うんだぜ」くすぐったそうに笑う。「ばあちゃんがひとりで買い物に行けないことがわかって、おれが来るまで我慢するのもあんまりだと思ったから、ちょくちょく顔を出すようになった」

信じられない。

「それでいつしかお金をとるようになったわけ？」

エリオットの頬がさっと赤くなった。「そう思うのも無理はない。でもちがうんだ」

ロザリンは頬杖《ほおづえ》をついた。「どうちがうの？」

「ばあちゃんには身寄りがなかった。それもあとで知ったんだが。家族にそっぽを向かれたんだろう」エリオットは苦しそうな顔をした。「おれがきみらのもとを去ったのと同じだ」

「否定しないわ」

エリオットが居心地悪そうに体重を移動させた。「ばあちゃんと会って、おれは自分がどれほど孤独なのかがよくわかった。自由だが、おれのことを心配してくれる人はいない。きみもブローディーもジャックも今さらおれを必要としていない。自業自得だってわかっている。そんななか、ばあちゃんがおれを必要としてくれた。だからそばにいて少しでも役に立ちたかった」

話を聞いて、ロザリンは罪悪感を覚えた。エリオットは傷ついている。身から出たさびにはちがいないけれど、いつも息子たちに言っているとおり、それがエリオットなのだ。ありのままの彼を受け入れるしかない。

だからできるだけ受け入れようと努力した。

息子たちに父親がいない寂しさを感じさせまいとがんばってきた。

「ばあちゃんは亡くなったとき、おれにすべてを遺《のこ》してくれた。すべてといっても古ぼけた家と納屋に入れっぱなしの車くらいだが。車は古くて動かないって言ってたから、旧式のビュイックかなんかだと……つまりいかにも年寄りが持っていそうな車だと思いこんでいた」エリオットはコーヒーに視線を落とし、カップのふちを指でなぞった。「家は二万二千ドルですぐに売れた。その一部でちゃんとした葬式を出したんだ。だけど……」エリオットの視線があがった。「納屋の車は一九六八年モデルのマスタング、シェルビーGT500だったんだ。オークションにかけたら十二万ドルで売れた。その金を……きみに使ってほしいと思って」

そんな大金をもらえるわけがない。ロザリンが抗議しかけたところでエリオットが続けた。

「金で過去を償えないことはわかっている。神に誓って、きみを買収しようとしているわけじゃない」

「じゃあ何が目的？」これほどの大金をくれるのだから何かあるにちがいない。

「おれは……」エリオットが首をこすった。「職から職へ渡り歩いて、ろくな蓄えもないから、きみにふさわしい暮らしをさせてやれなかった。きみには苦労ばかりかけた」

「べつにあなたがわたしの生活に責任を感じる必要はないわ」

エリオットはほほえんだ。「きみはおれの息子たちを立派に育ててくれた」

「わたしたちの息子よ」

「むしろきみの息子と言ったほうがいいだろうな。おれに似てるのは体がでかいところくらいだから」

ハンサムなのも父親譲りだ。

「ほかのいいところはぜんぶきみから受け継いでいる。ふたりとも根性がある。思いやりもあって、誰にでもやさしい。きみそのものじゃないか。人を導く力も受け継いでいる。おれは父親として、ふたりのことがすごく誇らしいんだ」

「わたしはあの子たちを愛してる。だからお金なんていりません」エリオットから育児手当をもらおうと思ったことはない。余裕のあるときは気前よく金をくれるが、余裕のないときのほうが多かった。

「それはわかってる。きみは息子たちがおれを憎むように仕向けることもできたし、二度と会わせないと言われても当然だった。でもきみはそうしなかった。今さら許してもらえるとは思っていない。ただ感謝の気持ちを示したいんだ」

ロザリンは笑い声をあげた。「あなたらしくないわね」

「そう言われても仕方ないな」エリオットがコーヒーに視線を落とす。「息子たちのためにも、きみがおれよりましな人間で本当によかったと思ってる」

顔をあげたエリオットの瞳にうっすらと涙が浮かんでいた。

「どうか受けとってくれ。きみがしてくれたことには遠く及ばないけど、おれにできる精一杯なんだ」

妻子に時間も愛情も与えられなかった代償がお金？　いや、さすがにそういう考えは意地悪だ。エリオットは彼なりに妻や息子を愛していた。それがこちらの求めるレベルに達していなかったというだけ。

かわいそうな人なのだ。

「あなたはそれでやっていけるの？」

「おれは車の修理代が出れば充分だ」

「車って、あなたのマスタングのこと？」

「めちゃめちゃになってね。保険の支払いをしていなくて修理ができなかった」

「どうしてめちゃめちゃになったの？」

「酔っ払いの運転する車が、一時停止の標識を無視してつっこんできたんだ」

ロザリンの顔から血の気が引いた。「けがはなかったの？」

「事故のときは気絶して、しばらく入院していたけど、もう大丈夫だ。だけど退院する二日前にばあちゃんが亡くなっていたことを知った」そう言って両手をあげる。「結局、ひとりで死なせちまった」

ロザリンはよろけそうになってテーブルの端をつかんだ。「入院って、どのくらいのけがをしたの？」

エリオットが視線をそらす。

「ごまかさないで」

エリオットはため息をついた。「脳震盪《のうしんとう》を起こした。鼻の骨と頬骨が折れて——」

「なんてこと！」死んでいたかもしれないのだ。

「いちばんひどかったのは太ももの傷だ」エリオットが椅子を押して立ちあがり、左の内ももから股にかけて指を走らせる。「ドアの金属がここに刺さった。危うく去勢されるところだったぜ」

「ふざけないで」ロザリンは両手をぶるぶると震わせ、目に涙を浮かべた。

「病院のベッドに横たわって、これまでしてきた数々の失敗を思い浮かべた。おれの人生は失敗の連続だった。ばあちゃんはそれを償う手段を与えてくれたんだ」エリオットがロザリンの手首をつかみ、手を開かせて自分の手で包んだ。「きみには幸せになってほしい。きみは誰よりも幸せになる権利がある」

ロザリンは胸の痛みをこらえてささやいた。「あなたと一緒じゃ幸せになれないわ」

「わかってる。グラントがふさわしい相手だというなら、あいつとけんかしないように努力する」エリオットが小さく笑った。「ブローディーもジャックもきれいな奥さんをもらって、孫の顔を見る日も近いんじゃないか?」

「孫ねえ」手を引き抜いて涙をぬぐう。「この年で〝おばあちゃん〟なんて呼ばれたくないわ」

「赤ん坊を抱いたきみはいつだって最高にきれいだ」

「やめてよ」ロザリンはエリオットの肩をたたいた。

エリオットは手を上向きにして差しだした。「おれたち、友だちになれないか?」

「エリオット」ロザリンは首をふって彼の手をとった。「息子たちの人生にあなたの居場所ができるよう、わたしなりに努力してきたつもりよ。そう感じられなかったとしたらわたしのやり方がまずかったんだわ」

「おれの話を聞いて、ばあちゃんが言ってた。きみのような女性を逃すなんてあなたは大馬鹿者だってね」エリオットはロザリンの手を掲げて唇を押しあて、それから離した。

「さっきの夕食の話だけど、本気かい?」

キスされたところにしびれるような感覚を覚えながら、息を吐く。「もちろん。六時に来て」そう言って小切手を押し返す。「これはあなたが持っていて。わたしはいらないから」これ以上、心をかき乱されたくない。「この先、あなたもまとまったお金が必要になるかもしれないし」

エリオットが鼻を鳴らす。「ほしいものなんてない」

「まず保険の掛け金を払うことね。五年分くらいまとめて払ったらどう?」

ロザリンの顔をじっと見つめて、笑い声をあげる。「五年分前払いなんてやってないよ。いちおう訊《き》いてみたからまちがいない」

少なくとも正しいことに使おうとしたのだ。「だったら銀行に入れて、口座から自動で引き落とされるように手続きしなさい」

「いや」エリオットが立ちあがった。「どうしてもいらないというなら慈善団体に寄付したらいい。きみはいろいろと応援しているんだろう。それはおれが受けとるべき金じゃないんだ」

「だったらミッチにあげてよ」ロザリンが立ちあがった。

エリオットが鼻を鳴らす。「あいつのことがわかってないな。受けとるはずないじゃないか。でも試してみるといい。きみからの贈り物としてね」

ロザリンは逃がすものかとエリオットの腕をつかんだ。硬い筋肉をやわらかな体毛がおおっている。体の熱さが伝わってくる。声がもれそうになって、あわてて手を離した。

「グラントが来るまでいてくれるんじゃなかったの?」

「車の音が聞こえなかったのか?」エリオットがセクシーな笑みを浮かべる。「おれに気をとられて気づかなかったんだとしたら光栄だ」そう言ってロザリンの額にゆっくりキスをする。「愛してるよ。いつだってきみのことを愛してる。だから邪魔はしない」

エリオットはそう言うとドアを開け、驚いているグラントに声をかけた。「おはよう、グラント、時間厳守だな」

差しだされた右手を、グラントが反射的に握る。

エリオットはグラントを自分のほうへ引きよせた。「彼女に何かあったら承知しないぞ」

彼はそれだけ言って、口笛を吹きながら古ぼけたトラックに向かって歩いていった。

グラントがエリオットからロザリンに視線を移し、目を細めた。「彼は何が言いたいんだ？」

ロザリンは首をふった。「ああいう人だから放っておけばいいのよ」テーブルに戻って小切手をつかみ、ポケットに入れる。「コーヒーは？」

小切手のことにはふれず、グラントがロザリンの腰に腕をまわして耳に鼻をこすりつけた。「コーヒーよりきみのほうがいいな」

うれしくないわけではない。それでもエリオットが帰ったばかりでグラントに身を任せるのはあまりにも節操がない気がした。にっこりしてふり返る。「今夜、うちで食事をしない？　ミッチとシャーロットをふたりきりにするために、エリオットを招待したの。息子たち家族も誘うつもりよ」

グラントが青くなる。「あの男を夕食に？」

ロザリンは辛抱強く繰り返した。「ミッチとシャーロットをふたりきりにしてあげたいの」エリオットを説得しようと奮闘したあとだけに、誰かと議論する気分ではない。

グラントは長いこと黙りこんだあとで口を開いた。「無理してるんじゃないか？」

「いいえ。食事の席であの人に殴りかかったりしないでしょう？」

「あいつが殴りかかってこないなら」

男という生き物はときどきひどく子どもっぽくなる。「あの人はわたしのルールを心得ているわ」

グラントが眉根を寄せる。「きみはあいつに甘すぎるんじゃないか？」

まったく！

これ以上の言い合いを避けるために、ロザリンはのびあがってグラントの唇に軽くキスをした。

「エリオットと復縁するなんてありえないわ」だいいち二度目のロマンスが芽生えるほどエリオットがこの町に長居するとも思えない。「でも、シャーロットに言われたの。ミッチがこの町へ来たのはあたたかな家族を欲していたからで、いがみ合う家族を見るためじゃないって。だからエリオットにも感じよく接するつもりだし、あなたも協力してほしい」

グラントは納得がいかない様子だったが、両手でロザリンの顔を包んでキスを返した。

「ぼくが願うのはきみの幸せだ。わかってるだろう？」

エリオットにも似たようなことを言われた。「わたしは立派な大人だし、自分の幸せくらい自分で手に入れるわ。それで、食事に来るの、来ないの？」

「喜んで招待を受けるよ」

話がついたので、ロザリンはカップを流しに運び、バッグを手にとった。「さあ行きましょう。シャーロットが半休をとったの。出勤してみたら仕事がたまりまくっていたなんてことになったら、あの子、二度と休みをとりたがらないわ。それでなくても働きづめなのに」

「ミッチも同じことを言うだろうな」

ロザリンとグラントは顔を見合わせてうなずいた。

警官を尾行するのはなかなか難しい。バーニーの車を拝借したニューマンは、リーに車間距離を充分とるよう指示した。腹の底に焦りと怒りが渦巻いていて、今にも爆発しそうだ。

昨日の夜はバーニーにしこたま酒を飲ませてロザリンとシャーロットの家を聞きだした。都合がよいことに女ふたりで住んでいるらしい。

今日の目的は偵察だ。ふたりが住んでいる家を実際に見て、どうやったら気づかれずに忍びこめるかを検討する。ロザリンたちには心の底から恐怖を味わってもらうつもりだった。冷や汗でパジャマをびしょびしょにしてもらう。

ふたりから泣きつかれたら、ミッチは精神的にかなりのダメージを受けるにちがいない。運がよければあのふたりもバーニーのように味方に引きこめるかもしれない。愛人の子にそばをうろついてほしがる女はいないだろう。しかもミッチは前科者だ。

ミッチを悪者にしたててやる。

バーニーは死んだように眠っていた。あの様子では昼まで目を覚まさないのではないだろうか。レッドオークから離れたバーに呼びだしたあと、しこたま飲ませてつぶしたのだ。酩酊《めいてい》状態のバーニーを自宅へ送り、そのまま家でくつろがせてもらった。年寄りくさい家よりはましだ。

昨日のことを思い出すと新たな怒りが込みあげる。

ミッチの車の窓を割ったあと、三人は金物屋の屋根の上に身をひそめて一部始終を観察していた。大事な車が傷ついたと知ってミッチがどんな顔をするかが楽しみだった。エリオットがあのおんぼろマスタングを持ってきたとき、ミッチがどれほど喜んだか、ニューマンは今でも鮮明に覚えている。

あのとき、ミッチはわざわざ車を友人の家へ運んだ。おれが手出しできないようにするためだ。それには腹が立ったが、ミッチが修復作業に没頭して家を空けるようになったのは好都合だった。

ラングから、あのぼろ車が見ちがえるほどになったとは聞いていたが、実物を見たときは信じられない思いだった。

苦労して修理した車を傷つけるのは最高に楽しかった。

ところがミッチは期待した反応を示さなかった。悪態をつくでもなく車に近づき、足まわりをチェックしただけで、周囲を警戒しはじめた。

自分たちをさがしているのだとわかった。

ここそこ隠れているのが情けなくなって、よほど屋根からおりようかと思ったが、冷静なリーが警官の存在に気づいた。

こんなところで逮捕されては元も子もない。

今は辛抱して時を待つのだ。そう自分に言い聞かせた。

バーニーに訊いた住所にたどりつく。ロザリンの家はすぐにわかった。隣近所から離れているし木立に囲まれている。この分なら侵入するのは簡単そうだ。

暗くなってから戻ってこよう。

そのときこそお楽しみが待っている。

ミッチはシャーロットの小さな手を握っていた。昨日のことなど嘘のようにおだやかな気持ちだった。

ふたりは木漏れ日のなか、小川のふちに立って、きらめく水面《みなも》やかなりのスピードで流されていく木の葉を眺めていた。頭上を鳥が飛び交い、セミの鳴き声が木立に反響している。

水分をたっぷり含んだ空気を胸いっぱいに吸いこんで、ミッチは頭のなかを整理した。シャーロットをここへ連れてきたのは、キスをしたりふれ合ったりすることに慣れてもらうためだ。屋外なら自分も自制心を保てるだろうと思った。

彼女を傷つけることだけはぜったいにしたくない。

途中で買ってきた朝食用のサンドイッチとオレンジジュースを、公園のベンチに座って食べた。シャーロットは口数が少なかった。

きっと緊張しているのだ。

ミッチも同じだった。

シャーロットが自分を受け入れてくれたことがうれしかった。兄ふたりと、久しく会っていなかった父に再会したこと以上の価値がある。家を手に入れるより、新たな人生を切り開くチャンスをつかむより、ミッチはシャーロットと一緒にいられることがうれしかった。

この町へ来て、彼女を見て、ミッチの世界はひっくり返った。優先順位も人生の目標もがらりと変わった。彼女にはそれほどの影響力がある。

鳥の声を聞きながら、ミッチは静かに話しかけた。「きみに話さなきゃならないことがあるんだ」

シャーロットはミッチのほうへ体を預け、腰に手をまわしてきた。彼女にそうされると、ミッチは無敵になった気がした。

セクシーで、頭の回転がよく、思いやりがある。

「教えて」青空を思わせるシャーロットの瞳が木漏れ日にきらめく。「何を言われてもわたしの気持ちは変わらないけど」

「座ろう」気温がぐんぐんあがって、朝露もすっかり乾いていた。

シャーロットはサンダルをぬいで小川のふちに座り、小さな足を水に浸した。

「ブローディーの家とうちのあいだに、これよりも少し大きな川が流れているのよ。雨のあとは泳げるくらい水かさが増すの」シャーロットがミッチを見あげた。

ミッチも靴と靴下をぬぎ、ジーンズの裾を何度か折る。

「いつか一緒に行きましょうよ」

「いいね」シャーロットの隣に腰をおろして、ミッチは尋ねた。「その川で、裸で泳いだことはある？」

「まさか。ブローディーの家のそばで裸になるなんてぜったいにいや。見られたら死ぬしかないもの」

ミッチはにやりとした。「自分が死ぬより先にブローディーを絞め殺すんだろう」

「まあね」

そよ風が吹き抜ける。シャーロットがまじめな顔をした。「母が死んだあと、わたしの裸を見た人はひとりもいないわ」

処女というのはそういうものか……。ミッチは改めて驚いた。間を持たせるために、草のあいだに落ちていた石を拾って川面めがけて投げる。「いろいろ想像しちゃうな」

「何を？」

「きみの裸だよ」

「もう」シャーロットが赤くなる。

「今は話をしなきゃいけないのに」

シャーロットがうなずく。

「でも、もうじききみの裸が見られる」

シャーロットは頬を染めてうつむいた。「そうかしら」

ミッチは彼女を抱きしめたい衝動にかられた。全力で彼女を守り、幸せにしたい。女性として自信をつけてもらいたい。

「おれときみは……こうなる運命なんだ」

シャーロットが顔をあげ、うれしそうにほほえむ。「わたしもそう思う」

ミッチはうなずき、顔をあげて周囲を見まわした。この場所を選んだのはプライバシーを確保しつつも周囲を警戒しやすいからだ。ニューマンが町を出たとは思っていないし、シャーロットを危険にさらすことはぜったいにしたくない。

自分の恋人は自分で守る。わたしはものじゃないと言われようが、知ったことではない。

「おれは……過去に人を殺しそうになったことがある」彼女にふれてしまわないように、ミッチは足もとの草を引き抜いた。「比喩じゃない。刑務官にとめられなかったら本当に殺していたと思う」当時の光景が生々しくよみがえる。血のにおい、叫び声、膝の裏を襲った激痛……深く息を吸い、吐いて、ちぎった草に焦点を合わせる。

シャーロットはさぐるような目をしたあと、これまでになくやさしい声で尋ねた。「どうして？」

どうしてだって？　そんなことを訊かれるとは思ってもみなかった。どこから説明すればいいか迷う。

シャーロットは先ほどまでと同じ、親しみを感じさせる表情を浮かべていた。事実がわかるまで善悪の判断を保留しているのだ。

殺そうとした理由は、殺しそうになった事実よりも醜い。

ミッチはつばをのんだ。

シャーロットは身じろぎもしないで答えを待っている。ミッチは背筋をのばし、腕で顔を隠した。シャーロットの目を見なければ耐えられるかもしれないと思ったからだ。

「刑務所ってところは……上下関係が厳しいんだ」

シャーロットは何も言わなかったが、ミッチのほうへ体を寄せてきた。胸に手をあて、唇を押しあてる。「続けて」

打ち明けようと思ったのは、ありのままの自分を知ってもらったうえで、彼女に受け入れてもらえるかどうか、ふたりに未来があるかどうかを確かめるためだ。

本当は話したくなかった。二度とあのときのことは思い出さないと誓っていた。屈辱的だったし、思い出すたびに怒りがよみがえってくる。

処理しきれない感情は心に押しこめておくほうが楽だった。

だが相手はシャーロットだ。彼女にはすべてを知る権利がある。「ふたりがかりで押さえつけられて、片方にレイプされそうになった」

シャーロットは息をのんで動きをとめたかと思うと、次の瞬間、力いっぱい抱きついてきた。きゃしゃな体のどこにそんな力があったのかと驚くほどだった。

「被害はなかった」ミッチは急いで言った。

「でも心が傷ついたでしょう」

「まあね」二度と立ち直れないのではないかと思うほどに。

「あのときは文字どおり、生きるために戦っていた」

「そんなことをするやつらはまとめて息の根をとめてやればよかったんだわ」

涙まじりの声に、ミッチの胸は締めつけられた。シャーロットの背に手をまわす。「きみみたいな人がそんな物騒なことを言っちゃだめだ」

「あなたがやらないならわたしが殺してやりたいくらいよ」シャーロットはミッチの胸に顔をうずめたまま言った。「そのときのことを話して」

「おれはまだ新入りで、同じ房のやつは刑務所を出たり入ったりしている本物の犯罪者だった。といっても窃盗犯で、根は悪いやつじゃなかったけどね。性犯罪とか殺人とか児童虐待とはちがう」そういうことに手を染める連中には良心のかけらもない。人間の姿をしたばけもので、何をしでかすか予想がつかない。ときには退屈を紛らわせるためだけに他人を傷つける。

ニューマンのように。

頭上の木の葉がそよ風に揺れ、ミッチの顔の上で木漏れ日が踊った。自分はもう捕らわれの身ではない。家族に受け入れられているし、つらいときは愛《いと》しい人が抱きしめてくれる。それがどれほど幸せなことか。

数年前はこんな幸せが手に入るとは思ってもいなかった。

シャーロットの背をなでながら考えをまとめる。「最初の何日かはそいつからいろいろ教えてもらった。武器のつくり方なんかも教わったんだ。肝心なときに武器は役に立たなかったけど。背後から襲われた。膝のうしろを蹴られて床に倒されて……」そのときの恐怖と怒りがよみがえってくる。これで終わりだと思った。

二度とあんな思いはしたくない。

今でも背後に人が立つとぞっとするし、危険に対して人一倍敏感になった。

シャーロットが励ますようにミッチにすり寄る。

ミッチは上を向き、緑のアーチの上の青空に目を凝らして、いやなイメージをぬぐい去ろうとした。「慰み者にされるんだと思った。逃げることはできないと」

「それでどうなったの？」シャーロットが遠慮がちに尋ねる。

「タイミングよく同じ房のやつが戻ってきたんだ」できるだけ感情を交えずに説明する。

「そいつがおれにおおいかぶさっていた男を引き離してくれたから、おれはふりむいてやつの顔面を蹴った。一撃で顎が外れて鼻の骨が折れた。もうひとりの腕もへし折って急所を思い切り殴ってやった」

シャーロットがうんうんとうなずく。「いい気味だわ」

ミッチは小さく笑った。シャーロットは女らしくてやさしいけれど肝が据わっている。

彼女に対する愛しさがあふれて、思わずつむじにキスをした。髪から甘い香りがした。

「おれを襲ったのは卑怯《ひきょう》で残酷な男で、レイプ魔でもあった。騒ぎを起こすと出所が遅くなるのはわかっていたけど、そこで決着をつけておかないと、服役中ずっと嫌がらせをされる。だからおれはさらに喉を殴った。あえいでいるところで急所を膝蹴りした。二度と悪さができないように」

「よくやったわ！　それでこそわたしのミッチよ」

16

ミッチは神に感謝した。ふつうの女性ならおぞましいと怯《おび》えるところだ。しかしシャーロットは、すべてを受けとめ、よくやったと言ってくれた。恥ずべき過去を、負けなかった記憶に変えてくれた。

「結局、そいつは片目を失明して、鼻と歯を折った」怒りにわれを忘れてどれほど野蛮なことをしたのか、包み隠さず打ち明ける。

「当然の報いだわ」シャーロットがミッチの頬にキスをした。

湿った感触に驚いて体を離すと、シャーロットは涙を流していた。目が充血して、頬もまだらに赤くなっている。ミッチの話を聞きながら、静かに泣いていたのだ。

「ああ、泣かないでくれ。きみに泣かれるとどうしていいかわからなくなる」ミッチは彼女を抱き寄せ、顔にかかったやわらかなカールを払った。シャーロットを悲しませることだけはしたくないというのに。「ごめんよ。泣かせるつもりじゃ――」

シャーロットの指がミッチの唇に押しあてられる。彼女は音をたてて息を吸い、絞りだすように言った。「謝らないで。教えてくれてありがとう。うれしかった」

「そんな……お礼を言うのはおれのほうだ」

「あなたは立派な人だわ」シャーロットがミッチの胸に顔をうずめ、しゃくりあげながら言う。

「立派なもんか」ミッチはシャーロットを上向かせようとしたが、彼女はうつむいたまま首をふった。

「本当に、おれはそんなに価値のある男じゃない」

「そんなふうに言わないで」小さな拳が胸をたたいた。「あなたは意味もなく暴力をふるう人じゃない。キレやすいわけでもないわ。自分の身を守っただけ。結果的にほかの人たちを助けたのよ」シャーロットはしゃくりあげた。「生きのびるためにやるべきことをしただけ」ミッチのシャツで涙をぬぐう。「あなたのことが誇らしいわ。思い出したくなかったでしょうに、話してくれてありがとう」

たしかに勇気がいったが、話してよかったと思った。

シャーロットが顔をあげ、ミッチの顔を両手で挟んだ。「こんなことを言うと負担に思われるかもしれない。でもわたしね、あなたのことを愛してるの」

ミッチは息をのんだ。「おれを？」

シャーロットがきっぱりとうなずいた。「真剣なつきあいがわずらわしいのならそう言って。すっぱりあきらめるから」

「わずらわしいなんて言うもんか」

シャーロットの唇が大きな弧を描いた。信じられないほどセクシーな口もとがさらに魅力を増す。

我慢できなくなったミッチは、彼女の唇に自分の唇を押しあてた。涙で湿った頬を両手で包んで自分のほうへ引き寄せる。

シャーロットの細い指が髪に分け入ってくるのを感じた。求めてくれている証拠だ。できることなら今ここで――公園の地面の上で彼女を抱きたかった。しかしそれはできない。シャーロットが大事だから。

これは愛なのだろうか？　愛については詳しくないのでなんとも言えないが、自分にとってシャーロットがかけがえのない人なのだということはわかった。そういう人との初めての経験はもっと特別でなければいけない。それでも男女が求め合うのがどんな感じか彼女に教えたかった。自分と同じくらいの渇望を感じてほしい。

ミッチはうっすらと唇を開き、彼女の顎に移動させた。さらに下へおろし、日の光でぬくもった喉の肌をなぞる。五感すべてで彼女を味わいつくしたい。

ヒップのしなやかな曲線に手を沿わせ、細いウエストから形のよい乳房までそっとなであげる。

キャミソールとブラジャーの下で乳首が硬くとがっているのがわかって、思わず声がもれた。

シャーロットが目をぎゅっと閉じて切なそうな顔をする。かすかなあえぎが、彼女の興奮を教えてくれた。美しい顔を眺めながら親指で胸の頂をなぞる。反射的にシャーロットが胸をつきだして顔をそらした。

「なんてセクシーなんだ。おれを信じてくれるかい？」歯を食いしばって言う。

「信じるわ」

薄く開いた唇にキスをしながら、ミッチはささやいた。「きっと気に入る」

片方の肘をついてキャミソールの肩ひもをずらし、ブラジャーごと引きおろす。あらわになったなめらかな白い肌に指をはわせ、やさしく胸の形をなぞった。つんととがった頂に指先で円を描くとシャーロットの息遣いが荒くなった。

「きれいだ」顔をさげて片方の頂に軽くキスをする。

シャーロットが体をよじらせ、片方の脚をミッチのふくらはぎに巻きつけた。自然と腰が浮きあがる。

その反応に満足しながら、ミッチは舌で胸の頂に円を描き、そっと吸った。

シャーロットがかすれ声をあげる。「ああ、あなたの言うとおりね。すごくすてき」

ミッチは小さくほほえんで彼女を抱き寄せ、今度は強く胸を吸った。

予想外の反応に驚くのは毎度のことだが、シャーロットが快感に体を震わせ、腰を押しつけてきたので、ミッチの胸は熱くなった。

なんて感じやすいんだろう。

「すごい」ミッチは息を吸い、シャーロットの上からおりた。「最後までいったら快感で頭がどうにかなってしまうかもしれない」

まぶたを閉じ、頬を上気させて、シャーロットがささやいた。「きっとそうだわ」

すっかり高揚して、満たされたがっているように見える。これほどセクシーで敏感な女性が今まで処女だったとは、とても信じられない。

おまけに彼女は初めての相手に自分を選んでくれた。

ぜったいに後悔させたくない。

ミッチは周囲を見まわして、人がいないことを確かめた。「どのくらいいいか教えてあげるよ」

シャーロットの息遣いが速くなる。

快感に酔う女の姿に、ミッチは男のプライドをくすぐられた。

もう一度、今度は舌を絡めてディープキスをする。細い指が肩に食いこんでくる。シャーロットの着ているショートパンツはゆとりがあるので、ファスナーをおろさなくてもやすやすと手を滑りこませることができた。下着のふちをなぞったとたん、彼女が鋭く息を吸って身をこわばらせた。

　この反応を引きだしているのはおれだ。

　あまりにも無垢《むく》なシャーロットを見つめながら、下着の上から敏感な部分をなぞる。

「ああ、ミッチ……」

「何？」

「やめないで」

「やめないよ」敏感な部分を繰り返しさすると、シャーロットの青い瞳が色を増し、焦点が合わなくなった。まぶたが閉じ、切れ切れに吐息がもれる。

　下着越しに熱が伝わってくる。すっかり濡《ぬ》れて、充血して……。

　ミッチは歯を食いしばって胸に顔を近づけ、頂を唇で刺激しながら下着のなかに手を入れた。脚が開いたのでなかへ指を押し入れる。シャーロットが腕にしがみつくようにして下腹部を押しつけてきた。

　たまらない。

　欲望におぼれそうになりながらも、ミッチは自分たちが屋外にいることを忘れなかった。耳を澄ますと鳥のさえずりと小川のせせらぎ、そして葉擦れの音が聞こえる。人の気配はない。

　さらに指を深く入れるとシャーロットが快感の声をあげた。彼女の反応を見ながら少しずつ指を沈めていく。シャーロットの腰が指と同じリズムで動きはじめる。服に動きを阻まれながらも、ミッチは器用に手を回転させて親指でクリトリスを刺激した。

シャーロットが小さく叫んで体を弓なりにする。これまで見た何よりも官能的な眺めだ。シャーロットに解放のときが近づいているのがわかる。ピンク色に染まった肌、腫れぼったい唇、重い息遣いと上下する胸――すべてが激しい興奮を伝えていた。シャーロットが目を閉じて顔をのけぞらせ、苦しんでいるともとれるような表情をする。

ミッチの下腹部も痛いほど張りつめていた。

ミッチの胸に顔をつけ、かすれた声をあげてシャーロットは絶頂に達した。

ここが自分の家なら、すぐにでもベッドに押し倒して服をはぎとり、すすり泣くほどの快感を与えてから深くつきいっただろうに。

今のところはこれで満足しなければいけない。下腹部が張って痛いほどだったが、自分のことはあとまわしだった。ふたりの時間はたっぷりある。

シャーロットの体が徐々に弛緩《しかん》するのを見て、ミッチも愛撫《あいぶ》の手をゆるめた。硬くなって色を増した胸の頂から唇を離し、ふっと息を吹きかける。シャーロトがうめいて完全に体の力を抜いた。脚を軽く開いたままで、呼吸はまだ浅い。

この女性は誰にも渡さない。乱れた髪や紅潮した肌を見ながらそう思う。

「きみはおれのものだ」ミッチは宣言した。

「あなたがわたしのものになってくれるなら」シャーロットがささやく。

ミッチとしてはなんの異論もない。

肺にうまく空気を吸いこむことができない。むきだしの脚やはだけた胸を見ていると、欲望と愛情に押しつぶされそうだった。

「きみのようにきれいでセクシーな女性は見たことがないよ。まさにおれの理想だ」

シャーロットが力なく笑った。ゆっくり息を吐いてから首をかしげる。「これからわたしはどうすればいいの？」

「だんだんわかるさ」下着から手を抜いて顔の前に持っていき、淫靡《いんび》な香りを吸いこむ。それから指を口に入れた。

シャーロットは恥ずかしそうな表情でそれを見ていた。

ほほえみながらシャーロットの頬に手をあてる。「これで少しは楽になったはずだ」

「気持ちがよすぎて気を失ってしまうかと思ったわ」

「気を失ったってすぐに回復するさ」体勢を変えたところで顔をしかめる。「失礼」そう言いながら下腹部へ手をやって位置を直す。

シャーロットが目を丸くする。「もしかして……」

「がちがちなんだ」それでいて、こんなにも満たされた気分でいることが不思議だった。

「きみは気にしなくていい」

シャーロットは短く笑った。「どう考えても不公平だわ。だってわたしだけ……」言いかけて顔を真っ赤にする。「その……」

「イッたのに？」シャーロットの初心《うぶ》なところがかわいい。「うれしいよ。今日、きみと過ごしたひとときは一生忘れないだろうな」

「馬鹿言わないで」回復してきたシャーロットは上体を起こして胸をしまった。「わたしはそこまで自分勝手じゃないわ」

自分勝手どころか、もう少し自分のことも考えたほうがいいと忠告したくなるほどだ。

「きみを自分勝手だなんて思うものか」もう少し余韻に浸っていたくて、頭のうしろで腕を組む。「本当はまだ話があったんだけどね」

「聞かせて」シャーロットが顔をあげ、ためらいながらミッチの胸に手をあてた。その手を腹部へおろす。

ミッチはあわててその手をつかんだ。「そんなことをしたら本当に我慢できなくなる」誘惑されないように上体を起こしてから、シャーロットの髪についた草をとってやった。

「今日、うちで食事をしないか？　ふたりで」

「いいわ」即答したあと、シャーロットは視線を落とした。「わたし、しましょうか？　その……」

「今夜にしよう。食事をして、おしゃべりをしたあとで」

「順序が逆じゃだめなの？」

真剣な表情に笑い声がもれる。「だめとは言えそうもないな」

もう少しそばにいたい気持ちをこらえて、立ちあがり、シャーロットの手をとる。「ところで、そのショートパンツはいいね」

シャーロットがいたずらっぽく笑った。「気に入ると思った」

「今までの服でいちばん好きだ」シャーロットを立たせて車へ引き返す。「今夜はそれもぬがせるから覚悟しておいて」

シャーロットがよろめき、胸に手をあてて長く息を吐いた。「早く夜にならないかしら」

事務所ではロザリンが書類や電話の対応を完璧にこなしていた。さすがはロザリンだ。ブローディーやジャックだと決まったやり方を無視して適当に処理するので、もとの状態に戻すのにかえって手間がかかる。

その点、ロザリンはどうすればいいかがわかっていた。そもそもシャーロットに事務処理を教えてくれたのは彼女なのだ。

ミッチとの新たな関係についてロザリンに打ち明けたい気がしたが、昼から忙しくなっておしゃべりをする余裕もなかった。ブローディーとジャックは配達の仕事で夕食の時間まで帰ってこない。マリーはブローディーに同行している。残ったロニーが近場の配達をしてくれた。

この調子ではもうひとり雇わないと、いずれ仕事がまわらなくなるだろう。

ロザリンはミッチを引き入れたいようだが、彼には運び屋よりも造園業のほうが合っているような気がした。太陽の下で汗を流し、手を使って生命を生みだすなんてすばらしい仕事だ。

夢の実現に向けて一歩一歩前進してきたというのに、ニューマンの登場でミッチの心には迷いが生じているようだった。

次々とかかってくる電話に応対したり、請求書を送ったり、ファイルの整理をしたりしながら、シャーロットはたびたびミッチのことを考えた。

二時ごろ、ハンドバッグを肩にかけたロザリンがオフィスの入り口に姿を現した。

「夕食用のステーキ肉を買いに行きたいの。五分もすればロニーが来るから、それまでひとりで大丈夫？」

「え？」書類作業に没頭していたシャーロットは、ロニーの心配そうな表情を見てほほえんだ。「ああ、もちろん平気よ」

「あんなことがあったあとで事務所にいるのは気持ちが悪くない？」

「犯人だって二度も同じことはしないでしょう」

それでもロザリンは心配そうだった。「わたしが出たら鍵を閉めて。ロニーかミッチが来るまで、ぜったい外に出ないでね」

「わかったわ」ニューマンがまた現れるとも思っていないが、危険を冒すつもりもない。

ロザリンがシャーロットを見てにっこりした。「あなた、なんだか今日は肌艶がいいわね」

「そう？」シャーロットは頬に手をやった。午前中の出来事を見透かされたみたいで恥ずかしい。「いつもと同じよ」

ロザリンが入ってきてシャーロットの机の端に寄りかかり、髪に手をのばした。草の葉をつまんで見せる。「これ、ミッチの仕業でしょう？」

シャーロットは顔をほころばせた。

「この人だと思ったら前進あるのみよ」ロザリンが片目をつぶる。

シャーロットは真顔になった。「エリオットのときもそう思った？」

「わたしとあの人とのことは参考にならないわ」ロザリンは肩をすくめた。「エリオットとはとびきりすてきな記憶もあるけど、ひどくつらい思いもさせられた。ミッチが……エリオットみたいな根なし草でないことを祈ってる」

「ミッチはちがうわ」シャーロットはきっぱりと言った。「自分のルーツや家族をすごく大事に思っているもの。彼のいちばんの望みは、家族を持つことだと思うの」

「ミッチのいちばんの望みはあなただと思うわ」ロザリンがシャーロットの顔をのぞきこ

んだ。「兄弟をさがしてこの町へ来たのは本当でしょうけど、彼がここにいることに決めたのはあなたがいるからよ」

シャーロットはロザリンの発言を喜びながらも、責任を感じた。「わたしも彼にいてほしい。どこにも行ってほしくないわ」

ロザリンはシャーロットを抱き寄せ、頬にキスをした。「あなたたちはお似合いだと思う」

「ありがとう」

ロザリンが出かけたあと、玄関に鍵をかけて時計を見る。あと一件、近場の配達依頼があるので、ロニーに早く戻ってきてほしかった。少し残業しなきゃいけないかもしれない。でも依頼してきたのはご近所さんで、友人だ。お得意さんは大事にしないといけない。

今夜、ミッチの家で何が起きるかに思いをめぐらせていたとき、いきなり電話が鳴った。

「〈マスタング・トランスポート〉のシャーロットです」

「よう、かわい子ちゃん」

聞き覚えのある声に鳥肌が立った。椅子から立ちあがって眉間にしわを寄せる。「どなたですか？」

「ミッチがおれと話したがってるそうじゃないか」

おそるおそる尋ねる。「もしかして、ニューマン？」

肯定も否定もせず、相手が言った。「心配するなと伝えてくれ。準備ができたらおれのほうが見つけに行くから」

受話器を持つ手がぶるぶると震える。シャーロットはなけなしの勇気をかき集めて気丈な声を出した。「ミッチはもう、ひとりじゃないわ」

「知ってる。あんたがいるんだろう」電話越しに荒い息遣いが聞こえた。「あんたに会うのも楽しみだ。次はたっぷり遊んでやるよ」

恐怖で口のなかがからからになった。「もう切るわ」

「勝手に切るな！」

大声に驚いて、シャーロットは反射的に受話器を戻した。すぐに電話が鳴る。

シャーロットは黙って電話を見つめた。呼び出し音が神経をびりびりと震わせる。

呼び出し音が切れると同時に、ノックの音がした。とっさに椅子から腰を浮かせる。オフィスのドアを閉めに行こうとしたとき、ロニーの声がした。

「シャーロット？　わたしよ、入れて」

安堵《あんど》のあまり膝の力が抜ける。シャーロットはドアに突進し、ガラス越しに周囲を確認してからドアを開けた。

白いタンクトップにブラックジーンズを合わせたロニーが、いつものように入ってきた。長くのばしたプラチナブロンドの前髪が揺れている。

「調子はど——」シャーロットの顔をひと目見て顔色を変える。「何かあった?」

「で、電話がかかってきたの」ドアをロックして、ロニーとともに机に戻る。とにかく腰をおろしたかった。

「あいつから?」

机に両手をつき、大きく息を吸ってうなずく。「本人だと思う」

「なんて言ってた?」

「からかわれて、過敏に反応しちゃったかも」

「どんなふうに?」

「電話を切っちゃったの。切るなって言われたのに」

「それでいいのよ!」ロニーが手をあげる。

シャーロットものろのろと手をあげてハイタッチをした。「ますます怒らせただけだと思うけど……」

また固定電話が鳴りだした。

ロニーの笑みが大きくなる。「スピーカーにするから、あなたは何も言わないで」そう言って受話器をとる。

「なんの用?」

短い沈黙のあと、さっきと同じ声が言った。「かわいいシャーロットはどこへ行ったんだ?」

「さあね」ロニーは机に軽く腰かけて腕組みをした。「あんた、何が狙い?」

「シャーロットとおしゃべりすることさ」

「それは無理。ほかには?」

シャーロットは目を丸くした。相手がクライアントだったらとんでもないことになる。

電話の相手が笑う。「ずいぶん粋がってるな、姉ちゃん」

「車を傷つけたり、いたずら電話をしたりするやつより度胸があるのはまちがいないね」

「このあま!」

「そういうことを言うなら切るわ」ロニーはそう言って受話器を置いた。

「ますます怒らせたんじゃない?」

「またかかってくるから見てごらんなさいよ」

ロニーの指が机をたたく音を聞きながら、シャーロットはひどく不安だった。ニューマンに恐怖を見透かされている気がした。「やっぱりかかってこないんじゃ――」

電話が鳴った。

「今度は何?」ロニーが受話器をとって言う。

「近いうちに、あんたのナイフの腕前を見せてもらおうかな」

ロニーが馬鹿にしたように笑う。「いつでもどうぞ」

「強がっているのも今のうちだけだぞ」

「そう？　長電話のおかげで逆探知できたわ。ありがとう」

ロニーがはったりをかましたとたん、電話が切れた。

「頭の悪い連中って、すぐに信じるんだよね」

「挑発するなんてどうかしてる」

「これで連中も行動を起こすでしょう」

「そのとおりよ！　あなたを殺しに来るわ！」そしてわたしのことも。

ロニーはシャーロットをじっと見てから玄関へ行き、外をのぞいた。「連中は携帯から電話してきてると思うわけ。そうなると近くにいてもおかしくないんだけど」

これではジャックが心配するのも無理はないと思いながら、シャーロットはロニーのあとを追いかけた。「ジャックに怒られるわよ」

「そりゃあジャックは怒るでしょうけど、ブローディーとミッチなら同じことをすると思うな。相手がどこにいるのかわからないままひたすら怯えているのがいちばん消耗するんだから」

「ニューマンはミッチたちを狙うわ」

ロニーが肩をすくめる。「おびきだすことさえできればこっちのものよ」そう言ってシャーロットをふり返る。「わたしが仕留め損なったら、ブローディーたちにもチャンスをあげるつもり」

シャーロットは首をふった。「あなたって――」

「ジャックと同じことを言うんでしょう」ロニーが壁に寄りかかってにっこりする。

「あなたのことは好きだけど、今回ばっかりはどういうつもりか理解できないわ」

「そうでしょうね。あなたは実際に襲われた経験がないから理解できないのよ。もちろん、そのほうがいいんだけど」ロニーが声を落とす。「一度でも襲われると考え方が変わるわ」

「どんなふうに？」

「被害者になるくらいなら自分から攻撃してやろうと思うようになる」ロニーがそう言ってドアに向き直る。「ミッチが来た」

シャーロットは急いでドアに近づいた。ミッチが車を降りて、こちらへ歩いてくる。色の濃いサングラスをかけているので目は見えないが、口もとはセクシーなカーブを描いていた。わたしに会うのを楽しみにしているかのように。

リラックスしたミッチの様子がうれしかった。彼の生活にはおだやかさや静けさが足りない。安心して過ごせる場所を与えてあげたい。

「電話のこと、伝えなきゃだめ？」ミッチの反応を思うとやりきれない。「苦労ばかりしてきてようやく落ち着く場所が見つかったのに。きっと悲しむわ」

「悲しむですって？」ロニーが鼻を鳴らす。「激怒するに決まってる。とにかく、ミッチは小さな子どもじゃないんだから、あなたが守ってあげる必要はないのよ」

小さな子どものときでさえ、ミッチを守ってくれる人はいなかったのだ。

「シャーロット」ロニーがやさしくたしなめる。「言わなきゃだめよ」

「わかってる」醜い現実は隠しておきたいけれど、事実を知らなければ危険に備えることもできない。

ロニーが玄関へ行き、鍵を開けてドアを大きく開いた。「いいところに来てくれたわね」

含みのある言い方に、ミッチが足をとめた。室内に入ってドアを閉め、サングラスを外してまずロニーを、次にシャーロットを見る。

さっきまでの笑顔はどこにもなかった。両肩の筋肉が盛りあがり、背筋がのびて、顔つきも険しくなっている。

ロニーがシャーロットに目をやった。「ほらね？」

シャーロットがうなずく。

「何があった？」ロニーの脇を通りすぎてシャーロットの前に立ったミッチは、両手でその肩をつかんだ。「大丈夫なのか？」

「平気よ」ロニーの勇気と落ち着きを真似《まね》しようと努めながら、シャーロットはニューマンに言われたことをなるべく正確に繰り返した。

ロニーが壁に寄りかかった。「あの男の狙いはあなたなのね」

「そうだ。あいつはおれを苦しめたいんだ。でも、そのためならきみらに手を出す可能性もある」

シャーロットはミッチのシャツを握りしめた。「だからってあなたが去るという選択肢はないわ」

わたしを置いていかないで。

「きみらの存在を知られてしまった以上、去るという選択肢は消えた」

「そのとおり」ロニーが言う。

大きな手がシャーロットの頬を包んだ。「家まで送るよ」

「だめ」シャーロットはミッチの手に自分の手を添えた。「デートをする約束でしょう」

「でも――」

「朝から楽しみにしていたんだもの」決意を込めてほほえむ。「行きましょう」

17

ミッチはロニーの車のあとをついてロザリンの家まで行った。エリオットが庭にテントを張っているのを確認したあと、自分の家へ向かう。運転しているあいだもニューマンに対する怒りが込みあげてきて、思わずハンドルを握りしめた。

何度もこちらへ視線を投げていたシャーロットが、ついに声をかける。「大丈夫?」

ミッチはなんとか笑みを繕ってうなずいた。「ああ」

シャーロットが小さく咳払《せきばら》いした。「そうは見えないけど」

そのとおりだ。ニューマンを素手で八つ裂きにする妄想ばかりが頭をめぐる。デートにふさわしい気分とは言いがたい。

「ロニーは無謀すぎる」

「わたしもそう思うわ。でも、敵の姿が見えない状態がいちばん消耗するんですって」

たしかにニューマンは姿を隠して嫌がらせをしているが、だからといって刺激すればいいというものでもない。「彼女、ジャックにちゃんと話すよな?」

「話すと思う。ふたりのあいだに秘密はないみたいだから」シャーロットがバッグの肩ひもに手をふれた。「ジャックはものすごく怒るでしょうね。ロニーは気にしないでしょうけど」

「おもしろい夫婦だな」シャーロットの表情がさっきよりもやわらいでいることに気づいて、ミッチはもっとしゃべらせようとした。せっかくの夜をニューマンのせいで台なしにされたくない。

「ジャックはロニーがそういう女性だってわかって結婚したんだから、それでいいのよ」

ふたりがたいへんな目に遭ったことは聞いている。ロニーの武勇伝には本当に驚かされた。「ジャックたちはつきあって長いのかい？」

「そうでもないわ。でも、いろんな困難をくぐり抜けてきたから絆《きずな》が強いの」

「それなのにロニーはまたトラブルを抱えこもうとしているんだな」その原因が自分にあることが心苦しかった。

「ロニーは真っ向から勝負したいタイプなのよ。ある意味、ブローディーやジャックよりも勇敢かもね」

「彼女のそういうところは嫌いじゃない。実際、おれといちばん共通点が多いのは、彼女かもしれない」

シャーロットの笑みが消えた。「わたしよりも？」

「おれにとってきみは特別な存在だよ」ミッチは強調するように彼女の手を握った。

「それなら許してあげる」

ミッチは笑い声をあげてシャーロットの手を口もとへ持っていった。「ロニーのことは好きだけど、わざわざ敵を怒らせることはなかった。ニューマンの矛先が彼女に向いたらたいへんだ。狙われるのはおれひとりで充分なのに」

シャーロットが手を引きぬいた。「わたしはいやよ。だいいち、あなたひとりが狙われればいいと思っている人なんていないわ」

「怒るなよ」

「怒るに決まってるでしょう」シャーロットが声を荒らげた。「いつになったらわかるの？　あなたに何かあったらみんな困るのよ。大事な家族なんだから」

「わかってるし、感謝もしてる」

「わかってない！」シャーロットが叫んだ。「こんなときに感謝してるなんて言われて、わたしが喜ぶとでも思う？」

ミッチは今ごろになってシャーロットの気性を思い出した。あのブローディーをもやりこめる女性だということを。

ただしブローディーに接するのと同じように、本音でぶつかってくれるようになったことはうれしかった。シャーロットがどんなときに喜ぶのか、何を優先しているのか、もっと知りたかった。

　とりあえず自分は優先順位が上とわかって自然と顔がほころぶ。

「何をにやにやしているの？」シャーロットがとがめる。

「うれしいんだ」彼女をちらりと見てさらに口角をあげる。「おれのことをこんなに気にかけてくれた人なんて、今までいなかったから」

　異性との肉体的な経験は乏しくても、人間関係において、シャーロットは自分よりもずっと経験豊富だ。

「それがうれしいものなんだってことを知ったよ」

「今さら……」あきれたように言う。「わたしにとって、あなたはすごく大事な人よ」

「その台詞《せりふ》、毎日聞いても飽きないだろうな」死ぬまで聞かせてほしい。

「よかったこと。毎日言うつもりだから覚悟してね」

　望むところだ。ミッチはポケットから携帯をとりだした。

「ニューマンから電話があったことをブローディーに話すよ。ロニーがまだ話していなかったとして、ジャックにはブローディーから伝えてもらえばいい。そうすればロザリンやグラントにも伝わるだろうし」

「そうしてくれると助かるわ。ロニーのことが心配だったの。また、ポーチで敵がやってくるのを待ってないといいけど」

「さすがにエリオットがとめるだろう」

「エリオットの言うことなんて聞くもんですか。ロザリンが言えば多少は効果があるでしょうけど」

「ロザリンなら笑顔ひとつでライオンだって手なずけられそうだ」

シャーロットがほほえんだ。「たしかに」

ミッチの家へ続く道はめったに対向車もなく、ニューマンたちが待ち伏せできそうな茂みもない。携帯をスピーカーにしてブローディーの番号に発信する。

ブローディーが出たところで脅迫電話のことを説明した。

「まったく腹の立つ野郎だな」ブローディーが奇妙におだやかな声で言った。とてつもなく怒っているにちがいない。「だがこんな田舎町で誰にも見つからずに動けるはずがない。あいつらのことを知っていて、意図的に黙っているやつがいるはずだ」

「内通者ってことか」

「ああ」

「内通者がいたとして、簡単に見つかるだろうか？」

「おれが本気になれば見つけられるさ。これまで隣人だから遠慮していたが、今からは徹底的に調べる」

「頼もしいよ」

「さっそく今夜、〈フレディーズ〉をあたってみる」

ということはシャーロットとのデートも早めに切りあげなければならない。気が進まないが彼女の安全が第一だ。

「おれも行くよ」

その言葉にシャーロットがあからさまに落胆の表情を浮かべた。しかしデートを楽しみにしていたのはシャーロットだけではない。ミッチも一日じゅう、ふたりきりになれる瞬間を待ちわびていた。

「おれはまだ出先だ。帰ってから母さんのところで食事をする約束だから、バーへ行くのはそのあとになる。ジャックはロニーのそばにいたがるだろう。ふたりそろってバーへ乗りこんでくるかもしれないけど」

おもしろがっているような口調に、ミッチは改めて頼りがいのある兄たちと出会えたことをありがたく思った。

ふたりと血がつながっていることが誇らしい。

「フレディに電話をして先に情報収集してもらうよ。給仕係にも金をやっているんだ。ふたりいれば何かつかめるだろう」

「おれにも教えてくれるだろう？」

「任せておけ。とりあえずおまえはシャーロットと食事を楽しめ」

わざと〝食事〟を強調したブローディーに、シャーロットが眉をひそめた。

「ただ、油断は禁物だぞ」

「シャーロットを危険な目に遭わせはしない」

「そうしてくれ。武器はあるのか？」

「前科者だから銃は持てないんだ。でも大丈夫だ」

「自信に満ちた発言だな。まるで自分を見てるみたいだ」ブローディーはそこで声色を変えた。「シャーロット？」

「何？」

「おまえは明日から銃を持て。明日、出勤するまでにホルスターを用意しておく」

シャーロットは動じなかった。「自分でもそうしようと思っていたの。ハンドバッグにおさまるホルスターがあると助かるわ」

電話を切ったあと、ミッチはしばらく声が出なかった。シャーロットと拳銃はどう考えてもミスマッチだ。

ミッチの表情に気づいて、シャーロットが言った。「実際に使うつもりはないから安心して」

ミッチはしわがれた声で尋ねた。「撃ち方は知ってるのか？」

シャーロットが鼻のつけ根にしわを寄せる。「引き金を引けば弾が出るのは知っているけど、狙ったものにあたるかどうかはわからない」

七時半、ミッチは家の前に車をとめた。たびたびシャーロットを家に招くつもりなので、昼間のうちに家のまわりに外灯をとりつけておいた。

シャーロットが目ざとく気づく。「外灯をつけたのね」

「きみを招待するからには安全を確保しないとね」車を降りて助手席側へまわる。「射撃はいつ習ったんだい？」

車を降りたシャーロットの髪をそよ風が揺らした。雨が近づいているのがにおいでわかる。窓の割れたところをプラスチック板で補強しておいて正解だった。

外灯を見あげて、シャーロットがたいしたことではないように言った。「ロニーが襲われたあと……興味が湧いたから。ロニーみたいに強くなりたい、自分の身は自分で守れるようになりたいと思ったの」

「でもジャックから聞いた話では、ロニーだって強いふりをしてるんじゃないのか？　プライドが高いから他人に弱さを見せられないと言ってたぞ」

シャーロットは弱々しい笑みを見せた。「あの日のことは……一生忘れない。ロニーはひどい目に遭っていっそう強くなったわ」

頭のおかしい殺人鬼がロニーとジャック、そしてクライアントの兄弟を殺そうとした話ならミッチも聞いた。シャーロットの巻き毛に指を絡めて、ほほえみかける。「きみはロニーじゃない。無理をすることはないんだ」自分が恋したのは、ほかの誰でもないシャーロットなのだから。

「ロニーがあんなに勇敢じゃなかったら、ジャックたちは死んでいたかもしれない」シャーロットが自分の体を抱きしめるようにしてミッチを見あげた。「ロニーはすごいわ。あなたと似てる。ブローディーやジャックともね。わたしもあんなふうになりたいと思ったけど、あなたが言ったとおり、わたしはロニーじゃないから……」

「ロニーみたいになる必要もない」

シャーロットには聞こえなかったようだ。「ジャックにナイフの使い方を教えてもらったこともあるけど、わたしにはとうてい無理だった。それでブローディーが射撃を教えてくれたの。レーザー照準器がついた小型の拳銃を準備してくれたのよ。グロック拳銃は重すぎて無理だった」

ミッチはシャーロットを抱き寄せた。シャーロットがミッチの顎の下に顔をつけて、細い腕を腰にまわす。やわらかな胸を押しあてられて、ミッチの体にたちまち火がついた。シャーロットが家に来たら何をするかいろいろ計画していたというのに、このままではベッドに直行してしまいそうだ。

タイミングよく、ポーチの網戸越しにブルートが歓迎の声をあげた。

今はキスだけでやめておこう。顎に手をあててシャーロットを上向かせ、唇を押しあてる。すぐに唇が開き、舌先がふれ合った。予想以上に積極的だ。

ミッチはうめき声とともに体を引いた。「食事とおしゃべりを楽しみたいならもう少し協力してくれないと」

シャーロットはうっとりした表情でミッチの唇にふれ、息を吐いた。「どっちにしてもブルートをないがしろにしちゃいけないわね」

「そうだな。早く用を足させないとモップで床を掃除するはめになる」

シャーロットは笑いながらミッチの手をとった。

室内は前回来たときよりもますます居心地がよさそうになっていた。流しに洗った皿が乾かしてあるせいかもしれないし、カウンターにクッキーの袋が置いてあるせいかもしれない。それともドアの前にラグが敷いてあるからだろうか。ひょっとして窓にブラインドがついているから？

みんなで作業した日からそれほど経《た》っていないのに、ずいぶんな進歩だ。

ミッチ自身もこんなふうにスムーズに、新しい環境になじんでくれればいいのだが。

ブルートはふたりに頭をなでてもらったあと、大あくびをして尻をつきだすようにストレッチをした。たくましい首が弧を描いてそり返り、口から舌と鋭い牙がのぞく。ブルートはそのまま床に伏せ、仰向けになって腹を見せた。なでろと言っているのだ。

いつの間にか、ふつうの飼い犬のように甘えたしぐさを見せるようになっている。

「怠け者め」ミッチが笑いを含んだ声で言いながら腹をなでる。「外に出たくないのか？」

〝外〟という言葉にブルートが飛び起きて、興奮に尻をふった。

「行きたいってことね」シャーロットがドアを開けてやると、ブルートが駆けだした。ふたりもあとをついて外に出る。

かすみがかったオレンジ色の太陽が西の空の低いところにあって、雲の腹を染めている。反対側の空は黒い雲におおわれていて、ときおり雷が光っていた。風に乗って虫の声や葉擦れの音が聞こえてくる。

シャーロットは顔をあげて大きく息を吸い、目を閉じた。「本当に美しい場所ね」

ミッチの腕が腰にまわった。

「誰にも邪魔されないしな」

いつの間にかふれられても緊張しなくなっていた。何カ月、いや何年も一緒にいるような親密さがある。シャーロットはミッチと出会って、心の奥にあった隙間が完全に満たされたと感じた。同時に肌のふれ合いに飢えていた自分に気づいた。異性と心を通じ合わせ、理解してもらったり認めてもらったりしたかったのだ。愛情がほしかった。

だが、そういう関係が築けるほど真剣に向き合ってくれる男性はいなかった。そこへミッチが現れた。

彼ともっと一緒にいたい。彼の笑顔が見たい。

体にふれてほしいし、キスしてほしい。

「何を考えているんだ？」

目を開けるとミッチがこちらを見つめて不思議そうな顔をしていた。

「あなたのことよ」

正直に答えると、ミッチの眉があがる。

「あなたのことを考えていたの。あなたといるとどんな気持ちになるかってことを」たくましい体に身を預けるとなんとも言えず安心する。完璧に満たされる。

ミッチの眉がもとの位置に戻った。「どんな気持ちになるんだい？」

「言葉で説明するのは難しいけど――」ふさわしい表現を考える。「自分はこんなふうになりたかったんだって思えるの。今までずっと大事なものが欠けていたって」

ミッチの両眉があがり、唇が弧を描いた。「本当に？」

「こんなときに嘘なんて言わないわ」

「ごめん。お互いに同じように感じているなんて奇跡だと思って」目はブルートを追いながら、ミッチはシャーロットの背中をなでた。「きみといると、手が届かないと思っていたものが実際はすぐそこにあることに気づいてびっくりする」

シャーロットもまったく同感だった。

ブルートが足どりも軽く戻ってきた。舌を長く垂らし、盛んにしっぽをふっている。

「うれしそうだな」ミッチが愛犬の背を、愛情を込めてたたいた。

「あなたもね」

ミッチがシャーロットを見る。「きみがいるからさ」

まだ話し合わなければならないことがあるし、物事には順序があるともわかっているけれど、もう待てそうもなかった。

「ねえ、なかに入らない？」

欲望に目をきらめかせながらミッチがうなずく。今度はブルートに視線を落とした。

「ご飯の時間だ。腹が減っただろう？」

ブルートがひと声吠《ほ》えて走りだす。

「いつでも腹ペコだもんな」ミッチはシャーロットのほうを向いた。「あいつは食べたら一時間くらい昼寝をする習慣があるんだ」

「いい子ね」

「ピットブルと聞くと凶暴だと思う人が多いけど、ブルートはウサギみたいにおとなしい」ミッチはブルートの耳のうしろをかきながら言った。

シャーロットは声をあげて笑った。「荒々し《ブルート》いなんて名前にするから怖がられるんじゃない」

「こいつも男だから、いざとなったら狂暴にもなるさ」ミッチがポーチの網戸を開けてシャーロットと犬を通した。「ブルートは食べたあと、ここでうとうとするのが好きなんだ。開放的で外にいる気分になるんだろう」

シャーロットはテントのことを思い出した。冬になったらミッチはどこで寝るつもりだろう？

これから一緒に過ごす時間が長くなれば、この家に泊まることもあるかもしれない。わたしもテントで寝ることになるのだろうか？

もちろん、ミッチがそうしてほしいならそうするつもりだ。彼のためならなんでもできる。「この家はすてきね。懐かしい感じがする」

「買ったときはそんなふうに思わなかったけど、今ならわかるよ。納屋を職場にするつもりなんだ。まだかなり手を入れないといけないけど、いちおう机とキャビネットとトイレはある」

「完璧よ。でもこんな人里離れたところにひとりでいるのは心配だわ」

ミッチが大きなボウルにドライフードを入れてブルートの前に置く。水入れも洗って新しい水を入れた。「おれにとっては家を買って落ち着くってことがかなりの挑戦だから、ご近所づきあいまでするのはキャパオーバーかな」

シャーロットはうなずいた。ボウルをつかむ大きな手や連動して動く腕の筋肉、かがんだ腰のラインなど、日常の何気ない動きさえミッチがすると美しく見える。

ミッチが壁に寄りかかり、胸の前で腕を組んだ。「四方に壁があることさえ息苦しく感じることもある」そう言って情けなさそうに笑う。「何年も閉じこめられていたせいさ。みんなが当然のように手にしている自由が、おれにとっては当たり前じゃない」

シャーロットは広い胸に顔をすり寄せた。シャツ越しに、筋肉の盛りあがりやくぼみが感じられる。土のにおいと体臭が混じって、なんともいえない男っぽい香りがした。

ミッチの肉体は文句のつけようがないが、それにも増してすばらしいのは芯の強さやぶれない正義感だ。それが今のミッチを形作っている。

「ここでの生活はどう？　なじんできた？」

あたたかな手で顔を挟むようにして、ミッチがこちらをのぞきこむ。「まずは、きみになじみたいな」セクシーなささやきに背筋がぞくっとする。

シャーロットはほほえみ、小さくうなずいた。「いいわ」

「そんなに簡単にオーケーしていいのか」

「わたしだって同じ気持ちだもの」

ミッチが目を輝かせ、そっとキスをする。唇をこすらせたり、ついばむようにしたりしたあと、飢えたように唇をむさぼった。

シャーロットもやわらかなシャツの上からたくましい肩をなでまわした。いきなり壁に押しつけられたかと思うと、大きな手でヒップを包まれる。腹部に硬くなったものが押しつけられた。

シャーロットは唇を離してあえいだが、すぐに唇をふさがれた。ミッチの舌が歯をなぞる。そのあいだも力強い指がヒップに食いこみ、腰をリズミカルに揺らす。

ミッチが顔をあげた。「ベッドだ。今すぐ」

恋愛に関しては慎重派のシャーロットも、焼けつくような欲望にはあらがえなかった。

「競争よ」そう言うが早いか、彼の腕をすり抜けて廊下へ走る。

ミッチは低い笑い声をあげて追いかけてきたかと思うと、ベッドの前でシャーロットの腕をつかんだ。そのまま自分のほうへ向かせてキャミソールをはぎとる。

少しも恥ずかしくなかった。ミッチにどれほど経験があるとしても、今、一緒にいるのは自分なのだ。

ミッチが熱っぽい目でむきだしの上半身を眺めまわす。それから震える手でブラジャーのホックを外した。

シャーロットはずっと胸が小さいことを嘆いてきたが、ミッチの前ではなぜか気にならなかった。むしろとびきりセクシーな女になった気分だった。「自分でとるわ」

ミッチが鼻腔《びこう》をふくらませて深く息を吸う。

その反応に自尊心をくすぐられて、シャーロットはブラジャーを外し、床に落とした。

「みんなしてあの女を見張ってるんだな」

ニューマンは鼻を鳴らした。二度目の電話の女に逆探知したと言われたことは秘密にしておく。あんなはったりを一瞬でも信じた自分に腹が立った。

「そうかもしれん。寄ってたかってあの女を守ろうとしているんだろう」

リッチーが笑い声をあげた。「そのあいだにおれたちはミッチを捕まえてやる」

そう、ミッチを捕まえる。記憶にあるミッチはひょろひょろしてプライドばかり高いくそガキだった。子どものころからかわいげがなかった。

ミッチを半殺しにしたあと、次は女たちの番だと教えてやろう。そうすればミッチも強がってはいられまい。

ミッチを片づけたらバーニーを始末して、それから町を出る。ミッチを苦しめることさえできれば、女どもには用がない。被害者が増えれば警察が騒ぎだすし、そうなったらかえって面倒だ。

椅子に座っていたリーがうなる。「バーニーが情報提供してくれて助かった」

男たちの笑い声が響く。ミッチが郊外の古い家を買ったことを、バーニーは嬉々《きき》として教えてくれた。

「こういうちっぽけな町は、楽しみといえば噂話《うわさばなし》くらいだからな」

バーニーの友人が金物店を営んでいて、そこへミッチが外灯を買いに来たらしい。店主はバーニーを疑いもせず、客の情報を流した。

「クリスマスツリーみたいに敷地をぴかぴかに照らしたって、おれたちをとめることはできないってのに」

あたりが充分に暗くなってから、三人はバーニーの家を出た。

ナイフを抜いて刃先の鋭さを確認する。「ビルってやつを覚えているか？　おれがこのナイフで切りつけた男だ」

リッチーが顔をしかめた。「忘れるもんか。ずたずたの血だらけだった」

「ミッチも同じ運命をたどることになる」

「そこまであいつが憎いのか？」

憎いなんてものじゃない。ミッチはガキのころから反抗的で、人を小馬鹿にしていた。あいつさえいなければやりたいようにやれたのだ。挙げ句の果てにミッチはあの家を勝手に売った。隠してあった麻薬も、売人としての信用も台なしになった。「何度切りつけても満足できないほどにな」

金をとり返したあと、ずっと我慢してきたことを実行してやる。

18

ゆっくり進めようと思っていたのに、ミッチの欲望はもはや制御不能だった。幸い、シャーロットも積極的だ。寝室まで追いかけっこをしたことで、彼女を愛《いと》しく思う気持ちがさらに高まった。

今、シャーロットは上半身裸で目の前に立っている。青い瞳に強い欲望をたたえて、まっすぐにこちらを見つめている。

白い乳房の魅惑的なカーブを、ミッチは日に焼けた手と熱い視線でたどった。頂を親指で刺激するとぴんと立ちあがる。

伝えたいことが山ほどあるのに、口をついた言葉はひと言だった。「きみはおれのものだ」

シャーロットが負けじと顎をあげる。「あなただってわたしのものよ」

喜びがミッチの全身をめぐり、屹立《きつりつ》した下腹部に震えが走った。「きみも縄張り意識が強いんだな」

「とびきり強いわ」

「おれもだ」

乳房から手を離してショートパンツの前ボタンを外し、ファスナーをおろす。もうすぐ彼女のすべてが見られる。

ブラジャーとおそろいのショーツは白のコットンで、シャーロットの純粋さを際立たせていた。これまで見たどんな下着よりもセクシーだ。

こんなに美しい女性は見たことがない。

シャーロットは頬を染めながらも、ミッチから目をそらさなかった。「次はあなたの番よ」

命令するような言い方がかわいらしい。

「承知しました」ミッチは急いでシャツをぬぎ、脇に放った。生あたたかい部屋の空気をシーリングファンがゆっくりとかきまわす。シャーロットの肌の香りが鼻孔をくすぐった。

靴をぬいでジーンズの前を開けると、シャーロットがよろよろとベッドに腰をおろした。

ファスナーをつかんだ手をとめて尋ねる。「大丈夫かい？」

シャーロットがうなずく。「気にせず続けて」

「おれの裸が見たい？」欲望を刺激されつつも、からかうように尋ねる。

「当然だわ」シャーロットは唇をなめた。胸いっぱいに空気を吸いこんで、長いため息をつく。「わたしだって下着姿なんだもの」

今すぐ彼女の前に膝をついて大きく脚を広げさせ、潤った部分に顔を押しつけて、興奮した女性のにおいをかぎたかった。そのままクライマックスへ押しあげて、歓喜の声をあげさせたい。

だがそんなことを口にしたら、シャーロットは気を失ってしまいそうだ。すでに気絶寸前に見える。

ミッチはジーンズの前を開けたままシャーロットに近づき、髪に指を入れてピンをさがした。慎重にピンを引き抜いて長い髪を解放する。美しいカールが流れ落ち、胸の頂までかぶさった。

「さわってくれ」かすれ声で訴える。シャーロットの視線が腹部から顔へあがった。

細い指がデニム生地の上から張りつめた部分をなぞる。

それだけでミッチは達しそうになった。短く息を吸ってやわらかな髪に指を絡める。

ミッチの反応に自信を得たシャーロットがもっと大胆に手を動かした。

「それ以上はだめだ」ミッチは警告して体を離した。

シャーロットが小悪魔的な笑みを見せた。「ぬいで」そう言ってベッドに横たわり、肘をついて片膝を曲げる。「今すぐ」

ミッチは頭のなかが真っ白になった。ここまで積極的になってくれるとは思わなかった。

シャーロットのような女性と出会えるなんて夢のようだ。これまで、彼女に会うために生きてきたような気がする。

シャーロットこそミッチが求めていたすべてであり、理想を超越した存在だった。

ジーンズをぬいだあと、チェストの引き出しから避妊具を出す。ブルートが入ってこないように寝室のドアを閉めて、シャーロットの隣に立った。体じゅうが期待に脈打っていて、息をすることさえ苦しい。

「きみがほしくて気が変になりそうだ」両手を握ったり開いたりして、逸《はや》る気持ちをこらえる。あたたかな肌に手をはわせたい。小石のように硬くなった胸の頂をつまみたい。太もものあいだのやわらかな毛にふれたい。

シャーロットが仰向けになってミッチのほうへ両手をのばした瞬間、自制心が吹き飛んだ。焦るなと自分に言い聞かせる暇もなく、気づくと白い体にのしかかっていた。

すべてを味わう勢いで唇をむさぼる。

シャーロットのやわらかな唇が開いてミッチの舌を迎え入れた。

ミッチの人生はこれまで不運の連続だった。幸せに向かって努力するたび、足をとられ、転ばされた。

それがシャーロットに出会って変わりはじめた。

初めて彼女に会った夜から抱きたいと思っていた。笑顔も、美しい髪も、大胆なところも、思いやりのあるところも、芯の強さも、すべてが好ましかった。

なだらかな曲線に両手をはわせて、でっぱりやくぼみを確かめる。片方の胸の頂を指先ではじいて細い喉をなめた。やわらかな肌にキスの雨を降らせ、鎖骨に歯をたてる。

「ミッチ……」シャーロットがつぶやく。感じていることをうまく言葉にできないのは自分も同じだからよくわかった。

これは単なるセックスとはちがう。そんなに単純なものではない。

もっとずっと意味のあるものだ。

唇から喉へ、そして胸へとキスの雨を降らせるうち、ニューマンのことも過去の負い目も頭から消えていた。すらりとした脚がミッチの腰に巻きつく。胸の頂を口に含んで吸いあげると、細い体が弓なりになった。

この反応を待っていたのだ。欲望に身を任せるシャーロットが見たかった。濡《ぬ》れて艶めいた乳首から唇を離し、脇腹から平らな腹部へ舌をはわせる。シャーロットが身もだえるのを眺めて楽しんだあと、両手で太ももを開いた。

シャーロットが動きをとめ、期待と不安に身をこわばらせる。ミッチは片足を肩にかけてさらに脚を開かせた。

部屋の電気はつけていなかったが、潤ったピンク色の割れ目がはっきりと見えた。そこに顔をつけて舌をはわせると、シャーロットのヒップが大きく跳ねあがる。

「力を抜いて」

激しい息遣いだけが響く。

ヒップをすくうように両手で支えて、ミッチはやさしく言った。「リラックスして、ただ感じればいいいんだ」

シャーロットがかすれた笑い声をあげた。両手で上掛けを握りしめ、腰をつきだす。

完璧だ。ミッチはやわらかな毛におおわれた丘に鼻をこすりつけ、大胆に舌を動かした。自分の欲望を満たすことよりも、シャーロットに快感を与えることのほうが大事だった。このまま何時間でも楽しめそうだ。

ところがシャーロットの考えはちがうようだった。

舌を出し入れするにつれ、あえぎ声が大きくなる。太ももがぶるぶると震えて、解放のときが近づいていることを告げた。ミッチは充血したクリトリスを口に含んで、舌先でやさしくなぶった。

大きな悲鳴とともにシャーロットが絶頂を迎える。

ミッチは体を起こして両手で彼女の顔を包み、心を込めてキスをした。シャーロットの熱が屹立した部分に伝わってくる。「いいか?」

熱に浮かされたような目で、シャーロットがうなずいた。「お願い」

ミッチはゆっくりと彼女のなかに侵入した。しばらく様子を見てから腰を引き、次はもう少し深くつきいる。細い指が肩に食いこむのがわかった。ピンク色の舌が腕をなめたかと思うと、軽く噛《か》まれた。

ミッチは腰を引き、いっきに奥までつきいれた。

ふたり同時にあえぎ声をあげる。ミッチは歯を食いしばって達しそうになるのをこらえた。

「ミッチ」シャーロットがささやき、身震いする。

ミッチはマットレスに肘をつき、シャーロットの切ない表情を眺めて、甘い香りをかぎ、やわらかな肌を味わった。彼女の反応を見ながら一定の速度で腰を動かす。

「ああ、すてき!」シャーロットがミッチを見あげ、顎に手をあてる。

限界に達したミッチは、細い腰を持ちあげるようにして奥までつきこみ、欲望を解き放った。荒々しいエネルギーが全身を駆け抜けていく。こんな快感は初めてだ。

シャーロットの唇が肩にあてがわれる。深い愛情が伝わってきて、ミッチの胸は熱くなった。そっと体を起こす。

この家でシャーロットと家族をつくりたい。

そのためにはニューマンを文字どおり〝過去〟にしなければならない。それができて初めて、シャーロットとの未来を語ることができる。

シャーロットの指がものうげに肩をなぞった。「このままじゃベッドから落ちそう」

ミッチは大きな笑みを浮かべた。「そうなっても助けてあげられそうにない。きみのせいでへとへとだ」

「ごめんなさい」シャーロットが小さく笑い声をあげた。

実際、シャーロットはマットレスの端ぎりぎりに寝ていて、今にも落ちてしまいそうだった。ミッチは彼女の背中に手をまわして中央へ引き寄せると同時に、体を起こして彼女を膝に抱きかかえるようにした。

不思議なことに、シャーロットが一緒だと、家のなかにいても四方の壁が迫ってくるような圧迫感がなかった。息苦しくならないし、不安でもない。

エネルギーを使い果たしたせいで余計なことを考えずにすんでいるのかもしれない。

シャーロットが顎に手をふれる。「どうかしたの？」

「いや」

シャーロットが納得のいかない顔で部屋を見渡し、ふたたびミッチを見る。「この部屋が窮屈なんでしょう？　外で寝るほうが好きなのね？」

そのとおりだが、過去の話でふたりの時間を台なしにするのはいやだった。

「ミッチ」シャーロットが静かだが断固とした口調で言う。

そこからロザリンの姿を連想して、ミッチは思わず口角をあげた。

シャーロットが腕をつねる。「なんでも話してって言ったでしょう」

あきらめてくれそうもない。嘘をつきたくないので、ミッチは小さく肩をすくめた。

「たしかにいつもは外で寝る」シャーロットがそばにいるからといって過去の経験が帳消しになるわけではない。

「刑務所で体験したことのせい？」

「まあね」

「話して。裸の男性に抱かれながら身の上話を聞くのは初めてよ」シャーロットが胸毛をなでる。

「おれだってこんな格好で話すのは初めてだ。これまでセックスの最中におしゃべりをしたことなんてなかった。単に欲望を解消するための行為だったから」

シャーロットが相手だとまったくちがう。

「たくさんの女性とつきあった？」

「刑務所を出てからは反動で……」軽蔑されても仕方がない。「禁欲の反動だよ。食事もそうだ。毎晩ステーキやら甘いものを食って、たちまち五キロ太った」

シャーロットはミッチにすり寄った。「でも、もとに戻したのね」

「刑務所で禁止されていたものを過剰に求めていたんだ。セックスも含めて」

シャーロットは平静を保とうとしていたが、瞳が陰った。「特別な相手はいた？」

鼻の頭にキスをして答える。「誰でもよかった。きみとの行為とはぜんぜんちがう」

シャーロットの顔つきがやわらぐ。

「過剰な欲求不満状態が解消されたあと、この町へ来ようと決めた。それで、もっとしっかりしないといけないと思って、自分を立て直した。体重ももとに戻した」ミッチは頬の内側の肉を噛んで勇気をかき集めた。「病院にも行った。意味のないセックスはもちろん、刑務所にいたから、どんな病気をもらっているかわからないだろう」

刑務所では味気ない食事や不潔なシャワー室に耐えなければならなかったし、自作のナイフを使ったけんかもしょっちゅうだった。

ひんやりした手が頬にあてがわれる。「わたしは何も心配していないわ」

「心配するべきだ」

「あなたが誇り高い人だってことは、出会ってすぐにわかったもの。見ず知らずのわたしに手を差しのべてくれた。バーニーを追いはらってくれた」

ミッチは鼻を鳴らした。「あんなやつ、怖くもなんともなかった。おれがどんな妄想をめぐらしていたかを知ったら、誇り高いなんて言ってられないぞ。最初の夜にブローディーたちが来なかったら――」

「来なかったら何？　わたしをベッドに誘った？　それでも構わなかったわ」

「シャーロット」

シャーロットの指がミッチの唇にあてがわれた。「わたしが断ったらどうしてた？」

その答えは考えるまでもない。「引きさがったさ」

「ほらごらんなさい」シャーロットが勝ち誇ったようにほほえむ。「あなたは高潔な人なのよ」

喉に何かが詰まったようで、ミッチはうまく息ができなかった。シャーロットから目をそらせない。

「そこまで信じてくれるのか」

シャーロットも目を潤ませていた。「最初からわかっていたもの」

ミッチは彼女を抱きしめた。「しょせん、おれのような男には手に入らない存在だとあきらめていた。でも、今はちがう。おれはきみがほしい」

シャーロットがミッチを見あげる。「だったらわたしはあなたのものだわ」

それが本当なら、ほかに何もいらない。

「自分の気持ちははっきりわかってる」シャーロットが視線を落とす。「あなたは？　ブローディーやジャックの影響を受けてない？　わたしは彼らの人生に深くかかわっているし、家族の一員みたいなものでしょう」

情熱的なセックスのせいで乱れたシャーロットの髪をなでつけながら、ミッチは答えた。「きみに嘘はつかないと決めた。だから正直、きみがブローディーたちと親しいことがまったく影響していないとはいえない。おれにとっては夢のような話だ。みんなが家族になって、この町で暮らせるなんて」そこで言葉を切り、短いキスをする。「でもふたりとの絆《きずな》を失ったとしても、ふたりから恨まれても――」

「そんなことはありえないわ」

「万が一そんなことがあったとしても、きみを求める気持ちは変わらない。ほかの何よりきみが大事なんだ。出会った夜、きみがおれにふれたときから……すべては決まっていたんだと思う」

シャーロットの顔がぱっと華やぐ。美しい瞳が色を増し、幸福感に全身の肌が輝いて見えた。「あなたは運命の人だわ」

ミッチの胸は熱くなった。彼女がどれほど大切な存在かを思い知る。「おれがきみを守る。ぜったいに危険な目に遭わせない」

彼女の細い指が、ミッチの顎から喉へ、そして胸へと滑りおりた。軽く唇を合わせてからつぶやく。「どうやって守ってくれるの？」

まずはできるだけ彼女のそばにいることだ。「あらゆる方法で」

「信頼しているわ」シャーロットがからかうように笑う。

本気だと証明したくて、ミッチはさらに言った。「おれよりきみを大事に思っている男はいない」

「ミッチ」

室で寝るのがいやなのか教えて」
シャーロットがミッチの顔を見あげて、うなずいた。「わかった。それで、どうして寝
「命がけで守るよ」両手で彼女の顔を包む。「そう誓う」

シャーロットはミッチの首に腕をまわしてしっかりと抱きついた。安心感と愛情と欲望がいっぺんに湧いてくる。

ミッチとつきあったらたびたびテントに寝ることになるのだろうか。自分と一緒なら寝室もそう悪くないと思ってくれればいいのだけれど。

「四方を壁で囲まれると……」ミッチは大きく息を吸った。「あそこに……刑務所に戻ったような気分になるんだ」

そのせいでうなされるのかもしれない。ミッチを守りたいという気持ちが、シャーロットのなかに込みあげた。「そうなのね」

ミッチがシャーロットの背中に手を滑らせ、首筋に顔をうずめた。熱い吐息が吹きかけられる。

「同じ房に閉所恐怖症のやつがいて、ゾンビみたいに歩きまわっては、ちょっとした物音にもびくびくしてた」背中にまわした手に力がこもる。「格好の獲物だ」

「獲物……」シャーロットはつぶやいた。

「おれが襲われた話をしただろう？　あのあとおれは刑務所のなかで一目置かれるようになった。だからそいつが入ってきたとき、放っておけなかった。看守もいろいろいたけど、なかにはいいやつもいて、そいつの閉所恐怖症を上司に相談してくれた。おかげでそいつは医者にかかることができた」

ミッチは刑務所のなかでも正しくあろうとしたのだ。

「看守と話すときは注意が必要だ。密告者はレイプ魔よりも嫌われるから」ミッチは両方の乳房を手で包むようにしたあと、その手をヒップへおろした。「そいつを助けようとしたことで、おれがチクリ屋だって噂《うわさ》が立った」

「あなたは正しいことをしたのに」

「そうかもしれない。でもあそこでは、余計な世話を焼くやつは敬遠されるか、嫌われるかだ」

「ミッチ」シャーロットは彼にすり寄った。今、彼はここにいて、家族の支えもある。ひとりじゃないとわかってほしい。時間はかかるだろうが……。

刑務所での経験はもちろん、子どものころから親に拒絶され、虐待されていたことがミッチの心を固くしている。

できることなら、シャーロットはみずからの手でニューマンをこらしめてやりたかった。ミッチにこれ以上、苦痛や怒りを味わってほしくない。おだやかな暮らしのなかで将来のことだけを考えてほしい。

「こんな話はするべきじゃなかったな。きみにとっては知らなくてもいい世界のことだ」

「あなたのことはぜんぶ知りたいわ」

苦しい過去は誰かに打ち明けることで少しだけ楽になる。シャーロットは経験からそれを知っていた。両親を亡くしたときはロザリンが毎晩のように話を聞いてくれた。不安や悲しみを分かち合って、砕けたハートのかけらを一緒に拾い集めてくれた。

自分もミッチに同じことができるだろうか？　ミッチの傷は自分のそれとは比較にならないけれど、癒やしのプロセスはだいたい同じだ。

シャーロットはミッチを見あげてささやいた。「だからぜんぶ話して？」

ミッチの眉間にしわが寄り、唇が一直線に結ばれる。しばらくして、ミッチがうなずいた。

「最初のけんかのあと、味方ができた。刑務所の外ではつきあいたい連中じゃないが、あそこでは貴重な仲間だった。お互いの背後に目を光らせることができる。お互いに何をして刑務所に入れられたかなんて気にしなかった」

「それよりもサバイバルが大事だったのね」

「そんなものかな」

「最初のけんかの話をしてくれたとき、けがをしたって言ったわよね」今日は仕事中もそのことばかり考えていた。あのときはあいまいになったけれど、もっと詳しく聞きたい。

ミッチが黙りこむ。もう少し、段階を追って聞きだすべきだっただろうかと後悔しかけたとき、ミッチがつむじにキスしてきた。

「刑務所ではすべて疑ってかからないといけない。あらゆる動きや発言の裏を読むんだ。最初はそんなことができると思えなかったけど、だんだんとおれにもコツがつかめてきた。第六感みたいなもので、やばいときは雰囲気でわかる」

ミッチが息を吸う。シャーロットは盛りあがった胸に手をあてて、やさしくさすった。

「そんなんじゃ、安心して眠ることもできなさそうね」

「いつも浅い眠りだ。同じ房のやつが寝返りを打つのがわかるくらいじゃないといけない」ミッチの顎がつむじに押しあてられる。

テントでないと眠れないという理由がわかった。壁に囲まれた部屋にいると、熟睡できない夜の記憶がよみがえるのだろう。

「最初のけんかがいちばんひどかったの？」

「ああ」ミッチはしばらく黙ったあと、早口で言った。「こっちを見る目つきでやばいってことはわかったんだが、あのときのおれに勝ち目はないとも思った」

「あのときの、い、い、いあのときのおれってどういうこと？」

「やせっぽっちだったから。そのあと、死に物狂いで体を鍛えたんだ」ミッチがシャーロットの髪に手を差しこむ。「あそこのけんかは半端じゃない。相手を殺すつもりでいかないとこっちがやられる」

そんな経験をしたというのに、ミッチは狂暴でもなければ残酷でもない。犯罪に手を染めることもなかった。

「何度もけんかをした?」

「それなりに場数は踏んだ」ミッチがシャーロットの頬に手をあてて正直に答える。「今はできるだけ暴力にかかわらないようにしてる。でもきみに危険が及びそうなときは全力で守る」

できればこのまま暴力とは無縁でいてほしい。自分のことよりもミッチのほうが大事だ。彼も同じ気持ちでいるのだろうか? わたしのためなら暴力をふるうのもいとわないというのはそういうことではないだろうか。

「ひとつ約束してくれる?」

ざらつく親指が頬骨をなぞった。「きみのためなら」

シャーロットは唇を噛みしめた。「覚えておいて。あなたはもうひとりじゃないってことを」そう言ってのびあがり、ありったけの思いを込めてキスをした。「わたしが生きているかぎり、二度とあなたをひとりにはしない」

19

シャーロットは自分のような男にかかわるべきでない。その理由はいくつもあった。わざと過去の話をして警告したのに、彼女の気持ちが揺らいだ様子はない。それほど信頼してくれているのだ。

愛《いと》しさがあふれて、ミッチは彼女をベッドに押し倒した。カールした髪がシーツの上に美しく広がる。こちらを見あげる顔には、なんの条件も駆け引きもなかった。

じきにブローディーが電話してくるだろう。ふたりで過ごせる時間はあとわずかしかない。それでもいいからシャーロットを独占したかった。

美しい体に視線をはわせる。白い肌が赤くなっているところはひげがこすれたのかもしれない。ちゃんとひげを剃《そ》っておけばよかったと後悔する。

「わたし……シャワーを浴びたほうが――」

「だめだ」ミッチは乳房のあいだに顔をうずめて、シャーロットの肌のにおいを吸いこんだ。「シャンプーや石鹸《せっけん》のにおいよりもきみの香りのほうがいい」そう言って両脚のあいだに手を入れる。

毎朝、彼女の隣で目を覚ますことができたらどんなにいいだろう。

さっきよりも時間をかけて唇を味わっているとき、ブルートが激しく吠《ほ》えた。これまで聞いたことのないような声だ。

ミッチはがばりと起きあがった。

「何があったの?」シャーロットも肘をついて上体を起こす。

「わからない。きみはここにいてくれ」そう言いながら立ちあがってドアへ走る。

「待って」

「おれが出たらドアに鍵をかけろ。ぜったいにだぞ」ミッチは服も着ずに廊下へ飛びだしてドアを閉めた。「ブルート!」

ブルートに危害を加えるやつがいたら十倍にして仕返ししてやる。

ポーチに出ると、ブルートが頭を低くしてうなっていた。

一方の網戸が上から下まで裂かれている。外灯に照らされているのはがらんとした草地だ。遠くで車のドアが閉まり、エンジン音がした。

ブルートが立ちあがった。首筋から背中にかけて筋肉が盛りあがっている。

血!

床にも網戸にも、そしてブルートの体にも血がついていた。

ミッチは最悪の事態を覚悟して歯を食いしばり、ゆっくりとブルートに近づいた。「大丈夫か？　けがをしたのか？」

ブルートがしっぽをふる。

元気そうなしぐさにミッチは少しだけ緊張を解いた。「悪いやつは逃げたから、おまえの体を見せてくれ」

ブルートがこちらを見る。くわえているのはぼろぼろの靴だ。

ミッチが膝をつくと、ブルートは軽やかな足どりで近づいてきた。

混乱したまま、ミッチはブルートをほめた。「いい子だ。ほら、おいで」

背後でシャーロットの声がした。「タオルを持ってくるわ」

頭に血がのぼる。どうして外へ出てきたんだ？　まだ敵が近くにひそんでいるかもしれないのに！

戻ってきたシャーロットが、ミッチのジーンズと携帯、そして濡《ぬ》れたタオルを差しだした。

ミッチは無言のままそれを受けとり、ブルートの口をそっとぬぐった。出血したのはブルートではなく、靴の持ち主だったようだ。

「ブルートの血じゃないのね」シャーロットもほっとした声を出した。「ブローディーに電話をしたから、もうすぐここへ来るわ。ジーンズをはいたほうがいい」

シャーロットの気遣いに感謝しつつも、ミッチは言わずにいられなかった。「部屋にいろと言っただろう」

「ちゃんといたわ。でもあなたがブルートに話しかけるのが聞こえて、もう大丈夫だとわかったのよ」シャーロットが首をかしげてぼろぼろの靴を見る。「犯人のものかしら?」

「だろうな」立ちあがってジーンズをはき、頭のなかを整理する。ブルートはすっかりいつもどおりで、茶色の瞳を輝かせていた。

「おまえは立派な番犬だ」ミッチはブルートの頭をなでながらほめた。

ブルートが返事をするように吠える。

ミッチはシャーロットの腕をとり、長椅子へ導いた。「外を見てくるから、ブルートと一緒にここにいてくれ」

「わかった」シャーロットが顎をあげる。「でも危険だと思ったら、するべきことをするわ。黙って座っているなんてできない。わたしはそういう女じゃないから」

途方に暮れながらも、ミッチはシャーロットを抱きしめた。

「ニューマンの仕業だと思う?」

もちろんそうにちがいない。もっとひどいことになっていたかもしれないのだ。ブルートの頭に手を置いて、ミッチはうなずいた。「ブルートがけがをしたと思った。ひょっとしたら死んでしまったかと……」怒りと自責の念に声がかすれる。「それにきみのことも心配だった。寝室には武器もなければ電話もない。そんなところに置き去りにしてしまった」

「あなたの携帯がジーンズに入っていたわ」

　心のなかでシャーロットの機転に感謝する。

「グラントにも通報したほうがいいだろうな」

「ブローディーがやってくれるわよ」シャーロットが体を離した。「あなたが怒るのもわかるけど、わたしだって心配したのよ。ブルートの鳴き方はふつうじゃなかったし、あなたは武器も持たずに部屋を飛びだしていった。相手が銃を持っていたらどうするつもりだったの？」

「ニューマンは拳銃よりもナイフ派だから」だが、シャーロットの指摘は正しい。「きみはもうここに来るな」

　シャーロットが両手をあげる。「次は拳銃を持ってくるわ」

「まともに撃てないんだろう？」

「撃つのは問題ないわ。当たるとは言わないけど」

　ブルートが脚に寄りかかってきたので、ミッチはブルートを抱えあげた。無事でいてくれたことがうれしくて重さなど気にならない。

　シャーロットが長椅子に腰をおろす。「大丈夫、外を見まわってきて。でも気をつけてね」

ミッチはシャーロットの隣にブルートをおろした。ブルートは二回まわってから尻をおろし、大きく息を吐いた。

「疲れたみたいね」シャーロットはブルートの耳をなでたあと、身をかがめて抱きしめた。「ブルート、あなたが無事で本当によかった」

ミッチは彼女の髪にふれた。二度とこんな恐ろしい思いをしたくない。「近くにいるから何かあったら呼んでくれ」

十分後、ブローディーとグラントがやってきた。ジャックはロザリンたちと家に残っているという。

遠くで雷鳴も聞こえた。嵐が近づいているようだ。グラントは手早く現場の写真をとり、血液を採取した。土の上に残ったタイヤ痕も確認して、写真を撮る。

グラントがシャーロットから事情を訊《き》いてくるあいだ、ブローディーと外で話をした。

「遅い時間だけど〈フレディーズ〉へ行ってもいいな」

ブローディーに問われたミッチはうなずいた。「まずシャーロットを送り届けないと」

「グラントが家まで送ってくれるさ」ブローディーが言う。

それはそうだが、なんとなく落ち着かない。

ブローディーが声を落とした。「グラントは優秀な警官だ。おだやかな外見に惑わされないほうがいい」

「そういうことじゃないんだ。ニューマンが捕まるまで、シャーロットをここへ連れてくるのはやめる」

「おまえもひとりでこんなところにいないほうがいい」

「自分の身くらい自分で守れるさ」

「それはわかっているが――」

「あんたがおれだったらどうする？」

ブローディーはミッチを見つめたあと、鼻を鳴らした。「同じことを言うだろうな」

「みんなで〈フレディーズ〉まで行こう。シャーロットはそのあとグラントに送ってもらおう。そうすれば話ができる」

「話ってなんの？」シャーロットがふたりの背後から不満そうに言う。ふり返ったミッチを見て、シャーロットは無言のメッセージを読みとったようだった。「お節介を焼いてくれてありがとう」ブローディーに言って踵《きびす》を返すと、グラントの車へ歩いていく。ブルートがすぐあとに従った。

「そいつを連れていくのか？」ミッチは彼女の背中に向かって尋ねた。

シャーロットがくるりとふり返って言った。「ひとりで留守番させるつもりはないでしょう？　あんなことがあったあとなんだから」震える手で長い髪をなでつける。「あなたはブローディーと仲よくしていればいい」

　自分だけ仲間外れにされて怒っているようだ。

「シャーロット……」ミッチは途方に暮れた。

「ブローディーと話が終わったら、うちにブルートを迎えに来て」シャーロットが車のドアを開けてブルートを乗せる。

「おまえの無事を確かめたいんだぜ」ブローディーがミッチを小突く。「シャーロットの言うとおりにしてやれ。おまえが心配なんだ。あと、おやじがここへ戻っておまえといたがるかもしれない」

　そういえばエリオットのことを忘れていた。

「シャーロットと話をしてもいいですか？」ミッチはグラントに断ってから車へ向かった。近づいてくるミッチを見て、シャーロットが眉をひそめた。車を降りはしなかったが窓を開ける。

　ミッチはルーフに手をついて車のなかをのぞきこんだ。「デートが台なしになってすまなかった」

「台なし？」シャーロットが切り返す。「人生でいちばんすてきな夜だったわ。ニューマンみたいな卑怯者《ひきょうもの》に台なしにさせるもんですか」

　ミッチは改めて、彼女の強さに感銘を受けた。「いちばんすてきって、あんな目に遭ったのに?」

シャーロットが傷ついた顔をする。「あなたと一緒にいられたもの」

「そうか……」

「そうよ」

「でも、きみはおれに腹を立ててる」

「当たり前でしょう! ニューマンに邪魔されたことが悔しいの。それに――」

シャーロットが言いよどんだので、ミッチが尋ねる。「それに、なんだい?」

「ブローディーとふたりしてわたしをのけ者にして」

ミッチは眉をあげた。窓に顔を近づけてシャーロットに素早くキスをする。「のけ者になんかするものか」

「あなたのことが心配なのよ」

「わかってる。おれもきみのことが心配だ。ここに来られなくたって、きみとの時間はつくる。なんとしても」

シャーロットの怒りが解け、ゆっくりと笑みが戻る。「だったらいいわ。あなたさえいれば、ほかは何もいらない」

シャーロットはマリーとロニーと一緒にリビングルームにいた。足もとにはブルートが寝そべっている。

ロザリンはキッチンにいて、なんとエリオットとグラントも一緒だ。

シャーロットが帰宅したあと、ジャックは〈フレディーズ〉へ出かけていった。ミッチやブローディーとは現地で落ち合うことになっている。二人とも帰りがけにここへ寄るので、グラントの車は通りに駐車してある。ブローディーとジャックはそれぞれの妻を乗せ、ミッチはエリオットを乗せて家に帰る予定だ。

向かいの椅子に座るロニーの膝にはバスターがいて、床に座るマリーの横にはハウラーがいた。ハウラーは仰向けに寝て大きな足を宙につきだし、かすかにいびきをかいている。

女三人のおしゃべりは、頑固な男たちに対する不満から始まってそれぞれのなれそめに移り、夜の営みにまで及んでいた。

「想像していたのとはちがったわ」

シャーロットの言葉に、ロニーが目を細める。「想像よりよかったって意味だといいんだけど」

「ずっとずっとよかった。セックスって思っていたよりも自然な行為なんだってわかったの」

「〝自然〟ってどういうこと？」

「キスから裸になって抱き合うまで、どういう手順で進んでいくのか想像がつかなかったから。どのタイミングで服をぬぐかとか、いつ横になるかとか」

「いつ避妊具をつけるかとか？」ロニーがにやりとする。

「そうそう」シャーロットは声をあげて笑った。

「ミッチはちゃんとしてくれたでしょう？」

ロニーの質問に、シャーロットは親指を立てた。

「ブローディーとは手順なんて考えたこともないわね」マリーが言った。「出会ってだいぶ経《た》つけど、いつも初めてのときみたいに新鮮よ」

「ジャックは手順を重んじるのよ」ロニーが両眉を上下させる。「もちろんいい意味でね。時間をかけてじっくり楽しむタイプ」

「ジャックらしいわ」マリーが笑いながら時計を見あげた。

「もう十一時をまわったのね。わたしはシャワーでも浴びようかな」シャーロットはあくびをしながら言った。「そうしなきゃ寝てしまいそうだから」

「〈フレディーズ〉は一時まで営業しているから、まだまだかかるかもね」ロニーが指摘する。

シャーロットはやれやれと天井を見あげるしぐさをしたあと、立ちあがった。ブルートがぱちりと目を開ける。

「わたしは夜更かしに慣れてるの」マリーが言った。「配達先で夜を明かすこともあるし、明け方に家に帰ることもあるし」

「うちも同じよ」ロニーがうなずく。「依頼によってぜんぜんちがうから」

「わたしは早寝早起きなの」シャーロットは言った。朝いちばんに事務所に出て、コーヒーをつくったり留守番電話のメッセージをチェックしたりするのが好きだ。

マリーがブルートを見た。「あなたの行くところはどこでもついていきそうね」

「すぐに戻るからここにいてね」そう言ってブルートの頭をなでる。

ブルートはしばらくシャーロットを見つめていたが、言葉を理解したかのようにハウラーの横に尻をついた。ハウラーが驚いて顔をあげ、ブルートだとわかると横向きになってくっつく。

バスターもロニーの膝から飛び降りてハウラーの尻に顔をのせて寝そべった。

三頭の犬が寄りそって眠る姿はなんとも愛らしい。

ブルートにも仲間ができた。これでミッチは町を出ることができなくなった。ブルートのためなら彼がなんでもすることを、シャーロットはよく知っていた。

バーに到着したミッチたちは不自然にならない程度に客に声をかけ、ニューマンのことを話題にした。ニューマンを見かけたことがある客はそれなりにいたが、誰もが最近は見ていないと口をそろえた。

毎晩、バーに顔を出していればニューマンが接触してくる可能性はある。わざと隙を見せて相手をおびき寄せる作戦だ。

いつもブローディーたちと一緒というわけにはいかないが、ミッチとしてはひとりのほうが成功する確率が高いと思っていた。そもそもニューマンのような卑怯者は、獲物がひとりになったところを狙うものだ。

ジャックの携帯が鳴った。電話に出たジャックの顔色が変わる。

「トイレ?」ジャックはバーを見渡した。「ああ、いいけど……わかった。すぐに行く」

険しい表情で電話を切る。「バーニーだった」

バーニーがジャックになんの用だろう?

「話しているところを人に見られたくないと言うから、トイレで会ってくる」

「ここにいるのか?」バーニーは何か情報を持っているのだろうか?

「フレディが調理場から入れたらしい。なんだか……話し方が変だった」

ブローディーが金をやって情報収集させている給仕係が、客のあいだを縫って近づいてきた。男の顔つきを見たミッチはすぐにテーブルに座らせた。「バーニーが来ている」

「電話をもらった」ジャックが携帯を掲げる。

「気をつけたほうがいい」男がテーブルに腕をついて声を落とす。「ひどく殴られてた。人相が変わるくらい」

「くそっ」ミッチが男を押しのけてブース席を出ようとした。

「待て」ブローディーが腰を浮かせる。

「ニューマンがかかわっているに決まってる。バーニーは何か知ってるんだ」

「声が大きい」男がなだめる。「その剣幕で行ったらバーニーが逃げだすぞ」

「バーニーは何か言ってたか?」ジャックが冷静に尋ねた。

「車を盗まれたってことと、あんたと大至急話したいってことだけだ」

ブローディーが険しい顔でジャックを見た。「行ってこい」それからミッチを見る。「おれたちはドアの外で待機だ。バーニーをびびらせても意味がない」

「待つのは得意じゃないんだが」ミッチがジャックのうしろにつく。

「おれだって苦手だ」ブローディーが立ちあがった。

トイレの前まで来て、ジャックがふり返った。「ふたりはここにいてくれ」

ミッチはいやな予感がした。こういう勘は外れたことがない。「罠《わな》かもしれない」

「そうだな。でも試してみるしかない」ジャックが言う。「ドアを薄く開けておく。きな臭いと思ったらすぐ突入できるように」

ジャックが肩をすくめてドアを開けた。ドアが閉まる直前、ブローディーが足を入れてとめる。

ジャックの口笛が聞こえた。「おいおい、バーニー。列車にでも轢《ひ》かれたのか?」

「ニューマンたちに、やられた」痛みをこらえているせいか、聞きとりにくい声だ。「なんとかしないと危ない」

「誰が危ないんだ？」

「あんたを呼んだのは、いちばん紳士的だからだ」

「そうかもしれない。だが家族に手を出すやつにまで紳士でいるつもりはない。言っておくが、ミッチも家族の一員だ」

「知ってる。ニューマンも知ってた」バーニーがうめき声をあげた。「ちくしょう、いてえ」

「気絶する前に話を聞かせてくれ。ブローディーたちを呼ぶぞ」

ブローディーがドアを開けた。ミッチも大股でなかへ入った。

バーニーを見たミッチは驚かなかった。いかにもニューマンがやりそうなことだ。片方のまぶたは腫れあがって完全に閉じ、もう一方はわずかに開いているだけだ。そこからのぞく瞳がパニックに揺れている。

バーニーの真ん前に立って、ミッチは言った。「ニューマンはいかれてるし、残酷だ。気に入らないやつはみんなおまえと同じ目に遭わせる」

「だから、ここへ来た」

「知っていることを教えてくれ」

バーニーは二度、口を開けて、閉じた。顎が醜く腫れあがっている。顔と首の大部分が紫色のあざでおおわれていた。かろうじて変色していない皮膚が赤みを帯びていく。

バーニーがジャックを横目で見た。「暴力をふるわないと約束するか」

「誰にもおれをとめることはできない」ミッチがじれて言った。「だがおれが殴りたいのはおまえじゃない。さあ言え。やつはどこにいる」

「知らないんだ」バーニーがもごもごと言い、片手を手洗い場について体を支えた。「あいつはおまえを嫌っているだけだと思っていた」

「あいつにとって嫌うってことは、相手を傷つけるってことだ。おれを苦しめるためなら、おれが気にかけている人たちを傷つけることくらい平気でする」

バーニーががっくりとうなだれる。傷みに肩を丸めて、バーニーはうめくように言った。

「あいつが何をしようとしているかわかって、とめようとしたんだ」

ミッチは相手の首を絞めたくなるのをこらえた。「あいつはどこだ?」

「おれの車を奪った」バーニーが荒い息をしながら言う。「おれを殴って地下室に放りこみ、鍵をかけやがった。今は時間がないが、帰ってきたら息の根をとめてやると言って出かけていった」

その場で殺されなくてラッキーだったのだ。

「うちの地下室は半地下で窓がある。荷物をどけて窓から出て、こうして助けを求めに来

行った。すまない」震える息を吐いて、バーニーが白状した。「やつらはシャーロットとロザリンの家へ

恐怖が足もとからはいあがる。ミッチはバーニーが言いおえる前にトイレを飛びだしていた。

「フレディのところへ行け。ぼくらが戻るまで面倒をみてもらえ」

背後で、バーニーにそう言い聞かせるジャックの声がかろうじて聞こえた。

20

シャーロットはシャワーブースにいた。ぬるめのシャワーでもガラス戸はすぐに蒸気で真っ白になり、繭《まゆ》に包まれているような心地がする。いつもならシャワーを浴びると気分がほぐれるのに、先ほどの出来事のせいでなかなか緊張が解けなかった。

バスルームはキッチンの対角にあるので、マリーたちの声がまったく聞こえないことも心細さを煽《あお》った。

心配ばかりしても仕方ないと自分に言い聞かせながら体についた泡を洗い流す。ふいにブースの外から物音がした。びくりとして目を見開き、耳をそばだてる。

身近な音とくらべてみたものの、どれもちがう。

浴室に自分以外の何かがいる。気のせいではなかった。心臓が喉もとまでせりあがる。

〝被害者になるくらいなら自分から攻撃してやる〟ロニーの言葉がよみがえる。

ロニーならこんなときどうするだろう？　ジャックやブローディーなら？

震える手でシャワーをとめ、できるだけ落ち着いた声で呼びかけた。

「ロザリンなの?」

返事はない。

少しも怖がっていないふりをして、見えない相手に呼びかける。

「今出るからちょっと待ってね」

せめて体をおおうものがほしい。バスタオルはブースのすぐ外に置いてある。ドアの隙間から手をのばすと幸運にもタオルに届いた。タオルをつかんで手をひっこめ、急いで体に巻きつける。それから武器になるものはないかとブース内を見渡した。長い柄のついたボディーブラシしかないけれど、何もないよりはましだ。

あとで笑い話になることを祈りながら、ガラス戸の蒸気をぬぐった。

こちらを見つめていた男がにやりと笑う。

悲鳴をあげようとして喉が詰まり、足が滑った。

転ぶよりも早くドアが開き、ニューマンに腕をつかまれる。あざができてもお構いなしの乱暴な手つきで、ニューマンがシャーロットをブースからひっぱりだした。

抵抗する間もなく太い腕が首にまわり、そのまま寝室へ引きずりこまれる。シャーロットは片方の手でタオルを押さえたまま、もう一方の手で首を絞めている腕をつかんだ。皮膚に爪が食いこんでニューマンがうめく。腕がゆるんだ隙に、シャーロットは大きく息を吸った。

どうして警報が鳴らなかったんだろう？

シャーロットの考えを読んだように、ニューマンが言った。「仲間が警報装置を解除したんだ。誰も助けに来ないからおとなしくしろ」

「みんなが……」

「心配するな。レディたちの相手はおれの仲間がしているから。あの気の強い姉ちゃんも含めてな」

熱い息が頬にかかる。ニューマンがシャーロットの耳たぶを軽く噛《か》んだ。

「あんたとは楽しもうって約束したもんな」

いや！

警報装置を無効にしたら自動で警察に通報される設定になっている。今ごろ警官が様子を見にここへ向かっているはずだ。

果たして間に合うだろうか？

ニューマンは〝レディたち〟と言った。エリオットとグラントはどうしたんだろう？　誰かが発砲したらさすがに浴室まで聞こえただろうに。

「こっちへ来いよ」ニューマンがシャーロットを姿見の前へひっぱっていく。そして鏡越しにシャーロットと視線を合わせた。

「たっぷりかわいがってやるぜ。あいつに対する復讐《ふくしゅう》はこんなもんじゃすまないがな。

あんたはいわば前菜みたいなもんだ」

ニューマンは大きなナイフを抜いてシャーロットの太ももに沿わせ、刃先にタオルの端をひっかけた。

シャーロットはパニックに襲われた。こんなふうに死にたくない。ナイフの刃があたる可能性を無視して手足をばたつかせる。喉にまわった腕の締めつけがきつくなり、まぶたの裏に星が飛んだ。膝の力が抜ける。

「意識がなくたっておれは構わないぜ」ニューマンがつぶやく。「それなら抵抗もできないだろう」

朦朧《もうろう》としながらも、シャーロットは手につかんだブラシのことを思い出した。最後の力をふりしぼって、ブラシの柄をニューマンのみぞおちめがけてつきたてる。

「いてえ！」

ニューマンの腕がゆるんだ隙に、シャーロットはふたたび息を吸った。肺が焼けるように痛む。

キッチンのほうから大きな物音がして、悲鳴や吠《ほ》え声《ごえ》が聞こえてきた。

「いったいなんだ？」

逃げようとしたシャーロットの腕をニューマンがつかむ。

シャーロットはめちゃくちゃにブラシをふりまわした。

ブラシがあたっていらだったニューマンが、シャーロットをひっぱってふたたび羽交い絞めにする。つま先が床から浮きあがりそうだ。

ぎらりと光るナイフを顔の前にあてて、ニューマンが言った。「女以外に誰かいるのか?」

「エリオット」切れ切れに言う。「グラントも」

「グラント? あの警官か?」ニューマンの声が裏返る。「なんで警官がいるんだ?」

答える前に寝室のドアがばたんと開いた。そこに立っていたのはミッチだ。怒りに目をぎらつかせ、筋肉の壁のようにそびえたっている。

ニューマンが飛びあがった。

「彼女を離せ」

ニューマンがひきつった笑い声をあげた。「ようやくヒーローのお出ましか」

体じゅうから発せられる怒りとは裏腹に、ミッチの声は不気味なほどおだやかだった。

「今すぐ彼女を離せ」

「ほざけ」

ミッチのうしろからブルートが飛びこんでくる。牙をむき、うなり声をあげている。

ニューマンがとっさに顔の前に腕をあげたので、解放されたシャーロットは素早くしゃがんでうしろへさがった。

「ナイフを持ってるから気をつけて」ブルートが切りつけられたらと思うと怖くてたまらなかった。

ミッチがニューマンに飛びかかった。腕をねじりあげてナイフを床に落とし、遠くに蹴る。

シャーロットはバスタオルを押さえつつナイフを拾った。

「ブルート、さがってろ」

ミッチが叫んだが、ブルートは特別なトレーニングを受けているわけではないのでニューマンの腕に咬《か》みついたまま離そうとしない。

ブローディーが入ってくる。そして壁際で青くなっているシャーロットを見るなり、ニューマンをにらんだ。「この野郎！」

はっとしたシャーロットは、一歩前に出た。「わたしがブルートを押さえるわ」

「さがってろ！」ブローディーがニューマンにつかみかかり、ミッチはブルートを抱えてさがらせた。

「くそ犬め！」

「おれの家にあった靴はおまえのだな？」ミッチが言った。ブルートは持ち主のにおいを覚えていたにちがいない。

ブローディーがニューマンの首を思い切り締めあげる。ニューマンが、がくりとうなだれた。手足の力が抜けたとき、足首に巻かれた包帯がのぞいた。

「いい子だ。賢いぞ」

ミッチがなだめると、ブルートの呼吸が徐々にゆっくりになった。やがてブルートは、お座りをしてミッチの喉をぺろぺろなめはじめた。

充分になめるとミッチから離れ、シャーロットの隣へ行って伏せをする。

シャーロットは胸がいっぱいになって、タオルを押さえてしゃがみ、ブルートを抱きしめた。ブルートが体を押しつけてくる。

「ニューマンを外へ連れていってくれ。おれもすぐに行く」ミッチが言った。

ブローディーが無言のままニューマンを部屋の外へ引きずっていく。

ミッチはシャーロットの前にしゃがみこんだ。「大丈夫か?」

シャーロットはうなずいた。喉がひりひりしてうまくしゃべる自信がない。

赤くなった喉に手をふれて、ミッチが眉をひそめた。「本当に大丈夫なのか?」

「首を絞められたけど、ほかは何もされなかったから。あなたが来てくれなかったら、あいつに乱暴されて――」

「シャーロット」

ミッチのかすれ声が胸をつく。気丈にふるまわないとミッチを余計に苦しめてしまう。ニューマンが逮捕されるまで見届けなければいけないのに。今なら兄弟も父親も警察官の友人もいる。シャーロットは深く息を吸って震えを抑え、ほほえんだ。

「わたしは大丈夫よ。本当に」もう一度、深呼吸してから尋ねる。「みんなは？」

ミッチは疑《うたぐ》るようにシャーロットの全身を眺めた。「エリオットが軽い切り傷を負っただけだ」シャーロットの不安そうな顔を見て続ける。「ほかの人たちは無事だ。けがひとつない」

「切り傷って、ナイフでやられたの？」

「ニューマンの仲間のリーってやつがロニーに襲いかかったんだ。ロニーは犬をおとなしくさせようとしていて攻撃に気づかなかった。そこでエリオットがリーにタックルしたんだ。ちょっとでも遅かったら――」ミッチが視線をそらし、唇を引き結ぶ。

ロニーが殺されていたかもしれない。

「仲間がいるって言ってたわ」

「ふたりいたし、どっちも捕まえた」ミッチが歯をくいしばった。「きみがどこにいるかわからなかった。ニューマンも見あたらなくて――」音をたてて息を吸う。「マリーからシャワーを浴びに行ったと聞いて、ニューマンがきみを狙ったと直感した」ミッチの目がみるみる潤む。「あんなに恐ろしい思いをしたのは初めてだ」

シャーロットはミッチに飛びついて、力いっぱい抱きしめた。「物音が聞こえたけど、湯気でガラスが曇っていてなんだかわからなかったの。みんなやあなたのことが心配で、頭がどうにかなりそうだった」

「もう大丈夫だ」ミッチが髪をなで、シャーロットの頬やむきだしの肩にキスをする。

「怖い思いをさせてごめん。本当にすまなかった」

シャーロットはたくましい肩に音をたててキスをした。ミッチに抱きしめられて、胸に顔を預ける。「悪いのはあなたじゃなくてあの男だわ。ミッチ、愛してる」

ミッチが顔をあげ、シャーロットを見つめた。

「前にも言ったけど今回のことではっきりわかった」泣きそうになるのを必死でこらえる。

「あなたこそ運命の人、たったひとりの人だって」

ミッチがシャーロットの体を前後に揺らした。脇でブルートが鼻を鳴らす。

「なんでもないよ。シャーロットは大丈夫だ」ミッチがなだめる。

シャーロットは手をのばしてブルートの首をなでた。

しばらくしてミッチがシャーロットの額にキスをした。「ニューマンを見てこないと」

行ってほしくはない。だがミッチはもう無防備な少年ではない。大人の男として、自分を傷つけてきた男とけりをつけなければならない。

シャーロットは彼のシャツで涙をぬぐってうなずき、体を引いた。ゆっくり息を吸って口を開く。「わたしも服を着ないと」

「きみはここにいるんだ」

シャーロットは立ちあがってタオルを落とし、クローゼットに向かった。「いやよ」

ミッチがすぐにその腕をつかむ。

「何？」ジーンズをはきながら尋ねる。

「心配なんだ」

シャーロットは気丈に顎をあげた。「わたしだってあなたのことが心配だわ」

ミッチが真剣な表情をする。「愛しているよ、シャーロット」

シャーロットの全身を喜びが満たした。ようやく待っていた言葉が聞けたからだ。

「だからこそきみは外に出てほしくない。安全な場所にいてほしいんだ」

「あなたのそばにいるほうが安全よ」姿が見えないと不安になる。今はミッチと離れたくない。あんなことがあったあとだから。「お願い、わかって」

ミッチは複雑な表情をしたあと、うなずいた。「わかった」シャーロットの額に自分の額を押しあてる。「黙って見ていてくれるね？」

お安い御用だ。ニューマンともその仲間とも、金輪際かかわりたくはない。ミッチの視線を感じながらジーンズのボタンをとめてTシャツを頭からかぶる。サンダルをはきおえたところで、シャーロットはうなずいた。「行きましょう」

ミッチは感情をコントロールしようと必死だった。シャーロットがバスタオルを床に落としたときは、文字どおり心臓がとまりかけた。ニューマンがつけたあざや傷がはっきりわかったからだ。泣いたせいで頬もまだらに赤くなっている。

ニューマンの存在をこの世から抹消したかった。グラントは警官なので復讐を見逃してくれるとは思えないが。

ミッチは彼女の喉についたひときわあざやかなあざに手をふれた。「こんなことになって本当にすまなかった」

シャーロットがうなずいた。「平気だから心配しないで。ニューマンのような男と関わり合いになるなんて運が悪かったのよ。あなたも、わたしも」

シャーロットのひんやりした手がミッチの頬にあてがわれる。「でも、どうしようもなかった。あんな人のことは忘れて、わたしたちのこれからに目を向けましょう」

シャーロットの強さとたくましさに、ミッチは目の覚める思いがした。これほどすばらしい女性が自分を選んでくれたことが奇跡に思えた。この先ずっと、死ぬまでこの奇跡に感謝するにちがいない。

「行こう」

寝室を出るとブルートもあとをついてきた。ブルートが完全に落ち着いたことを確かめたいし、シャーロットのあざや傷もくまなくチェックしたいが、まずはニューマンだ。ブローディーたちに任せっぱなしにはできない。

キッチンのドアの前にマリーが立っていた。バスターとハウラーが落ち着きなくそばをうろつきながら、外を気にしている。

エリオットは椅子に座っていた。肩から腕へ血の筋がついている。手当をしているのはなぜかロザリンとグラントだ。

シャーロットに気づいたエリオットが弱々しく笑った。「むかしならナイフくらいよけられたんだけどな」それからグラントのほうを向く。「馬鹿にしたら殴るぞ」

グラントが肩をすくめたあと、ミッチを見た。「あと五分したらぼくも外へ出る。それまではきみが何をしても目をつぶろう」

ミッチは目を見開いた。「ありがとう」

「おれの分も殴っておいてくれ」エリオットが言う。

「もちろんだ」それからついてこようとするブルートに向かって言う。「悪いがおまえはここにいてくれ。すぐに戻るから」

「みんなでおやつを食べましょう」マリーがブルートに声をかける。バスターとハウラーが目の色を変えて飛んできた。ブルートも二度、促されてしぶしぶマリーのほうへ向かう。

「きみの家族は世界一だ」ミッチがシャーロットにささやく。

「わたしたちの家族でしょう」シャーロットは小さくほほえんだ。

外へ出たとたん、拘束された三人の男たちが目に入った。

ミッチがシャーロットの前に立つ。ニューマンの仲間ふたりは背中合わせに縛られて地面に座らされていた。バーニーよりも少しましだが、かなり殴られたようだ。

「すでにひと仕事終えたようだな」

ミッチの言葉にブローディーが拳を握ったり開いたりした。「母さんの家に忍びこんだんだから当然の報いだ。おれの大事な妻や犬を脅しやがった」

ナイフを手にしたロニーの隣で、ジャックがぼやく。「殴られたくらいですんだことに感謝してほしいね。ロニーに任せたら内臓を抜かれただろう」

「自分ばっかりずるいんだから」ロニーが不満そうに言う。「でも抵抗したら、次はわたしがやるからね」

ニューマンが声をあげて笑う。縛られていないが、ナイフはとりあげられている。肘から手首にかけて痛々しい歯型がついていた。「みんなに守ってもらってよかったな、坊主」

ミッチはほほえんだ。ニューマンの手口はわかっている。強がっているが。本当は怯《おび》えているのだ。「刑期はかなり長くなるだろうな」

ニューマンが鼻を鳴らす。

「不法侵入と強姦《ごうかん》に殺人未遂だからな」

「大げさだな。殺人なんて――」

「バーニーが地下室から逃げてきたんだ」

ニューマンの目の色が変わる。

ミッチは余裕の笑みを浮かべてニューマンに近づいた。「あいつに計画をしゃべったな。ここが終わったらバーニーを始末するはずだったんだろう。バーニーは喜んで証言台に立つぜ」

ニューマンが顔を真っ赤にして一歩前に出た。「勝手に家を売りやがって。ヴェルマが愛していたのはおれだ。あの家はおれのものになるはずだった」

ミッチは平然と答えた。「あんな家はほしくもなかった。おまえとは関わり合いになりたくなかったんだ」

「自分の母親ともか？」ニューマンが嘲る。「母親を見捨てたことを新しい家族に言ったのか？」

その母親はとっくに息子を見捨てていた。「ああ」

ニューマンは横目でブローディーとジャックを見た。「こいつはガキのころからずる賢くて、余計なところに首をつっこんでばかりいた」にやにやしながらミッチに視線を戻す。「ヴェルマの手に負えなくなったから、おれがしつけをしてやったんだ」

突進しようとしたブローディーを、ミッチがとめた。

背後にいるシャーロットもニューマンにつかみかかりそうな勢いだ。

「そうだな」ミッチは淡々と言い、思い切りニューマンの頬を殴りつけた。

ふいをつかれたニューマンが仰向けに倒れる。ニューマンはそのまま何もない空間を見つめてぜいぜいと息をついた。

「だが、今のおれは黙って殴られちゃいない。これまでのお返しをしないといけないしな」

「おまえがしていたのはしつけじゃなく虐待だ」ブローディーが吐き捨てるように言った。

ニューマンが片肘をついて上体を起こし、血を吐いた。

「暴力で解決するのは好きじゃないが、おまえの息の根をとめる手伝いなら喜んでするよ」ジャックも言う。

「気持ちだけもらっておく」ミッチはそう言ってニューマンの胸もとをつかみ、立ちあがらせた。

ニューマンが必死で繰りだしたパンチが空を切る。

「これはエリオットの分だ」みぞおちに拳をめりこませる。

ニューマンが腹を抱えてうめいた。

「それからシャーロットの分」ミッチは三回続けてニューマンを殴った。胸ぐらをつかまれたままなので、ニューマンは倒れることもできない。ミッチが最後にみぞおちを殴ると、ニューマンの膝ががくんと折れた。顔は血だらけで、鼻がつぶれ、唇も切れている。

もう一度手をふりあげたとき、きゃしゃな手が背中にあてがわれた。「そのくらいにして」

やわらかな声が脳に染みこむ。ミッチはニューマンから手を離した。ニューマンが地面に崩れおちる。

不思議なことに、ニューマンに対する怒りや恨みは消えていた。早くシャーロットを抱きしめたい。

「こんなものじゃ許されないぞ」ジャックが言った。

「そうだ、ぼこぼこにしてやれ」ブローディーが賛成する。

「ナイフを貸しましょうか？」ロニーがナイフを差しだす。

こんなときだというのに、ミッチは笑いそうになった。おれの家族は最高だ。ふつうではないし、ちょっと血の気が多すぎるところもあるが、世界一の家族だった。

ミッチはシャーロットの腰に手をまわして、自分のほうへ引き寄せた。「シャーロットは満足したみたいだ」

「おれはまだまだ不満だね。子どもを殴ったことを自慢したんだぞ」

「先にぼくが殴る」

ブローディーとジャックが同時に前に出たとき、グラントの咳払《せきばら》いが聞こえた。

ブローディーが不満そうにニューマンを蹴る。「ミッチはもうガキじゃないし、ひとりでもない。今度、手を出したらおれたちが許さないからな」

「次こそ完全に息の根をとめてやる」ジャックがつけたす。

グラントが両手を挙げた。「手錠をかけてもいいかな？」

ニューマンがうめく。

パトカーのサイレンが近づいてきて、家のなかの犬たちがいっせいに吠えだした。

ブローディーとジャックとロニーとグラントがニューマンたちをとり囲む。ミッチはシャーロットを家へ連れていった。

「大丈夫か？」耳もとでささやく。

「ええ。仕返しをしてくれてありがとう」

「どういたしまして」拳は痛むが、心はこれ以上ないほど満たされていた。

今度こそニューマンと縁が切れた。代わりにシャーロットと家族がそばにいてくれる。これ以上、何を望むことがあるだろう。自分にこんな未来が待っているとは夢にも思わなかった。


ニューマンたちが連行されたあと、ミッチたちはエリオットに付き添って病院へ行った。肩から背中にかけて十八センチに及ぶ切り傷だったが、筋肉や腱《けん》に損傷はなかった。

エリオットが交通事故に遭ったことはロザリンしか知らなかったのだが、医師が手術痕に気づいてことさら安静にするよう強調したのでブローディーたちも知ることになった。

エリオットが短期間に二度も死にかけたという事実を知って、ブローディーたちは大きな衝撃を受けた。そしてショックを受けている息子たちを見て、エリオットも驚いていた。自分が死んでも誰も気にしないと思っていたからだ。

エリオットがそういう考えを持つようになったのは自分のせいかもしれないと、ロザリンはひそかに反省した。病院から戻って気を紛らわせるためにクッキーを焼いていると、エリオットがやってきた。

「ベイビー、大丈夫かい？」

やさしい言葉に心が揺れる自分にいらいらして、ロザリンはぴしゃりと言い返した。

「安静にしてろってお医者様に言われたでしょう」

「ミッチが家まで送ってくれるっていうから。自分で運転できると言ったんだが――」

ロザリンはとっさにふり返った。「あなたはここにいるのよ！」

エリオットが目を瞬《しばた》いた。「でも……」

もうじき六十に手が届くというのに、エリオットは息をのむほどハンサムだ。顎に無精ひげが生えている。

「毎日包帯を替えて、傷口に抗生剤を塗れと言われたでしょう」

エリオットが眉をひそめる。「きみがやってくれるのか？」

反射的にエリオットの肩をたたいたあとで、ロザリンはうめいた。「ああ、ごめんなさい。痛かったでしょう?」

エリオットの顔に意地悪な笑みが浮かぶ。「いいや」ロザリンの手をとってうやうやしくキスをする。「きみも寝不足で気が立っているみたいだな。ちょっと休んできたらどうだ? おれが事務所の手伝いをするから」

ロザリンは表情を見られないように踵《きびす》を返した。

「よりによってあなたにそんなことを言われたくないわ」オーブンを開けてクッキーをとりだす。「あなたはここにいて。わたしが事務所を手伝って、あなたの世話もするから」

エリオットが何も言わないので、ロザリンはふり返った。

エリオットがうつむいてぶつぶつ言っている。

「何?」

エリオットは後悔に満ちた表情でロザリンを見た。「きみはこれまでも本当によくしてくれた。これ以上、迷惑はかけられない」

クッキーのトレイが音をたてて鍋敷きの上に落ちた。

手袋をとってエリオットに投げつけ、ロザリンは口を開いた。「また出ていくつもり?」

「え?」エリオットが眉をあげる。「ちがう。おれは――」

「ちがわない。あなたはまた同じことをしようとしてるのよ」

ミッチとシャーロットがお互いの腰に手をまわしてキッチンへ入ってきた。仲睦《なかむつ》まじげな様子にロザリンの怒りが薄れる。うしろにブローディーたちもいた。

　みんながエリオットを見つめる。言い争う声が聞こえたようだ。

「おれの家に来るんじゃなかったのか？」ミッチが尋ねた。

「そのつもりだった」エリオットが言う。

「それはだめよ」ロザリンが首をふる。

　ブローディーが眉をひそめた。「おやじを町から追いだすのか？」

「この人は――」ジャックが口を開く。「ロニーをかばってけがをしたんだ。だからしばらくはぼくらで助けるべきだと思う」

「追いだしたりしないわ」ロザリンは顎をあげて言い返した。それほど冷たい女だと思われているのだろうか。「この人はこの家にいる、それで決まりよ」

「ここに？」ミッチがキッチンを見まわす。「ふたりで？」

　言葉にされると居心地が悪い。

「そうよ」ロザリンは胸の前で腕を組んだ。「あなたたちはこれからいろいろ忙しいでしょうし」

　ミッチがゆっくりとほほえむ。「そうだね」

　ブローディーたちはなんと言えばいいかわからないようだ。

　エリオットがにやりとした。「母さんの言葉が聞こえただろう？　おれはここにいる」

得意げな言い方にロザリンはかちんときた。「あくまで傷が治るまでの期間限定よ」

「上等だ」エリオットが片目をつぶる。

ロザリンは視線をそらした。「さあ、クッキーがほしい人は誰？」


二カ月後、庭の植樹や芝張りを終えたミッチは町の宝石店へ行った。慣れない買い物を終えてやや緊張しながらも心弾ませて家へ帰る。

自分にも帰るべき〝家〟ができたことがいまだに信じられなかった。ニューマンが逮捕されたあと、ミッチの生活は一変した。

造園業も順調で複数の契約がとれ、数カ月先まで仕事の予定が入っている。ブローディーとジャックが推薦してくれたおかげで町の人にすんなりと受け入れてもらえたのだ。

シャーロットはニューマンが逮捕された日からしょっちゅう泊まっていくので、ほとんど同棲《どうせい》しているも同然だった。

いずれ正式に引っ越してくることになるだろう。

予想外だったのはエリオットがロザリンの家にいついてしまったことだ。傷が治ったあとも出ていく様子はなく、ふたりでうまくやっているように見える。

ミッチとしてはエリオットもこのまま定住してほしかった。家族が近くにいると、大きなものの一部になったような心強さがある。

ポケットに指輪をしのばせてロザリンの家へ向かう。いよいよ今日、シャーロットに結婚を申しこむのだ。

家の前には見覚えのある車が並んでいた。ブローディーとジャック、それにエリオットの車もある。パトカーがあるということはグラントも来ているにちがいない。

エリオットの登場でグラントとロザリンとのロマンスは終わったが、グラントは変わらず家族の友人でいてくれる。定期的にニューマンの情報をくれるので、ミッチも助かっていた。警官と友人づきあいができるようになるなんて、刑務所を出たばかりの自分には想像もできなかった。

人生は驚きの連続だという言葉を、ミッチは身をもって体験した。強く願って努力すればかなわない夢はないのだ。

ただ、これほど客が多くてはプロポーズどころではなさそうだ。

家族は外でバーベキューをしていた。ブローディーとジャックがグリルの前に陣どり、犬たちは遊びまわり、猫のピーナツはマリーとロニーと一緒にポーチの階段に座っている。ロザリンはピクニック用のテーブルを準備していて、そばでエリオットとグラントが何やら話しこんでいる。

運転席から一家団欒《いっかだんらん》の光景を見て、ミッチはしばし感慨にふけった。

シャーロットがいればこの光景は完璧なものになる。そう思ったとき、本人が現れた。

マリーとロニーのあいだを通って階段をおり、こちらに向かって手をふってくる。それからピクニックテーブルにボウルを置いて走ってきた。

長い髪が背中で揺れる。あの笑顔があればほかに何もいらないとミッチは思った。

エンジンを切って車を降りる。シャーロットが笑いながら飛びついてきた。

しなやかな体を抱きとめてキスをする。なんて幸せなんだろう。こんな日がずっと続けばいい。「すごい歓迎ぶりだな」

「待ってたのよ」

シャーロットのいる場所が自分の帰る場所だ。それが庭のテントでも同じだった。実際、二度ほどシャーロットとテントに寝たが、彼女のエネルギーと笑顔があれば寝室でも息苦しくないとわかってからはほとんど使っていない。

「いいニュースがあるの」

「へえ」ブローディーたちに目をやる。こちらを意識しないように努力しているのが見え見えだ。「いったいなんだい？」

「ニューマンに有罪判決がくだったのよ」

ミッチは思わずグラントを見た。

グラントがうなずく。

トラックに背中をついて、ミッチはつぶやいた。「夢じゃないよな」

「わたしから伝えたいってグラントに頼んだの。司法取り引きを持ちかけられたリッチーが口を割ったんですって。あの人たち、姿を消していたあいだはミセス・グッドリッチの家にいたの」

「ミセス・グッドリッチ？」

「長く小学校の食堂で働いていたんだけど、退職してひとり暮らしをしていたおばあちゃん。とってもやさしい人なの。ミセス・グッドリッチがしばらく町を出ているのをいいことに、ニューマンたちは彼女の家に居座っていたの。予定より早くミセス・グッドリッチが戻っていたら、ニューマンに殺されていただろうって」

「その人は無事なんだろうな」

シャーロットがうなずいた。「ニューマンたちが家を出たあとに帰ってきたの。家が荒らされていたから警察に通報したんだけど、リッチーの話で犯人がわかったというわけ」

「そうか」

「まだあるのよ。ニューマンたちの罪状は殺人、レイプ、麻薬売買ですって」シャーロットはそこで唇を噛んだ。「ニューマンはね、あなたのお母様の家の壁に麻薬を隠していたの」

「知らなかった。でも、あいつならやりかねないな」ミッチが母の家を出た理由のひとつが、あの家が麻薬取り引きに使われていたからなのだ。

「家のあった場所が更地になっているのを知って、ニューマンはずいぶん驚いたでしょうね。麻薬も消えちゃったんだから」

ミッチは口笛を吹いた。「それでここまでおれを追ってきたのか」

「あなたを捕まえて、家を売ったお金をとりあげたうえで復讐したかったんですって。麻薬が消えたのはあなたのせいだと逆恨みしていたのよ」

これまでもニューマンは思いどおりにならないとミッチを責め、暴力をふるった。だが、もうそんなことはさせない。「あんなやつは一生、刑務所で腐っていればいいんだ」

「そのとおりになるわ」シャーロットはミッチに抱きつき、肩に顔を押しつけた。「ニューマンの犠牲になった人たちのことを思うとやりきれないけれど、あの男が二度と悪事を働けないのはよかった」

「これでおれたちも将来のことを考えられる」

シャーロットが動きをとめ、なんでもないふりをする。「それってどういう意味？」

「今夜にするつもりだったんだけど、せっかくこういう話になったから」ポケットから指輪をとりだす。「おれと――」

シャーロットはミッチの手から指輪の箱を奪って歓声をあげた。犬たちが遊んでもらえるのかと期待して走ってくる。「もちろんイエスだわ！」

ミッチは声をあげて笑った。「そんなに喜んでくれるなんて光栄だ」

シャーロットが指輪の箱をつきあげてみんなをふり返る。

「わたしたち、結婚するのよ！」

どっと歓声が湧き、ミッチはまた笑った。「指輪を見なくていいのかい？」

「クローバーの葉っぱでできた指輪だってうれしいわ」

彼女の手から箱をとり、ふたを開けて指輪をとりだす。「気に入るといいんだが」

「まあ、すてき！」目に涙を浮かべて、シャーロットが指輪を見た。中央のダイヤモンドを小さなダイヤモンドが囲んでいる。「最高よ」

ミッチとしてはもっと大きなダイヤを贈りたかった。「商売が軌道に乗って貯金ができたらいいやつを――」

シャーロットが指輪を胸に押しあてる。「ううん、わたしはこれがいい！」

彼女の反応にミッチは不覚にも泣きそうになった。愛する女性の鼻のてっぺんにキスをしてほほえむ。「愛しているよ」

「おめでとう！」

いつの間にかブローディーたちがやってきて周囲を囲んでいた。犬たちもいる。ミッチとシャーロットはそのままテーブルへ連れていかれ、座らされた。料理が並び、グラスに飲みものが注《つ》がれる。

エリオットが大きく咳払いをした。「ロザリン、これで金の使い道ができたじゃないか。

ふたりのために立派な結婚式を挙げるというのはどうかな」

ロザリンがむせ、エリオットとグラントが同時に背中をたたく。エリオットがグラントを横目で見ると、グラントはにやりとして両手を宙にあげ、一歩さがった。

ロザリンの背中をさすりながら、エリオットは続けた。「おれが十二万ドルの小切手を渡したのに、彼女ときたらまだ何もしていないんだ」

みんなが息をのむ。

「銀行強盗でもやらかしたのか？」ブローディーが尋ねた。

「おまえの母さんもまったく同じことを言ったよ」エリオットが気を悪くした様子もなく言う。「手短に説明すると、あるばあちゃんと知り合いになって、買い物とか家の修理を手伝ったら、飯を食わせてくれるようになった。ばあちゃんには身寄りがなくて、死んだとき、家をおれに遺《のこ》してくれたんだ。ぼろ屋だったけど、ガレージに一九六八年モデルのマスタング、シェルビーＧＴ５００が入っていた。それをオークションにかけたら十二万ドルになったってわけさ」

「そんな金があるなら車を買い替えればよかったのに」ミッチが目を丸くする。

「そうだよ。ずっとマスタングに乗ってきたじゃないか」ジャックも言った。

ブローディーが手をふる。「どうせばあちゃんの家を売った金で買うつもりなんだろう」

エリオットがロザリンの体に手をまわした。「おれは今でもマスタングが好きだし、金ができたら新車を買うつもりだった。でも――」そこで肩をすくめる。「今はそれほど執着がなくなった」

ロザリンが信じられないという顔でエリオットを見あげる。「ようやく大人になったということ？」

「かもな」エリオットがロザリンの手をとる。「自分の車を買うより、息子たちの手伝いをするほうがおもしろくなったんだ。残り少ない人生、ひとりでいるのもいやだし」

ロザリンが目玉をまわす。「残り少ないなんて、まだまだこれからじゃない」

「そう言ってくれると思っていたよ」

ミッチは勝ち誇ったようにグラントを見た。グラントが鼻を鳴らす。

「ただ、これまで周囲の期待を裏切ってばかりいたから、まだおれを信じてくれるかどうか自信がなくて」

沈黙が落ちる。ミッチは何か言うべきだろうかと悩んだ。言いたいことはある。

「やっぱりあなたのお金はいらないわ」ロザリンが言う。

「盛大な結婚式のためでも？」

「先走りすぎよ」

「先走りすぎだ」シャーロットとミッチが同時に叫ぶ。

エリオットがシャーロットに向かって片目をつぶった。「盛大な結婚式は女性の夢だろう？」

「日取りすら決めていないのに」シャーロットは指輪を太陽にかざしてその輝きを愛《め》でた。「それに、わたしはシンプルな式がいいわ」

ミッチは胸をなでおろした。シャーロットのためなら派手な結婚式も耐えるつもりだが、できればシンプルなほうがいい。

ジャックがテーブルに肘をついて、父親のほうへ身を乗りだす。「今度、町を出るときのためにとっておいたらどう？」

「町を出るなんて誰が言った？」エリオットが即座に否定する。

「レッドオークに腰を落ち着けるつもり？」ブローディーとジャックとロザリンが口をそろえる。

エリオットがうなずく。「そうしたいと思ってる。おまえたちがいやでなければ」それからグラントを見る。「あんたの意見は訊《き》いてないからな」

グラントがにやりとした。

ふたたび沈黙が落ちる。

ミッチは迷った。言いたいことがある。自分はもうよそ者ではないのだから、思ったことを口に出せばいいのだが……。

シャーロットが寄りかかってきた。それで腹が決まった。

「おれは、エリオットにもここにいてほしい」

　みんながミッチを見る。

「そうか！」エリオットの表情がぱっと明るくなった。「ありがとう」

「命の恩人だし、あなたがいたいなら、わたしは歓迎するわ」ロニーが静かに言った。

　エリオットの顔つきがやわらぐ。「ありがとう」

　ブローディーが頭をかいた。「どのくらいいるつもりなんだ？」

「ずっとだ」エリオットがそう言ってロザリンをちらりと見る。「実は仕事をさがしていたんだ。トラックがあれば有利かなと思って」

　シャーロットはミッチの腕をなでた。「ミッチの仕事はどんどん増えてて、ひとりじゃこなせなくなっているわ」

　事実だ。

「そういう仕事がいやでなければ――」ミッチが言った。

「いやなものか」エリオットはミッチの目を見て息を吐いた。「でも、息子のお情けにすがるのはいやだ」

「エリオットは働き者よ」ロザリンが口を開いた。

　全員が注目する。

「本当のことよ。仕事をいやがったことはないもの。定職につくのが性に合わないだけ。

責任とかそういう言葉にアレルギーがあるから」

「今はちがう」エリオットが早口で否定し、ロザリンをまっすぐに見て言った。「この町に住むんだから。これからずっと」そう言ったあと、もう一度尋ねる。「きみがいやじゃなければだけど」

「勝手にすれば」ロザリンはつんとして言うと、空の皿を手にキッチンへ入ろうとした。そのうしろ姿をエリオットが見つめる。

グラントがうなって立ちあがった。「ぼくはそろそろ退散するよ」それからエリオットの肩をたたいてつけくわえる。「彼女はどんなことをしてもとりもどす価値がある」

エリオットはキッチンの窓を見つめたままうなずいた。「わかってる」

「だったら、幸運を祈る」

エリオットは立ちあがり、息子たちを見た。「手伝ってくれるか?」

ミッチは手伝いたかった。だがロザリンには誰かに強制されることなく決めてほしいとも思った。誰も声をあげないので代表で口を開く。「手伝うってどうやって?」

「おれの金を使ってほしい」エリオットはまずブローディーを見た。「裕福なクライアントがついているのは知ってるが、家のなかでどこか変えたいところとかあるだろう」

ブローディーが肩をすくめる。「まあね」

「ジャック、おまえは家を丸ごと改築中だと聞いた」

「ああ。事務所も改築をしようかって話し合っていたところなんだ」

「それはいい」エリオットは興奮して、今度はミッチに笑いかけた。「おまえの家はすばらしくよくなったじゃないか。ここまでやるとは驚いた」

「ブローディーとジャックが手伝ってくれたから」

エリオットはうなずいた。「でも、たとえば寝室にバスルームをつけたらもっとよくなるんじゃないか？」

ミッチはシャーロットをふり返った。「どう思う？」

「息子たちのために何かしたいと言ってくれているんだから、感謝して受けとればいいんじゃない？」

「さすがシャーロットだ」エリオットが手をたたく。

「どうも」

ミッチは声をあげて笑った。「じゃあ、決まりだ」

「よし！　おれにこんなことを言う権利はないかもしれないが、いい息子を持って本当に幸せだ。さて、ここからが正念場だ」

キッチンへ向かうエリオットをみんなが見送った。

ジャックがやれやれと首をふる。「本気かな？」

ミッチはうなずいた。「本気だとは思う。ただ、いつ気が変わるかはわからないけど」

ジャックが両手で顔をこすった。「この二カ月は人が変わったみたいだった」

「ちょっと気持ち悪かったよな」ブローディーもうなずく。

「死に直面して人生観が変わったのよ」マリーが息を吐く。「そういう目に遭えば誰でも優先順位が変わるものでしょう」

「ミッチのおかげかもね」ロニーがミッチのほうへ首をかしげる。「歓迎されるかわからないのに兄弟をさがしてこの町に来た。そして新たな人生を手に入れたでしょう。それに勇気づけられたんじゃない？」

新たな人生を手に入れた。まさにそのとおりだ。ミッチはほほえんだ。「おれはロザリンが魅力的なせいだと思う。あんな女性と結婚したら離れられるわけがない」

「あの人は何度も離れていったけどな」ジャックが指摘する。

「ロザリンは上等なワインと同じで年とともに磨きがかかっているから」シャーロットが笑う。

ミッチはシャーロットの耳元に顔を寄せた。「婚約期間は短くていいかな？」

「当然でしょう。初めて会った夜には恋に落ちていたのよ。あの日、プロポーズされていたら、たぶん即座にイエスと言ったと思うわ」

キッチンのほうからロザリンの声が聞こえた。最初は抵抗していたが、途中からくすくす笑いになり、最後は何も聞こえなくなった。

沈黙の意味を悟って、ブローディーとジャックが目を丸くする。

マリーとロニーはにっこりしてそれぞれの夫にキスをした。

シャーロットがミッチに抱きつく。「すばらしいわね。ロザリンには幸せになってほしかったの。運命の相手はやっぱりエリオットだったのね」

ミッチの相手がシャーロットだったように。

これ以上ないほど幸せな気分に満たされて、ミッチはシャーロットを膝に抱き、キスをした。兄たちが冷やかしの声をあげる。

エリオットからの贈り物がなくても、今の自分には帰る場所があり、何よりシャーロットがいる。

仕事は順調で、これからは父親と一緒に働くことができる。

ブルートは満足し切った様子で、バスターとハウラーとくっついて、木陰で昼寝をしている。

ここはおれの家。この人たちがおれの家族だ。

訳者あとがき

たいへんお待たせいたしました。ローリー・フォスターの〈Road to Love〉シリーズ第三弾です。前作の刊行が二〇二〇年六月ですからだいぶ期間が空いてしまいましたが、クルーズ家のその後を気にしてくださったみなさまのおかげでシリーズ最終巻を刊行することができました。ありがとうございます。シリーズものですが各巻のストーリーは独立していますので、前作を読んでいなくてもじゅうぶんに楽しんでいただけると思います。ただ登場人物が重複していますので、簡単に主な登場人物をご紹介します。前作を読んでくださったみなさまも一緒に復習しましょう。

シリーズ一作目の『恋に落ちるスピードは』でヒーローを務めたのはブローディー・クルーズです。弟のジャックとともに〈マスタング・トランスポート〉という小さな運送会社を経営し、愛車の赤いマスタングでクライアントの荷物を運びます。本作でもエピソードが紹介されていますが、なかには危険をともなう受け渡しや、非常に変わった依頼があり、宅配便というよりも仏米合作のカーアクション映画『トランスポーター』のほうが近いイメージです。ブローディーの相棒はハウラーという大型犬で、ヒロインはクライアントの代理人、マリー・ダニエルズ。小柄ながら女性らしいセクシーボディーのマリーは十七歳で親元を飛びだし、ひとりで生きてきた苦労人でした。

二作目の『ハッピーエンドの曲がり角』のヒーローはブローディーの弟のジャック・クルーズ。あざやかなイエローのマスタングで登場するさわやか男子です。ワイルドな兄と対照的に、ジャックは誰に対しても愛想よく、礼儀正しくふるまいます。そんなジャックの心をかき乱したのがロニー・アシュフォード。モデルのようにすらりとした個性派美人で、過去のトラウマのせいでバッグには常に拳銃、ブーツの内側にはナイフをしのばせる武闘派女子でもあります。特技はもちろんナイフ投げなのですが実はメイクアップも大好きで、日ごろからジャックたちに子ども扱いされていたシャーロットのイメージチェンジを手伝ったこともあります。

そして本作のヒロインは可憐《かれん》で純粋で芯の強い女性、シャーロットです。十代で両親に先立たれたあと、ロザリンたちから本当の家族のように愛され、今や〈マスタング・トランスポート〉に欠かせない優秀なアシスタントになりました。ブローディーたちが過保護なので二十五歳になるまでろくに恋愛経験もありませんでしたが、ミッチと出会っていっきに花開きます。

ヒーローは一年前まで服役していたミッチ。ミッチがレッドオークへやってきたのはブローディーたちに会うためでした。過酷な子ども時代を過ごしたミッチは、おとぎ話の世界にしか存在しないような仲よし一家を目の当たりにして面食らいます。そんな彼の隣に寄り添うのは本作の影の主役、保護犬ブルートです。自分と同じく飼育放棄された過去を持つブルートを、ミッチは心から愛《いと》おしく思っています。ブルートがクルーズ家の人間と犬たちにあたたかく迎えられ、最初はおっかなびっくりながらも若犬らしく元気に遊びだすのを見て、ミッチの心の傷も癒やされていくのです。

しかし平和なレッドオークに、ミッチの亡き母のボーイフレンド、ニューマンが現れ、ミッチとシャーロットの恋に暗い影を落とします。さらには三兄弟の父親であるエリオットも登場して、元妻のロザリンを相手に、魅力的な大人の恋愛模様を見せてくれます。

〝アンハッピーな終わり方をする話は好きじゃない〟と語るローリー・フォスターらしく、シリーズの最後にふさわしい大団円が待っているのでしょうか。オハイオ州の小さな町で繰り広げられる素朴で心あたたかな家族の愛の物語を、どうぞお楽しみください。

二〇二三年五月

岡本　香

訳者紹介　岡本 香

静岡県生まれ。公務員となったものの、夢をあきらめきれず32歳で翻訳の世界に飛びこむ。ローリー・フォスター『ハッピーエンドの曲がり角』、シャロン・サラ『明日の欠片をあつめて』(以上mirabooks) などロマンスの訳書をはじめ、児童書からノンフィクションまで幅広く手掛けている。

mira™

ファーストラブにつづく道《みち》

2023年5月15日発行　第1刷

著　者　ローリー・フォスター

訳　者　岡本《おかもと》 香《かおり》

発行人　鈴木幸辰

発行所　株式会社ハーパーコリンズ・ジャパン
東京都千代田区大手町1-5-1
03-6269-2883（営業）
0570-008091（読者サービス係）

印刷・製本　中央精版印刷株式会社

定価はカバーに表示してあります。
造本には十分注意しておりますが、乱丁（ページ順序の間違い）・落丁（本文の一部抜け落ち）がありました場合は、お取り替えいたします。ご面倒ですが、購入された書店名を明記の上、小社読者サービス係宛ご送付ください。送料小社負担にてお取り替えいたします。ただし、古書店で購入されたものはお取り替えできません。

ISBN978-4-596-77359-3